1

07 : 20

— Cent un ans, un mois et quatre jours…

Juliette vérifiait son calendrier tous les matins à la même heure.

Juste après avoir terminé sa Ricoré.

— … et toujours vivante ! ajoutait-elle d'un petit air vainqueur.

Durant ces vingt dernières années, le pari de Juliette avait été « d'arriver » jusqu'au centième anniversaire.

Depuis que son but était atteint, elle se sentait dans un état étrange de constante survie, ou plutôt de sursis. Chaque nouvelle heure lui paraissait inespérée, ce qui n'était pas toujours facile à vivre, ni pour elle, ni pour les autres habitants du petit hameau de Pouligeac, car elle y mettait une certaine lourdeur. Juliette avait tendance à finir ses phrases par « Si je suis encore là » ou « Tant que je suis vivante » et, lorsqu'on lui disait « À demain », elle répondait systématiquement : « Peut-être. »

Depuis ce fameux anniversaire, fêté en solitaire, Juliette se laissait parfois à rêver d'une longévité à la Jeanne Calmant. Quelque temps auparavant, elle avait découvert dans un magazine que l'exdoyenne des Français buvait un verre de porto tous les jours.

— Qu'est-ce que je risque, hein ?...

Elle s'était mise à rechercher la clé qui ouvrait le bas du buffet afin d'en extraire une vieille bouteille de porto. Malgré son âge canonique, Juliette gardait une excellente mémoire, quoique un peu plus précise sur les événements antérieurs à 1950 que postérieurs à 2000. Ce n'est qu'au moment d'y goûter qu'elle se souvint que ce porto jadis entamé était resté plus de cinquante-sept ans au fond du buffet et, qu'au lieu de la « prolonger », comme elle le disait, il risquait fort de l'achever. Elle remit la bouteille à sa place et, de nouveau, cacha la clé.

Juliette ne jetait jamais rien.

Cela pouvait évoquer une avarice atavique bien locale, les paysans cévenols n'ayant pas la réputation d'une grande prodigalité, mais c'était en réalité surtout dû au vieil héritage séculaire de ce petit coin oublié de montagne qui n'avait longtemps connu que la misère et le dur labeur sur une terre ingrate.

À l'ombre du mont Lozère, à une altitude respectable et peu enviée, le hameau de Pouligeac se situait autour d'une sorte de cul-de-sac entouré de roches. La terre y était quasiment incultivable, l'accès difficile. Personne ne risquait de s'y aventurer par hasard, d'ailleurs aucun touriste, même intrépide ou totalement égaré, ne s'y était jamais échoué. Dans ce coin des Hautes Cévennes, l'hiver, très rude, était long et pénible. Le hameau restait souvent des semaines entières bloqué sous la neige, quelquefois plusieurs jours sans téléphone et même sans électricité. Donc sans télévision, ce qui de nos jours définit le comble de l'isolement.

L'automne et le printemps y étaient pluvieux, mais l'été délicieux. Quoique très court.

Pourtant le hameau était bien là !

Jadis, disait-on, une bergerie avait été construite et puis, au fur et à mesure d'une improbable histoire, quelques maisons s'étaient agglutinées autour, quasiment collées les unes aux autres, comme pour se tenir chaud. Elles suivaient le cours d'un petit ru maigrichon appelé le Rieu. Il faisait bon y pêcher la truite et même s'y tremper timidement les pieds les quelques rares jours de l'année où l'on n'y risquait pas la congestion pulmonaire.

C'est à se demander comment avait pu naître l'idée saugrenue de bâtir quoi que ce soit dans un coin pareil !

À Petrosac, le chef-lieu de canton, on prétendait qu'au début du XVIIIe siècle, un berger appelé Pouligeot, « ou quelque chose comme ça », était venu transhumer dans ce coin isolé parce qu'il était sûr qu'aucune bête d'un autre troupeau ne se mêlerait aux siennes. C'est lors d'un pacage d'été qu'il avait appris que sa femme l'avait quitté pour un autre. Fou de douleur et dégoûté du monde, il n'avait plus jamais voulu repartir de ce qui allait devenir Pouligeac, s'engageant dans une vie d'ermite qualifiée, vu le lieu, de « suicidaire ».

Certes.

Mais comment expliquer alors qu'il ait pu s'y établir ensuite une famille, puis finalement qu'il s'y soit formé un hameau qui, à ses heures de gloire, connut jusqu'à soixante-dix-neuf habitants de mémoire de Juliette ? À cette question, personne n'avait de réponse. Pas même la centenaire, quasi « éternelle » gardienne des lieux, qui aimait pourtant répéter qu'elle connaissait mieux que personne son hameau, elle qui n'avait jamais quitté la maison où elle était née, et où elle allait mourir « d'un instant à l'autre ».

Aujourd'hui Pouligeac, avec ses vieilles maisons qui émergeaient encore des ruines lugubres, si rarement visitées par les rayons du soleil, des mas à l'abandon, affichait un aspect de délabrement sordide. « C'est un lieu abandonné de Dieu », disait-on dans le canton.

Le hameau se trouvait au bout d'un chemin communal de quatre kilomètres trois cents dont le macadam ne tenait jamais plus d'un hiver. Cette unique voie d'accès, surnommée non sans humour « le goudron », prenait vite des allures de piste exotique garnie de nids-de-poule. Il débouchait sur une départementale impeccable qui rejoignait par un asphalte luisant, onze kilomètres plus loin, la commune de Petrosac.

Malheureusement, le conseil communal se souciait peu du chemin vicinal qui reliait Pouligeac au reste du monde et, malgré force pétitions et courriers, il ne le faisait recouvrir « vite fait, mal fait » que tous les sept ou huit ans.

Entre-temps, c'est à peine s'il était praticable.

« C'est parce que ça fait cher quatre kilomètres trois cents de bon goudron pour dix électeurs ! affirmait Juliette. D'autant que d'ici peu, il n'en restera plus que neuf », s'empressait-elle d'ajouter dans un souffle.

Avec les années, Juliette était devenue quelque peu sentencieuse. Elle profitait de son statut de doyenne du village, pensait-on, pour se décréter investie d'une incontestable sagesse.

Mais en réalité, obsédée par l'idée que chacune de ses phrases pouvait être la dernière, Juliette redoutait de mourir après avoir formulé quelque chose de trop anodin, pour ne pas dire une « connerie ».

Mourir après avoir dit : « Il faut jeter les poubelles » ou « Achète-moi du papier à derrière ? », pour une fille de littéraire, c'est inconcevable... se disait-elle en songeant à l'amour de sa mère pour les livres.

Bien qu'elle fût dotée d'une étonnante tonicité pour son âge, Juliette ne quittait plus sa maison. Elle ne se sentait plus d'affronter les hautes marches de pierre de l'escalier extérieur. Les descendre, passe encore, mais les remonter ?... Elle ne voulait prendre aucun risque : elle mourrait dans sa maison. Pas dehors.

Son mas trônant au centre de la placette où aboutissait le fameux « goudron », personne ne pouvait approcher du hameau sans qu'elle ne le sache. Du haut de son balcon, elle surveillait et jugeait tout et tout le monde en balançant quelques formules en forme de citations qu'elle souhaitait chaque fois quasi historiques.

Sa vie avait pourtant été d'une grande modestie, simple et linéaire. Juliette était fille unique de paysans. Son père, le Sylvain, était lui aussi né dans cette maison. Simone, sa mère, native du chef-lieu de canton, avait été, chose rare pour l'époque et la région, jusqu'au certificat d'études. Elle en avait gardé un goût prononcé pour la lecture et pour les arts. C'est d'ailleurs dans le dessein de séduire la jeune citadine que le père de Juliette avait eu l'idée de construire de ses mains un balcon pour « faire comme à la ville » et attirer la jeune diplômée de la capitale locale dans son pays perdu. Cela donnait une drôle d'allure à ce mas de pierre, et pendant de longues années, les voisins firent bien attention à ne pas trop s'approcher de peur que cette chose étrange ne leur tombe sur la tête. Il n'empêche que la Simone avait été si bien conquise qu'après son mariage, lorsqu'elle ne courbait pas l'échine sur cette terre de rocailles, elle passait de longs moments à lire sur son balcon. Les gens du pays voyaient en elle une sorte de marginale un peu prétentieuse qu'ils surnommaient la « Reine mère ». Il faut dire qu'elle avait pris l'habitude de répondre aux salutations des passants par un léger geste de la main souligné d'un petit sourire figé. Cela lui permettait de ne pas trop troubler sa lecture tout en restant polie. On blaguait beaucoup sur elle à l'époque et certains malfaisants avaient été jusqu'à dire que toute cette lecture l'avait probablement rendue stérile. Ce qui n'était pas le cas puisqu'à presque quarante-cinq ans Simone eut enfin un enfant. Une fille. Toujours aussi férue de lecture et de balcon, elle demanda à ce qu'on l'appelât Juliette. Malheureusement pour cette petite fille, non seulement sa mère avait passé l'âge de lui faire un frère, mais il était d'usage dans ces familles cévenoles de s'en tenir à un seul enfant afin d'éviter tout problème d'héritage. La terre restait ainsi dans la famille, puisqu'il n'y avait nul besoin de vendre pour la partager. Or peu d'hommes propriétaires – d'autres n'auraient pas eu la moindre chance d'être admis par les parents de Juliette – auraient accepté de vivre dans un autre mas que le leur, ceci avec des beaux-parents âgés, donc à charge. De surcroît, à Pouligeac ! Pour toutes ces raisons, Juliette resta sans Roméo, et aucune échelle ne s'agrippa jamais au fameux balcon.

Juliette avait vingt ans lorsque Simone mourut. La jeune femme dut alors s'occuper de son père. Celui-ci décéda trente ans plus tard, à l'âge de quatre-vingt-quatorze ans. Juliette avait alors plus de cinquante ans, ce qui n'était plus un âge pour « partir ». Alors, elle resta.

On racontait qu'elle avait eu longtemps un amant caché. Toutes sortes de suppositions furent imputées à toutes sortes d'hommes des environs et Juliette, qui avait hérité de sa mère un certain attrait pour le romanesque, se garda toujours de nier. Qui était-il ? Elle ne fit jamais la moindre révélation. Cela ajoutait un peu de mystère à son image de vieille sage à laquelle elle tenait tant.

Aujourd'hui, à plus de cent un ans, Juliette était encore parfaitement autonome. Elle ne se plaignait jamais. Elle avait gardé toute sa tête et surtout une ouïe infaillible. Au moindre bruit inhabituel, parfois si subtil qu'elle seule réagissait, elle se précipitait derrière la vitre du salon et, si cela le justifiait, sortait même sur le fameux balcon toujours bien solide un siècle et demi après son artisanale construction.

Juliette avait longtemps possédé la seule maison de Pouligeac à avoir un balcon. Cet appendice architectural ne faisait guère partie des habitudes du coin. Mais depuis 1973, le Robert, qui possédait la maison voisine, en avait fait construire un « aux normes » par le maçon de Petrosac.

— Pourquoi ? lui avait-on demandé. Tu sais à peine lire !

Pour les habitants de Pouligeac, l'idée du balcon était définitivement associée à la lecture.

— Et pourquoi pas ? avait-il répondu, moi aussi je veux profiter du dehors sans avoir à mettre mes chaussures.

Voilà donc ce qui l'avait tant fait rêver…

Ce privilège fut de courte durée car depuis une bonne vingtaine d'années, plus personne, chaussures ou pas, n'avait osé s'aventurer sur cette protubérance de béton infiltré d'humidité et strié de fissures menaçantes.

Depuis que ces deux balcons s'affrontaient, les relations entre les deux voisins s'étaient quelque peu altérées, passant d'un chaleureux « Salut ma Juliette » à un glacial « Bonne soirée », auquel Juliette répondait dorénavant par un tonitruant : « Je l'espère bien car c'est sans doute la dernière ! » À quatre-vingt-douze ans, le Robert était bien un peu sourd, mais si Juliette hurlait presque, c'était surtout pour que tout le hameau l'entende et, si possible, s'en afflige.

Robert Larguier avait été maître d'équipage à bord d'un bateau océanographique. En 1947, il avait trente-cinq ans, son bateau avait heurté une mine oubliée quelque part dans les eaux du Pacifique. Indemne, il était resté des heures à barboter dans l'eau noire par une nuit sans lune, accroché à un canot de sauvetage à moitié calciné, dans l'obscurité la plus totale, entendant les cris de douleur et de terreur de ses compagnons pour la plupart sévèrement brûlés, qui peu à peu se noyaient ou se faisaient dévorer par les requins. Il était revenu peu après au hameau nanti d'une solide pension d'invalidité pour cause de graves troubles psychiatriques. « Il a bien embrouillé les assurances ! » disait-on à Pouligeac, car la seule conséquence visible de cet « accident du travail » était son incapacité à rester dans le noir, ne serait-ce qu'une seconde. Les rares fois où, par négligence ou par accident, cela s'était produit, ses monstrueux hurlements de bête agonisante avaient glacé le sang de tous.

Alors, dès que le jour déclinait, le Robert allumait toutes les lampes et même quelques bougies en prévision des pannes. Il n'éteignait le tout qu'une fois le soleil levé. La nuit, sa maison était devenue le phare de Pouligeac, le seul point lumineux au creux des montagnes sombres et désertiques de ce bout de versant oublié du célèbre mont.

Il n'avait jamais été marié, mais avait pourtant eu trois enfants qui portaient son nom et qui vivaient il ne savait plus trop où : « Quelque part sur la planète », disait-il. Il n'était plus très sûr non plus de leur prénom. Ce fait, connu de tous, avait largement contribué à sa réputation de tombeur. Revenu à Pouligeac encore jeune, bon danseur et beau parleur, il avait passé des années à sillonner le canton en cyclomoteur, ne ratant aucune fête, aucun bal, ni la moindre kermesse, à la conquête de jolies femmes.

« Le Pétou, c'est par dizaines qu'il doit les avoir semés ses *bastardous* », disait Juliette.

Le Robert, que tous depuis son retour au pays appelaient Tabarzille[1] d'abord à cause du cyclomoteur pétaradant mais également à cause d'une large propension aux flatulences, s'était surnommé lui-même plus affectueusement et non sans moquerie « le roi du Pétou ».

Il en était resté « le Pétou ».

La maison du Pétou était à droite de celle de Juliette et faisait face à celle de « Ripolin », l'ancien épicier ainsi surnommé. Ces trois maisons en demi-cercle formaient la tête du hameau qui s'étendait derrière elles, le long des deux étroites ruelles, « la droite » et « la gauche », de part et d'autre de la maison centrale de Juliette.

1. Vieille mécanique bruyante, en patois (définition de Jean-Pierre Chabrol).

Clap !

07 : 25

Une grosse horloge à chiffres trônait sur la cheminée du salon.

C'était un cadeau du Pierrot, le fils de la Paulette. Il le lui avait offert au lendemain de son centième anniversaire après que Juliette lui eut annoncé fièrement son âge. Les chiffres étaient très gros et à chaque fois qu'ils changeaient, ça émettait une sorte de petit « *clap !* » métallique qui la faisait sursauter. Du coup, elle avait l'œil sur l'horloge presque à chaque minute.

Comme pour beaucoup de personnes seules et âgées, la vie de Juliette était tissée de toutes sortes de petits rituels.

Après un coup d'œil sur le calendrier et le constat d'une journée à ajouter à son record personnel de longévité, Juliette se rendait au cabinet de toilette.

— Miroir, miroir, suis-je toujours la plus vieille ? demandait-elle en s'amusant d'elle-même.

Elle passait de longues minutes à scruter son visage. Juliette savait bien qu'elle n'avait jamais été très jolie, mais quand même, là, il lui fallait admettre qu'il était devenu presque impossible de reconnaître ne serait-ce que la quinquagénaire qu'elle avait été.

De toute façon peu lui importait ; cela faisait longtemps qu'elle avait renoncé à plaire. La seule chose qui la préoccupait vraiment dorénavant, c'était de ne pas faire peur. À chaque fois qu'elle se regardait dans le miroir, elle imaginait ses traits figés dans un rictus mortuaire. Elle ne voulait surtout pas qu'on la retrouve hideuse ou terrifiante, persuadée qu'elle était de tomber raide d'un instant à l'autre. Elle passait donc un bon moment, chaque matin, à grimacer devant son miroir toutes sortes de rictus afin de s'entraîner à « dégainer » des traits paisibles en cas de mort subite. Quiconque l'aurait surprise lors de ses entraînements quotidiens se serait sans doute cru devant une malheureuse atteinte d'une maladie incontrôlable, assimilable, peut-être, à une forme particulièrement étrange et cruelle d'épilepsie.

Une fois cette gymnastique faciale accomplie, elle passait un autre long moment à s'apprêter, se laver, se maquiller afin de faire une défunte du jour le plus présentable possible.

D'un côté, cela tournait à une obsession que l'on pouvait largement qualifier de morbide, mais de l'autre côté, chaque instant vécu était apprécié à sa juste valeur. « Vis comme si tu allais mourir demain », dit-on. Juliette, elle, vivait comme si elle allait mourir dans l'instant. On aurait pu la croire terrifiée et pétrie d'angoisse à cette idée. Pas du tout. Juliette, qui avait toujours été quelqu'un de positif, appréciant sa paisible petite vie sans ambition ni regret, avait toujours accepté son sort sans se poser la moindre question. Pour sa mort, il en était de même. Le verre restait résolument à moitié plein. Elle goûtait son sursis sans penser aux affres de la mort. Cela lui donnait même une sorte de détachement, de gratitude et de bonne humeur, qu'elle ne s'était jamais connu. Un peu comme quelqu'un qui recevrait un cadeau de façon permanente, tout au long de la journée.

Jamais elle n'avait été aussi heureuse, pensait-elle parfois.

À « *clap !* » **08 : 16**, à peu près comme tous les jours, Juliette quitta son miroir pour aller jeter un œil à la fenêtre du balcon.

Le mois d'octobre touchait à sa fin. Généralement, à cause de l'altitude, les premiers jours de novembre engouffraient Pouligeac dans un long et rude hiver.

Le pâle rayon de soleil qui illuminait les rosiers de la Ginette, la femme du Ripolin, la fit sourire : « Après trois semaines de pluies, un dernier petit rayon avant l'hiver !... Quelle chance ! C'est un bon jour pour mourir. »

Elle se demanda si elle ne devrait pas essayer de modifier son testament pour léguer ses rosiers à la Ginette, car le soleil donnait mieux chez elle que chez la Vivette, actuellement héritière en titre desdits rosiers. Elle y renonça presque aussitôt, se souvenant qu'elle s'était juré de ne jamais rien donner au couple « d'épiciers malfaisants et rapiats » qu'ils avaient toujours été.

Juliette avait ses têtes.

Cela faisait bien longtemps qu'elle avait mis en place tous les détails de son enterrement imminent.

La seule famille qui lui restait se composait d'un neveu du côté de sa mère, qui résidait près de Dijon, qu'elle avait à peine connu, et jamais aimé : « Un petit blanc-bec à l'accent pointu et à l'œil de fouine. » Aussi avait-elle pris soin de rédiger un testament réécrit, pour l'instant, quatorze fois, au gré de ses reproches, engueulades et rabibochages avec ses voisins du hameau, ou de certains souvenirs, bons ou mauvais, ressurgissant de façon intempestive. L'Aurélie et le Pierrot étaient miraculeusement toujours restés hors d'atteinte des foudres de Juliette. L'Aurélie sans doute parce qu'en tant qu'employée par l'ADMR[1], elle lui faisait

1. Aide ménagère en milieu rural.

un peu de ménage et de cuisine, et le Pierrot parce qu'il lui faisait ses courses. À plus de cent un ans, il y a des ennemis que l'on ne peut plus se permettre. Quoi qu'il en soit, l'Aurélie et le Pierrot se retrouvaient régulièrement témoins cosignataires de chaque nouveau testament holographe, petit cérémonial auquel ils se prêtaient de bonne grâce, car souvent prétexte à un moment distrayant.

Il faut dire que Juliette les convoquait toujours dans l'urgence, il fallait venir en courant, au cas où la mort la fauche avant qu'elle n'ait le temps de « rattraper » une injustice terrible en privant ou en léguant tour à tour à un tel ou une telle la malle à habits, la selle de son grand-père, les cuillères d'argent de sa mère, et autres legs du même acabit. Une fois le document signé, Juliette reprenait son souffle, soulagée. Elle rangeait alors le testament devant eux, en insistant bien sur l'endroit où il faudrait le rechercher, déchirait le précédent et sortait une bouteille de gnôle – issue de son propre héritage paternel – et quelques Chamonix avariés pour fêter ça. Il s'ensuivait la délicieuse explication de ce brusque « déshéritage » où chacun à Pouligeac en prenait pour son grade, récit que Juliette narrait avec ardeur sans omettre de tremper régulièrement ses lèvres dans la gnôle.

Le petit porto de Jeanne Calmant aurait fait pâle figure.

Le seul véritable bien que Juliette ait jamais possédé était sa maison et trois champs autour du hameau. Ils avaient depuis longtemps été vendus par le notaire de Petrosac « sur photo » et en viager à un – alors – jeune couple de Montpellier qui, trop heureux d'une si belle affaire (« Une vieille, seule et de santé médiocre, qui va avoir quatre-vingts ans ! » avait dit le notaire), n'était même jamais venu la visiter.

La bonne petite mensualité qu'ils payaient depuis maintenant plus de vingt-deux années suffisait largement à Juliette pour ses besoins quotidiens ainsi que pour ses réguliers « derniers » petits caprices, comme elle le disait elle-même, dont une majorité consistait en préparatifs funéraires.

Elle avait méthodiquement fait préparer sa place dans le caveau familial. De vrais travaux de rénovation. C'est tout juste si elle n'y avait pas fait poser une moquette.

Elle avait également déjà fait exécuter « sa » plaque en marbre.

Julien Fabre, le représentant de la société des Pompes funèbres, un jeune commercial venu tout spécialement d'Alès, avait été quelque peu surpris de faire choisir la plaque, le style et le texte à la future défunte elle-même. C'est plutôt rare dans la profession. D'autant plus que Juliette avait insisté pour qu'on la gravât sans délai.

— Je ne veux pas que d'autres économisent sur ma plaque ou bien écrivent n'importe quoi. Là, je suis sûre qu'il n'y aura pas d'erreur.

Elle avait donc soigneusement choisi une écriture stylisée :

« *Juliette Vialas 1904 – 2004*
J'ai été ce que vous êtes, vous serez ce que je suis. »

Ce qui avait été l'épitaphe préférée de sa maman, que malheureusement son père avait refusé d'inscrire sur sa tombe, préférant un banal et inutile « *À ma femme, que je n'oublierai jamais* ».

Juliette se refusait à prendre un tel risque.

Devant la réaction de prudence du jeune employé de l'entreprise funéraire qui aurait souhaité attendre un peu pour faire graver la date, Juliette avait répondu d'un ton désinvolte :

— 1904-2004, et l'on est en mars, mon garçon. Vous ne risquez pas grand-chose, vous savez. Il est déjà peu probable que je passe la semaine, alors vous imaginez l'année !

— Mais vous êtes en pleine forme, avait-il dit par politesse en fuyant du regard le visage décati, pour ne pas dire totalement ravagé, de la vieillarde.

Elle l'avait aussitôt jugé imbécile :

— Tant qu'on n'est pas mort, on est toujours vivant, jeune homme ! Et je sais de quoi je parle ! lui avait-elle dit dans un grand éclat de rire en lui assénant une vigoureuse tape sur l'omoplate.

Le maire de Petrosac ayant refusé qu'on scelle la plaque sur une tombe encore vide, Juliette avait dû faire livrer la lourde et énorme plaque de marbre rose chez elle. Après avoir longuement hésité, elle l'avait finalement fait déposer près de la télévision.

— Comme ça, je la vois tout le temps. Je l'ai payée assez cher, alors autant que j'en profite, parce qu'après, hein..., disait-elle au Pierrot avec son petit air entendu.

L'objet était ainsi peu à peu devenu un élément décoratif de la maison, ou plutôt, vu l'encombrement, une sorte de meuble étrange et imposant, pour ne pas dire monumental.

De temps en temps, elle y posait quelques fleurs.

08 : 32

Depuis qu'elle en avait fait l'acquisition, Juliette poursuivait son rituel quotidien par un regard attendri à sa plaque. La date du décès étant dépassée depuis plus d'un an, elle avait parfois l'impression d'être morte « l'année dernière ». Bizarre.

Elle avait confessé un jour au Pierrot :

— Des fois, je me surprends à me recueillir sur ma propre tombe. C'est comme quand j'allais devant le caveau voir ma mère. J'ai parfois les mêmes paroles qui me reviennent : « Je pense à toi tous les jours, tu es là dans mon cœur... » Et puis tout d'un coup, je me souviens que c'est ma propre plaque et que c'est donc à moi que je parle ! Je me dis que ça y est, *té* ! je fais du Ripolin.

Ripolin, l'ancien épicier et voisin de Juliette, avait attendu trop longtemps pour prendre sa retraite. Du coup, il ne l'avait jamais prise car, devenu sénile, il n'avait toujours pas assimilé la fermeture de la boutique survenue maintenant depuis bientôt dix-sept ans. Toute la journée il ne cessait de se tracasser pour les prix, les livraisons, les clients insatisfaits... Il rangeait, comptait et, comme il l'avait fait toute sa vie, pestait d'être obligé de se lever à l'aube pour cette « *poustasserie* » de bazar.

La Ginette, son épouse, était parfaitement consciente, elle ! d'être à la retraite. Peut-être est-ce le fait d'avoir tenu la caisse toute sa vie, force est de constater qu'elle continuait à compter chaque sou et ne faisait de cadeau à personne. Au sens propre comme au figuré. Mais dans le but d'avoir une vie à peu près supportable dans « une saleté de patelin perdu pareil » elle s'était juré le jour de son mariage qu'elle ne contrarierait jamais son mari, et depuis presque soixante-six ans n'avait jamais failli à sa parole.

Mari sénile ou pas.

08 : 37

Après s'être recueillie assez brièvement sur sa plaque, Juliette allumait la télévision. Elle n'y mettait jamais le son, car ça l'empêchait d'entendre le « dehors », disait-elle.

Puis elle retournait s'asseoir dans son unique fauteuil, face à la fenêtre du balcon, dos à la télévision. On pouvait se demander à quoi servait d'allumer une télévision muette à qui l'on tournait le dos. Juliette n'avait pas la réponse à cette question, mais elle l'allumait quand même tous les jours à la même heure, de cette même façon. Sans doute pour faire comme tout le monde, juste pour se sentir moins seule.

Quoi qu'il en soit, à 8 h 40 au plus tard elle était à son poste devant son balcon. À l'égal de son ouïe, sa vue restait excellente et de là, elle pouvait observer tout et tout le monde. Il n'y avait véritablement que ça qui l'intéressait. C'était d'autant plus étrange qu'elle n'aimait pas grand monde : elle se moquait du Ripolin et n'avait jamais supporté sa Ginette. Aurélie, passe encore... Le Pétou la dégoûtait et les autres... Sans intérêt. Sauf le Pierrot.

Ah ! le Pierrot ! Il était son héros. Le seul qu'elle aimait vraiment. Elle passait son temps à le guetter et dès qu'elle l'apercevait de son poste d'observation « *balconesque* », elle l'appelait. Tous les jours, il montait la voir, généralement vers 9 heures, tous les jours elle lui parlait de ses préparatifs funéraires, et tous les jours elle avait un « petit service » à lui demander.

— Tu sais, cette fois, ce sera bien le dernier..., lui disait-elle d'une voix faible, avec un petit sourire ému, le regard poussé au tragique, en caressant innocemment sa plaque de marbre.

Pierrot savait très bien à quoi s'en tenir, mais il se disait que s'il refusait et si, par hasard, Juliette venait réellement à décéder dans les heures qui suivent, il ne se le pardonnerait jamais. Du coup, depuis une quinzaine d'années, il ne lui refusait jamais rien.

Mais en réalité, il l'aimait bien, « sa *mamée* ». Il veillait sur elle.

— Vous devriez me laisser la mettre dans la cave, votre plaque, madame Juliette, c'est pas bon d'avoir ça sous le nez, lui avait-il dit un jour.

— Et pourquoi ? avait-elle répondu sur la défensive, toute vigueur revenue. Tant que je serai vivante, personne ne touchera à ma plaque ! Si je l'ai faite, c'est pour qu'on la regarde ! Alors moi je la regarde ! Parce qu'une fois que je serai dessous, hein ? Qui viendra la voir, ma plaque, jolie comme elle est, hein ?... Je ne me fais pas beaucoup d'illusions sur ma carrière posthume, tu sais, ajoutait-elle sur le ton de la confidence. Au moins, ici, chez moi, je peux la montrer aux visiteurs.

Une telle logique laissait le Pierrot sans voix. D'autant plus qu'il se disait que quoi qu'il en soit, des visiteurs il n'y en avait pas beaucoup plus ici qu'il n'y en aurait là-bas.

Dans la fièvre de ses éternels préparatifs, Juliette avait même déjà songé à faire fleurir sa future tombe mais personne, même pas le Pierrot, pourtant corvéable à merci, n'avait accepté.

— Mais c'est comme si on décorait sa future maison, non ?

— Non, avait-il répondu de son air bourru habituel.

Juliette regarda la pendule : **09 : 13**

Le Pierrot n'était toujours pas en vue.

Mais que faisait-il, son *péquèlet* ?

Pierrot était le personnage central de Pouligeac.

Sans lui, le hameau n'était plus viable, ni pour Juliette, ni pour aucun de ses habitants. C'était un « gamin » de quarante-sept ans, le seul de sa génération à être resté au village. Il avait été assez brièvement au collège, mais en revanche avait tout appris à « l'école de la vie ». « Un *cabesson*[1] », disait le Pétou ; le Pierrot avait usé ses fonds de culottes dans les ateliers, les granges et les champs. Officiellement, il était employé municipal à temps partiel, et pour la Mutualité Agricole, également exploitant, faisant sécher des châtaignes l'hiver, et l'été vendant les pots de miel de ses quelques ruches. Mais, en réalité, cela représentait une infime partie de ses activités car Pierrot passait ses journées à tout réparer, tout installer, tout arranger dans le hameau. En fait de « péquèlet », il était un grand gaillard de 1,85 mètre et 97 kilos, en grande majorité de muscles, capable de porter une bouteille de gaz en haut de n'importe quel escalier de pierre. Mais au-delà de ça, il était le dernier à posséder une voiture et surtout, à être en état de la conduire. Or, depuis que le Ripolin avait fermé boutique, il fallait faire pas moins de seize kilomètres pour le moindre yaourt. Les quelques marchands ambulants encore en activité avaient renoncé à venir jusqu'à Pouligeac depuis longtemps et ceci pour plusieurs raisons ; notamment parce que la route esquintait leurs camionnettes, et parce que leurs prix prohibitifs faisaient que de toute façon les habitants de Pouligeac ne leur achetaient presque rien, préférant charger le Pierrot de faire quotidiennement leurs courses au

1. Un malin.

« Super Market » de Petrosac d'où il ramenait également le pain et le journal et, une fois par mois, la « grosse liste » à « l'Hyper » d'Alès.

Elle entendit la moto. On l'entendait de loin.

09 : 29 Juliette sourit : le *merdouzet* était à l'heure.

Seule l'administration des postes assurait ses obligations vis-à-vis des Pouligeacois – en dehors des jours de grève et de forte neige – grâce à Elvis, le fils de Maître Dentirota, le notaire de Petrosac. Ce freluquet de vingt-quatre ans déboulait chaque jour ouvré avec sa moto Yamaha Tricker 250 Trial tout-terrain détonante, le sac à dos bourré des innombrables courriers de La Redoute et autres fournisseurs de brochures colorées destinées à faire acheter n'importe quoi à n'importe qui sous prétexte de ristournes exceptionnelles ou de gains colossaux à d'improbables jeux. Elvis portait en permanence un gros casque Hi-Fi qui lui protégeait les oreilles du froid tout en lui injectant directement dans les neurones une forte dose de musique techno-house-beat qui lui donnait à la fois une démarche saccadée et un air pétrifié.

C'est pourquoi le Pétou l'avait surnommé « l'Électrocuté ».

Elvis ajustait son casque Hi-Fi en sortant du bureau de poste pour faire sa tournée et ne le retirait qu'à son retour. Tout le monde à Pouligeac l'aimait bien – trop rares étaient ceux qui venaient jusque-là, ils en devenaient forcément populaires –, mais chacun prenait bien garde à ne lui parler que par gestes. Car si, exceptionnellement, on avait quelque chose à lui demander, il fallait que ce soit vraiment quelque chose d'impérieux, de quasiment vital même, tant cela demandait une mise en condition psychologique. Un peu comme lorsqu'on se prépare à sonner à un portail sachant qu'un énorme molosse va se jeter contre les grilles avec un aboiement aigu hystérique dans l'espoir stupide de vous déchiqueter. D'abord il fallait insister lourdement pour obtenir qu'Elvis soulevât l'un des coussinets du casque, puis se préparer à contrôler ses propres palpitations lorsque jaillirait un ahurissant martèlement rapide, lourd et inquiétant, mais surtout assourdissant. Juliette disait que c'est ainsi qu'elle imaginait le barouf que faisaient les « batteurs » des galères romaines et que depuis qu'elle connaissait Elvis, elle ressentait davantage de compassion pour « ces pauvres condamnés de jadis ». Certes, tout ça était très exagéré, mais l'exagération faisait partie de la nature pouligeacoise.

09 : 34

Elvis posa la moto sur sa béquille latérale à l'ombre du châtaignier qui trônait au centre de la placette. Il envoya son rituel baiser de la main vers Juliette qui émit son petit ricanement rituel. Elle le regarda s'engouffrer dans la ruelle. Dans vingt minutes au plus, il serait de retour.

Juliette adorait recevoir du courrier, peu importe lequel. Il y avait toujours un petit quelque chose pour elle. Hier, c'était l'EDF.

« Une jolie facture ! »

Elle refusait de payer ses factures. Pourquoi irait-elle payer des abonnements d'avance alors qu'elle n'était même pas sûre d'être encore de ce monde dans l'heure à venir ? Cette « désobéissance » la rendait assez fière d'elle, d'autant qu'on ne lui avait jamais coupé ni eau, ni téléphone, ni électricité. « Sans doute à cause de mon grand âge », pensait-elle, oubliant que le notaire de Petrosac avait mis toutes ses factures en prélèvement automatique.

Elvis commençait toujours par la dernière maison du hameau – celle du Pierrot – et terminait par celle de Juliette.

L'Électrocuté et le Pierrot s'aimaient bien. En tout cas, même s'ils n'avaient pas grand-chose à se dire, ils échangeaient volontiers quelques gestes, parfois même un pastis si, par chance – rarement –, Pierrot se trouvait à la maison au moment de la tournée du facteur.

La maison du Pierrot se situait derrière celle de Juliette, à trois cents mètres lorsqu'on prenait la ruelle gauche. C'était un long mas de pierre, dont seule l'exacte moitié avait été crépie, bordé de deux jardins parfaitement entretenus, avec dans l'un, une petite serre et, dans l'autre, de jolis bosquets fleuris.

Pierrot y vivait seul avec Paulette, sa mère.

La Paulette était native de Pouligeac. Elle avait épousé le Mauricet, son voisin immédiat puisque leurs deux petits mas étaient collés. Les deux enfants uniques s'aimaient depuis leur petite enfance, alors que leurs parents se détestaient et ne s'adressaient jamais la parole. Mais personne ne put rien contre ce mariage qui s'annonça très vite comme une évidence. Il y eut même une sorte de moment de grâce dans cette « guéguerre » : lorsqu'il fallut choisir dans quelle maison allait habiter le couple, les deux familles se mirent d'accord pour percer une porte dans le mur mitoyen afin de relier les deux cuisines.

Pourtant, Pierrot, unique fruit de cette union, resta le seul à franchir le seuil de cette fameuse porte réalisée dans l'enthousiasme des fiançailles, car les deux familles se brouillèrent de nouveau dès le lendemain du mariage et plus aucun adulte ne franchit ce seuil jusqu'à la mort des deux grands-parents.

Pierrot eut donc une enfance très heureuse, choyé par chacune des deux familles qui rivalisaient d'attention pour lui, sans jamais se parler. Grâce à cela, après avoir réclamé le goûter à la mamée Noélie, il pouvait tranquillement en réclamer un autre à la mamée Justine.

C'est sans doute ainsi que, dans ce pays de disette, il parvint à devenir un si grand gaillard.

Alors que les deux familles se haïssaient, la Paulette et le Mauricet formaient un couple que tous enviaient, tant il émanait d'eux respect et tendresse. La Paulette était une toute petite brunette frêle qui disparaissait dans ses robes de fillette, et le Mauricet un gars aux larges épaules et au regard bleu.

Ils eurent leur Pierrot un peu tardivement, la Paulette malgré son air d'adolescente avait trente ans passés, et son époux trois ans de plus. Malheureusement, en 1967, Mauricet mourut écrasé sous un rocher. Tout le monde crut que la petite Paulette n'y survivrait pas. Elle était si fine, si fragile : « *Peuchérette,* pâlotte et maigrelette comme un fétu de paille, quasi transparente ! » disait le Pétou, avec affection.

Paulette s'accrocha pourtant, reportant toute son attention, tout son amour, et tout ce qui lui restait de force sur son colosse de fils.

On voyait en elle une mère exemplaire.

Tout le monde l'aimait bien, la Paulette.

Même Juliette. C'est tout dire...

Il était émouvant, à l'époque, de les voir sortir du double mas pour aller jusqu'à la boutique du Ripolin : la maman, à peine plus grande que le fiston à qui elle tenait fermement la main, alors que le reste du temps le gamin courait librement à travers tout le village. À les voir, elle si fluette et lui si costaud, c'était à se demander qui tenait la main de l'autre.

À neuf ans donc, Pierrot devint l'homme de la maison et décida que dorénavant il s'occuperait de sa mère.

C'est l'unique raison pour laquelle il n'avait jamais quitté le hameau.

10 : 32

Et l'Électrocuté, où était-il ?

Juliette le vit soudain débouler vers sa moto, la démarrer en la poussant et repartir à vive allure.

Et mon courrier ? Espèce de salopiaud ! dit-elle.

Elle pesta en suivant la moto des yeux et ne s'inquiéta que lorsqu'elle se rendit compte que le casque-écouteur pendait, ballotté par le vent, dans le dos d'Elvis.

Que s'était-il passé ?

Elle se précipita vers la fenêtre de son cabinet de toilette pour avoir une vue de l'autre côté du village, c'est-à-dire du côté de la rue droite, là où habitait le reste du village : Aurélie et sa mère, la Vivette, Léonie dite « la Taupe » et l'Ernest.

Mais rien n'attira son attention.

10 : 51

Lorsque Juliette revint vers son balcon, elle découvrit le Pierrot qui, sur la placette, juste en bas de chez elle, errait de façon étrange. Il marchait en rond, tête baissée.

Ce n'était pas normal. Pierrot n'errait jamais. Pierrot était toujours en train de faire quelque chose.

Elle ouvrit la porte du balcon et sortit.

— Oh Pierrot ! Ça ne va pas ?

Pierrot lui jeta un regard perdu en secouant la tête.

— C'est maman.

— Quoi, maman…

— Elle est morte.

— *Cré Noun… !* lâcha Juliette en espérant que ses paroles ne seraient pas les dernières.

On était mardi.

La Paulette était morte.

Cela allait déclencher la plus grosse crise que Pouligeac ait jamais connue.

De mémoire de Juliette !

Les événements s'enchaînèrent assez vite.

D'abord, le Pierrot était resté là, à tourner en rond pendant encore une bonne demi-heure avant que le 4 × 4 du médecin et l'estafette des gendarmes viennent se garer en bas de chez Juliette, puisqu'il n'y avait pas moyen de se garer ailleurs.

De son balcon, elle les avait regardés arriver, se disant que si par hasard elle « se mettait à mourir » elle aussi tout de suite, cela leur éviterait de faire le voyage deux fois. Elle répéta même quelques mimiques de masque mortuaire, pour être prête « au cas où », mais des visites l'interrompirent.

Des visites !

Pas une. Des.

À Pouligeac, les visites étaient rares, très rares même, on ne se fréquentait pas entre voisins. Tous étaient trop occupés pour ça ! Les journées étaient bien remplies ; le petit déjeuner, le ménage, le courrier (entre La Redoute, les 3 Suisses, Damart et Blanche Porte, il y en avait déjà pour presque une heure de lecture !), réception des courses et lecture du *Midi-Libre*, les nouvelles à la télé, le repas, la vaisselle, *Les Feux de l'amour*, la sieste, *Des Chiffres et des Lettres*, la préparation du dîner, les actualités à la télé (l'autre chaîne pour ne pas voir les mêmes qu'à midi), la vaisselle, le film ou les variétés et... au dodo.

On se réveille, le petit déjeuner, etc.

Personne n'avait le temps de ne rien faire d'autre ! Et surtout pas de faire des visites !

Sauf quand il se passait quelque chose de grave.

Ou que l'électricité était coupée.

C'est-à-dire rarement.

11 : 03

D'abord arriva l'Aurélie, elle au moins était toujours à l'heure pour faire le ménage, quoi qu'il advienne.

Bien qu'elle soit pourvue d'une « conséquente surcharge pondérale », comme le disait gentiment le docteur, elle avait déboulé au pas de course, toute rouge, tout essoufflée, tout excitée, et lui avait tout raconté.

La veille au soir, la Paulette avait commencé à saigner abondamment du nez, mais elle n'avait surtout pas appelé son fils de peur de le réveiller. Elle disait toujours : « Mon gaminas, il faut qu'il dorme ! Avec tout ce qu'il se dépense... » Elle avait donc d'abord silencieusement rempli une sorte d'écuelle de sang, puis une petite cuvette et là, comme elle n'était pas bien épaisse, elle avait sans doute perdu conscience, car elle avait fini par se vider entièrement dans son sommeil.

— De partout ! Si vous voyez ce que je veux dire..., ajouta-t-elle en faisant des grands gestes du côté de sa culotte.

L'Aurélie adorait les détails macabres.

Au réveil, comme le Pierrot n'avait pas trouvé son bol de chocolat chaud et ses grosses tartines beurrées sur la table de la cuisine de droite, il avait bondi, dans un réflexe ressurgi de l'enfance, dans la cuisine de gauche. Rien. Les tables des deux cuisines étaient vides. Il avait aussitôt compris que quelque chose de grave était arrivé. D'un pas lent, le souffle court, le géant était entré dans la chambre de sa mère et l'avait retrouvée morte au milieu d'une énorme flaque de sang.

— Sèche comme un pelardon à la Toussaint, commenta l'Aurélie en se désolant.

Juliette frissonna :

— Quelle tête elle avait ?

— Comment ça, quelle tête elle avait ?

— Elle avait les yeux ouverts ? La bouche ouverte ? Elle faisait peur ?

— Je ne sais pas, je ne l'ai vue qu'une fois que le Pierrot avait changé le drap et l'avait recouverte.

Juliette secoua la tête d'un air affligé, un peu déçue quand même.

— Quatre-vingt-un ans ! Une gamine...

Sans qu'elle ne sache pourquoi cette réflexion déclencha l'Aurélie sur son thème de « la pauvre femme » ; pauvre Paulette, déjà que son mari l'avait quittée si jeune et puis maintenant c'est son fils qui l'avait laissée se saigner toute seule la nuit entière !

— Quels *saloupardasses*, ces hommes, quand même !

D'expérience, Juliette savait qu'il ne fallait surtout pas tenter d'argumenter avec Aurélie ni même oser rétorquer que le pauvre mari en question était mort bien malgré lui sous plusieurs tonnes de roches et que le pauvre fils n'avait jamais demandé qu'on ne le réveille pas. La haine de l'Aurélie pour les hommes était tenace. Aucun, ou presque, n'avait grâce à ses yeux.

Depuis son divorce, une vingtaine d'années auparavant, elle était revenue au hameau vivre avec sa mère, la Vivette, dans une haute maison en pierre austère, où les deux femmes s'activaient à la cuisine. Elle y avait pris trente kilos. Le Pétou l'avait même un temps surnommée « la Gonflette », puis il avait oublié.

On ne sait trop par quel miracle, à soixante-six ans, Aurélie pouvait encore être salariée, même à temps partiel, de l'ADMR. Sans doute parce qu'il n'y avait personne d'autre et qu'il fallait bien que quelqu'un s'occupe un peu de Juliette.

Aurélie avait une fille, Lucille, mais celle-ci s'était mariée à un buraliste de Montargis et venait rarement la voir, le gendre n'étant pas le bienvenu. Il faut dire que l'Aurélie et sa mère Vivette avaient en commun la haine des hommes. Toutes les deux avaient été quittées par leur mari et aucune ne l'avait digéré. Depuis elles attendaient vainement l'arrivée en larmes de la petite dernière, vouée fatalement à être abandonnée elle aussi par l'horrible mâle. Il est certain que le fait de vivre ensemble en ressassant mutuellement leur hargne n'arrangeait rien. Le Pétou, grand séducteur devant l'Éternel, ou éternel grand séducteur – c'est selon –, disait, sur le ton d'une plaisanterie qui n'en était pas vraiment une, qu'il évitait de passer devant leur mas à la nuit tombée. « Trop dangereux. »

Aurélie, qui méprisait ouvertement le Pétou, avait annoncé lors de la signature à l'ADMR qu'elle refuserait de faire le ménage chez lui.

— Mais je lui ai rien demandé à cette *goudasque*[1], avait commenté le Pétou.

À ce propos, à Pouligeac, on se demandait bien à quoi pouvait ressembler l'intérieur de ce célibataire de quatre-vingt-douze ans puisque du coup personne n'entrait jamais chez lui.

Sauf peut-être l'Électrocuté.

Mais à celui-là on ne demandait jamais rien.

Aurélie partit dès que le Pétou, à qui elle ne disait plus bonjour depuis plus de trente ans, arriva.

Juliette fut surprise de sa venue. Cela faisait des années que le Pétou, bien qu'habitant la maison qui jouxtait la sienne, n'était entré chez elle.

Il est « tout chose », pensa-t-elle en le voyant sur le pas de la porte. Le vieil homme avait même l'air d'avoir un peu pleuré.

— Et voilà ! On est plus que neuf ! dit-il en s'asseyant.

— Quasiment huit ! répondit Juliette.

Ils restèrent dix bonnes minutes à se regarder sans rien dire, les yeux dans le vague, le souffle un peu court, puis le vieil homme finit par se lever :

— Bon, faut que j'y aille. Ça va être l'heure du feuilleton.

Le lendemain, mercredi (un an, un mois et cinq jours), Juliette ne quitta pas la fenêtre du balcon. Elle redoutait tant que quelque chose lui échappe qu'elle se mit à peine à table devant sa Ricoré et fit un passage éclair dans le cabinet de toilette.

1. Grosse femme bête et bruyante (définition de Jean-Pierre Chabrol).

08 : 27

Elle était déjà à son poste.

Mais il ne se passait pas grand-chose.

Quoique... pour Pouligeac pas grand-chose, c'était déjà beaucoup.

Vers 9 heures (elle ne prit même pas le temps de jeter un œil à la grosse l'horloge), deux hommes des Pompes funèbres vinrent chercher le corps. La voiture ne pouvant arriver jusqu'à la maison, ils durent se garer sur la placette, comme tout le monde, en bas de chez Juliette, et pousser le brancard sur les trois cents mètres de la rue droite. Elle reconnut Julien Fabre, le jeune homme d'Alès qui lui avait « fait sa plaque », et se précipita sur le balcon pour lui dire bonjour comme à une vieille connaissance. En la reconnaissant, le jeune homme manqua défaillir.

« Le pauvre, il voit une revenante qui n'est jamais partie », se dit-elle en agitant vigoureusement le bras.

Elle trouva ça très drôle.

Il lui répondit par un signe de la main incertain accompagné d'un sourire étrange.

— Ben Julien... qu'est-ce t'as ? demanda son collègue.

— Rien... je dis bonjour à une cliente. Je... je croyais qu'elle était décédée depuis longtemps. On a fait sa plaque mortuaire.

— Tu... quoi ?

Julien surprit le regard inquiet du collègue.

— Non, rien. Laisse tomber.

09 : 32 (Là, elle regarda l'horloge) L'Électrocuté vint faire sa tournée. Il déposa le courrier chez Juliette : trois catalogues accompagnés de toutes sortes de lettres colorées, de trucs à remplir, à gratter, à répondre, à gagner. Tant pis, elle n'en avait pas le temps. Pas aujourd'hui.

Juste avant de descendre l'escalier, sans prévenir, l'Elvis retira l'un des écouteurs. Juliette vacilla sous le soudain vacarme et se raccrocha de justesse à la rambarde de l'escalier. Il se mit à hurler pour couvrir le tamtam du batteur de galères :

— MADAME JULIETTE, JE PEUX VOUS LAISSER LE COURRIER DES BRANSLEGGER ? ILS ONT FAIT SUIVRE LEUR COURRIER MAIS ILS N'ARRIVENT QUE DEMAIN ET JE VOUDRAIS PAS DÉRANGER LE PIERROT, UN JOUR COMME AUJOURD'HUI. VOUS POURREZ LUI DONNER DEMAIN ?

Elle hurla :

— MAIS JE SERAI PEUT-ÊTRE BIEN MORTE, MOI, DEMAIN.

— ÇA FAIT RIEN MADAME JULIETTE, JE PRENDS LE RISQUE !

Elle lui fit une mimique mitigée du genre : moi je ne le risquerais pas ! Puis tout d'un coup, elle réalisa ce qu'il venait de dire.

Elle hurla encore :

— COMMENT ÇA : ILS ARRIVENT DEMAIN ?

— EH OUI ! LE CAMION DE DÉMÉNAGEMENT ARRIVE DEMAIN MATIN. ILS ONT EU LEUR RETRAITE, ÇA Y EST ! ALLEZ, À TÔT-BIEN !

Elle voulut en savoir plus, mais l'Électrocuté avait déjà remis son casque et après le bien-être qu'elle en avait aussitôt ressenti, elle ne se sentait plus de subir la gifle sonore une seconde fois.

Elle regarda la grosse enveloppe en papier kraft de la poste : « enveloppe de réexpédition » au nom de M. Branslegger Franz, Mme Cartelet épouse Branslegger Martine.

Juliette se laissa choir sur son fauteuil, dos à sa télévision toujours allumée. Abasourdie.

Soixante ans après la guerre, les Boches débarquaient à nouveau !

Heureusement qu'elle ne serait plus là pour voir ça !

On sait qu'à partir d'un certain âge, les choses peuvent prendre des proportions démesurées.

Alors, à cent un ans, Juliette avait bien le droit d'en rajouter un peu...

Mais là, elle en rajoutait beaucoup.

D'abord, aussi loin que l'on remonte dans les guerres passées, aucun soldat allemand n'était jamais entré à Pouligeac – à moins d'un touriste égaré –, mais personne ne pouvait affirmer y avoir vu le moindre Teuton en uniforme. D'ailleurs, en dépit des nombreux résistants qui arpentaient les moindres recoins de la montagne, on ne se souvenait pas non plus d'y avoir vu le moindre maquisard.

Si Pouligeac avait connu la Seconde Guerre, c'était quasiment par ouï-dire.

Ensuite, Franz Branslegger n'était même pas allemand. « Le Boche » était le nom que le Pétou lui avait donné le premier jour où il s'était présenté au village. Il lui avait trouvé un drôle d'accent « boche » et un nom « boche ». C'était donc devenu « le Boche ». Malheureusement, non seulement le Pétou avait une méchante tendance à surnommer tout le monde un peu vite, y compris lui-même, mais la plupart du temps il fallait déplorer la pérennité de ces surnoms.

Franz et Martine Branslegger étaient un « jeune » couple de retraités, lui de vague origine alsacienne et elle de la banlieue parisienne. Ils avaient enseigné toute leur vie à Noisy-le-Sec, attendant patiemment le moment de pouvoir se retirer à Pouligeac, « ce charmant petit hameau perdu », comme ils le disaient.

Les gens du coin les prenaient pour des « *fadas* », de ces illuminés de hippies qui dans le temps venaient des beaux quartiers de la capitale pour traire dix chèvres et fabriquer des pelardons immangeables. La réalité était tout autre. Cinq ans plus tôt, Arnaud, leur fils unique, s'était tué dans un accident de voiture. Bêtement. Parce qu'il était pressé, parce qu'il avait un rendez-vous dit important, parce qu'il avait une voiture puissante. Depuis, les Branslegger avaient perdu toute foi dans la société moderne urbaine et notamment dans l'automobile. Ils ne rêvaient que de fuir la région parisienne et tout ce qui les ramenait trop violemment au douloureux manque de leur fils. Cela faisait deux ans maintenant qu'ils avaient trouvé dans une petite annonce du *Midi-Libre* l'objet de leur rêve, ou plutôt de leur fuite.

Loin de tout. À Pouligeac.

C'est ainsi qu'ils avaient acheté à un cousin des Ripolin un vieux mas délabré qui se trouvait à cent cinquante mètres au-delà de la maison de la Vivette.

— Une affaire ! avait décrété le professeur.

— Une épave ! avait commenté le Pétou.

À cinquante-neuf ans, Franz Branslegger était un homme prématurément vieilli, à la barbe et aux cheveux longs et gris. Il portait toujours de larges chandails et un pantalon en velours côtelé d'une couleur indéfinissable, quelque chose se situant entre le beige et le gris. Il était resté un éternel « baba cool » et militant gauchiste, ce qui paradoxalement lui avait permis de garder un certain enthousiasme malgré son deuil. Il était également féru d'informatique, mais aussi de jardinage « bio », d'énergie alternative, de chauffage solaire et de recyclage des déchets. Il avait d'ailleurs bricolé dans le jardin, derrière le mas, des toilettes qui fonctionnaient – quand elles fonctionnaient – avec une espèce de pompe qui rejetait les excréments directement dans une sorte de bassin infâme où tout ça macérerait longuement dans le but de devenir un engrais naturel « ultra performant ».

— Il chierait dans un pot de chambre, ce serait plus simple, avait dit le Pierrot en déchargeant les courses hebdomadaires chez le Ripolin après que Franz Branslegger eut passé une bonne demi-heure à lui expliquer le principe. Il suffirait ensuite de le jeter dans le jardin. Ce serait pareil.

— Et il se pèlerait moins le cul en hiver ! avait renchéri le Ripolin tout en pestant contre le camion Butagaz qui n'avait toujours pas livré.

— Vous n'avez rien compris, c'est un *cagadou* scientifique ! Nous, on ne peut pas comprendre. On n'a pas les diplômes. Faudrait pas oublier que le Boche, c'est un professeur ! avait ajouté la Ginette en hochant la tête avec considération tout en recomptant chiffre par chiffre la note de l'Hyper d'Alès.

— Un professeur d'espagnol ! avait conclu le Pierrot d'un air sceptique.

Franz avait plusieurs raisons d'éprouver une adoration indéfectible pour le Pierrot. D'abord lui et sa femme avaient juré de ne plus jamais toucher un volant, mais surtout, il était piètre bricoleur. Or leur mas était une constante source de réparations en tout genre : électricité, plomberie, menuiserie, toiture, etc. À lui seul ce mas aurait pu entretenir le confortable train de vie d'un honnête artisan touche à tout.

Pierrot, lui, ne se faisait pas vraiment payer pour les multiservices qu'il fournissait à chacun. Lorsqu'il était petit, sa maman lui avait répété qu'il fallait aider son prochain et depuis il n'avait jamais cessé de donner des « coups de main ». En échange, chacun lui « donnait la pièce » à sa façon. Pierrot ne faisait jamais la moindre réflexion à personne alors que pour le même service, les courses à l'Hyper d'Alès par exemple, Léonie Prouhèze, dite « la Taupe », pouvait lui donner vingt euros quand la Ginette, qui avait pourtant une bien meilleure retraite, n'en donnait que deux.

Peu lui importait.

D'ailleurs s'il avait fini par accepter cet argent, c'est qu'en tant qu'employé municipal à mi-temps de la mairie de Petrosac, affecté à Pouligeac, il n'avait qu'un demi-salaire de misère pour débroussailler les ruelles et le chemin qui menait à la départementale et s'occuper des ordures. Ce qui heureusement lui prenait peu de temps.

Aussi, dès que les Branslegger étaient là, le Pierrot pouvait travailler chez eux quasiment tous les après-midi. Il était né de cette proximité une sorte d'amitié à la fois respectueuse et distante. Les deux hommes ne se tapaient pas sur l'épaule, mais tout en se vouvoyant, ils éprouvaient une sorte de complicité, un réel plaisir à échanger entre « jeunes ».

Le Pierrot aimait bien écouter « le prof ». Il était curieux, s'intéressait à tout, et puis cela le valorisait, lui qui se sentait quasiment analphabète. Quant à Franz, non seulement il voyait le Pierrot comme un puits de connaissances sans fond, mais en plus, grâce à lui, il se sentait moins seul. Il lui avait même confié la tragédie qu'ils avaient vécue en lui demandant de n'en parler à personne. Les condoléances et la compassion font parfois plus mal que les souvenirs tenaces.

Si Franz Branslegger se passionnait pour les « nouvelles expériences technologiques », Martine Branslegger, elle, en ex-professeur de dessin, avait trouvé refuge dans la peinture. Son mari – avec l'aide précieuse du Pierrot – lui avait aménagé une sorte d'atelier dans l'ancienne magnanerie, sous le toit du vieux mas. Martine était une femme toute ronde aux joues roses, très douce, incapable du moindre mauvais sentiment. Elle était charmante avec tous, affichait en permanence une sorte de sourire épanoui et un air absent, un peu lunaire. Elle ne parlait que rarement, la plupart du temps juste pour s'exclamer en faisant les yeux ronds un « ça alors ! » ponctué d'un petit rire cristallin.

C'est pourquoi le Pétou l'avait surnommé « l'Estabouzite[1] ».

Juliette aurait aimé commenter cette augmentation soudaine de population avec le Pierrot, mais le pauvre... il avait bien la tête ailleurs à se préparer à enterrer sa pauvre maman.

Oubliant aussitôt « l'invasion » prochaine, elle se mit à penser à la Paulette. Ainsi, elle était morte. Elle.

Lui revint alors en mémoire le jour où la petite Paulette était venue au monde : le 10 juin 1925.

La date était inoubliable.

C'est le jour où ça s'était passé.

Il était robuste, il avait des épaules qui l'enveloppaient, un torse contre lequel on pouvait se cacher

1. L'éberluée.

tout entière et surtout ce sourire qui la faisait chavirer. Et puis il avait de ces mains !

Tout d'un coup, elle les revit : des larges mains, deux fois, trois fois comme les siennes, des mains puissantes, si douces malgré les cals, des mains qui râpaient insensiblement la peau de ses cuisses, des mains qui...

Elle toussa et chassa vite ce souvenir devenu trop... tactile.

Ce 10 juin 1925...

Il l'avait attirée dans les marches qui descendaient à la cave du mas des Rourgues dissimulées par une tonnelle de mûriers et de ronces. Il l'avait d'abord serrée contre lui. Fort. Très fort. Avec tant de douceur...

Au-dessus d'eux, qui ne pouvait les voir, il y avait le gamin des Lucas (famille aujourd'hui décimée), qu'on appelait le *Pétoulet*[1], et qui, accroché au talus face au mas en émoi, hurlait toutes les deux minutes à l'intention du reste du village et surtout de la bande de *gaminas* réunie en contrebas : « Ça y est presque ! Ça y est presque ! Il va sortir ! »

Et puis lorsque l'on avait entendu des pleurs de nourrisson, le Pétoulet avait crié « hourra ! » et son amant lui avait souri.

Paulette était née.

Aujourd'hui elle était morte.

À quatre-vingts ans.

Juliette l'avait bien aimée, la petite Paulette. Peut-être à cause de ce 10 juin 1925, peut-être aussi parce qu'elle avait toujours été « bravette ».

Pourtant elle ne ressentait aucune peine.

Sinon un peu pour le Pierrot, peut-être...

---

1. Tout petit.

— C'est vrai ça, pourquoi je serais triste ? se dit-elle. Je ne crois pas en Dieu, ni au paradis, ni au purgatoire, donc je ne peux pas être triste pour elle, puisqu'elle ne sent plus rien. Je pourrais être triste parce qu'elle va me manquer, mais elle ne me manquera quasiment pas puisque je vais moi-même partir d'un instant à l'autre...

Elle fronça les sourcils :

— Non vraiment, il n'y a pas de quoi être triste !

L'enterrement était prévu pour le samedi matin. Elle décida, si elle était encore là, de ne pas y aller de crainte de tomber raide devant la sépulture.

« Je ne voudrais quand même pas lui voler la vedette ! » se dit-elle en riant.

2

— Je m'en vais.

Le Pierrot avait prononcé ces mots graves de sa grosse voix chaude.

— Que voulez-vous dire par là ?

Franz le regardait en souriant poliment, comme s'il s'excusait d'avance de l'avoir mal compris.

— Je veux juste dire que je m'en vais. Maman est morte, alors je n'ai plus de raison de rester à Pouligeac. Je m'en vais.

Ils le regardaient tous, stupéfaits.

Le Pétou, le couple Branslegger, l'Ernest et l'Aurélie s'étaient retrouvés là, chez Juliette, un peu par hasard.

On était dimanche, il était presque midi.

La Paulette avait été enterrée la veille.

« De jolies funérailles », pensait Juliette, avec un soupçon de jalousie.

Elle savait bien qu'elle n'en aurait jamais de pareilles…

Pouligeac s'était retrouvé envahi par des dizaines de voitures. Le Pierrot était populaire et connaissait du monde, lui qui allait partout faire les courses de tout le hameau. Il y avait quasiment foule pour l'enterrement de sa mère.

Par respect pour lui et pour sa famille, de nombreuses personnes avaient eu la générosité d'affronter la piste caillouteuse et boueuse qui menait au hameau : il y avait là quelques vieux copains, des parents éloignés du Pierrot, mais surtout de nombreux commerçants des alentours qui espéraient exprimer là leur gratitude envers cet exceptionnel client.

C'est donc un véritable cortège qui avait accompagné la défunte jusqu'à sa dernière demeure pour un parcours cependant plutôt court : une centaine de mètres à peine séparait la maison du Pierrot du tombeau familial, situé en bordure des deux jardins.

Comme dans presque toutes les familles protestantes cévenoles, la famille était inhumée dans un caveau proche de la maison. Le tombeau de la famille de Pierrot avait une histoire et une forme particulières, puisqu'il avait subi les mêmes métamorphoses que la bâtisse qui lui faisait face. Le tombeau ancestral de la famille du Mauricet était presque collé à celui des parents de Juliette et, lorsque celui-ci était mort prématurément, les deux familles du couple tragiquement désuni avaient accepté, à la demande de la jeune veuve, de réunir les deux caveaux en construisant une sorte de pièce centrale dans laquelle, depuis trente-huit ans, le Mauricet attendait son amoureuse.

Au fur et à mesure de leurs décès, les parents de la Paulette avaient été inhumés à gauche avec leurs ancêtres, et ceux du Mauricet à droite avec les leurs, reproduisant le modèle des deux mas reliés par la porte de la cuisine.

Avec ces nouvelles funérailles, le couple d'amoureux réuni se trouvait de nouveau au centre des deux familles ennemies.

Roméo et Juliette, version Pouligeac.

La centenaire se disait qu'elle était bien contente « d'avoir tenu » jusque-là. Ces derniers jours avaient été passionnants ; entre le déménagement des « Boches » (une bonne partie de rigolade avec l'énorme camion embourbé au milieu du « goudron » à cinquante mètres devant chez elle, et le défilé des objets intimes transportés à dos d'homme sous une pluie battante) puis, deux jours après, les obsèques de la Paulette, Pouligeac avait vécu des moments palpitants.

Elle avait passé cette journée de funérailles à courir du salon à la chambre et vice versa. Dissimulée derrière le balcon du salon, elle avait pu voir chaque arrivant, bien obligé de garer sa voiture en bas de chez elle, et de la fenêtre de la chambre elle voyait la rue gauche ainsi que le double mas du Pierrot, avec au fond, au milieu des deux jardins, le tombeau familial ouvert.

Rien ne lui avait échappé.

Elle avait si bien tout observé, sans jamais cesser de se faire des tas de commentaires, que de toute la journée elle n'avait quasiment pas pensé à regarder son horloge électrique.

Le soir, elle était épuisée. Elle s'était couchée, habillée de sa plus jolie chemise de nuit, convaincue que cette fois-ci elle ne se réveillerait pas.

Au petit matin (un an, un mois, neuf jours) elle s'était réveillée affamée.

C'est alors qu'elle s'était rendu compte que le pot de Ricoré était presque vide et que le pain de mie était sec. Elle était allée jeter un coup d'œil dans le frigo : deux yaourts, un misérable bout de pelardon, une demi-bouteille de lait et plein de petits bouts de morceaux de ragougnasse secs, gris, verdâtres, de légumes fanés et de divers restes à l'abandon, à peine identifiables.

Décidément, Juliette ne jetait jamais rien.

D'ailleurs, c'est tout juste si Aurélie avait le droit d'ouvrir le frigidaire.

Il y avait plus de cinq jours que le Pierrot n'avait fait la moindre course et que le village n'avait plus de pain frais. « C'est bien la première fois qu'il nous fait un coup pareil », pensa-t-elle, « heureusement que la Paulette ne mourra pas deux fois ! »

Elle eut un instant d'inquiétude. La disette guettait.

Mourir d'accord, mais pas le ventre creux.

Pas dans les affres de la faim.

Convaincue que son grand âge lui donnait tous les droits, elle décida que cela ferait le plus grand bien au Pierrot de faire un petit tour au Super Market de Petrosac. Elle l'appela.

— C'est toi ?

Juliette commençait toutes ses conversations téléphoniques par « c'est toi » ou « c'est moi ». Peu importe à qui elle s'adressait. Il n'y a que lorsqu'elle appelait une administration quelconque qu'elle disait : « C'est vous ? »

— Bonjour, madame Juliette.

— Dis, Pierrot, maintenant que ta pauvre maman est là-bas dans le caveau, tu peux retourner faire quelques courses, hein ? Ma Ricoré est presque finie. Et mon pain Jacquet est presque aussi rassis que moi. Et puis toutes ces émotions ne m'ont pas fait du bien, tu sais. Je ne me sens pas en forme.

— Ça va pas, madame Juliette ?

Son ton trahissait une certaine habitude.

— Pas très bien, non. Viens me voir. Et ne tarde pas, hein ? Si tu veux que je t'embrasse une dernière fois, mon pauvre Pierrot, il va même falloir faire vite.

— Bon, je monte vous voir, avait-il répondu d'un ton las.

Juliette savait d'expérience que dès qu'elle se disait un peu malade ou « pas bien », le Pierrot se précipitait. Il était toujours sur le qui-vive avec elle, car contrairement à beaucoup de personnes âgées, Juliette refusait d'appeler le médecin : « C'est une dépense inutile, disait-elle, d'autant plus que d'ici qu'il arrive, je serai sans doute déjà morte. Alors à quoi bon, hein ? »

Depuis quelques jours, le hameau entier, en manque, guettait le moindre mouvement du Pierrot.

Mais personne n'aurait osé lui demander le moindre service dans un moment pareil.

Alors, lorsque le Pétou l'avait vu monter chez Juliette, il l'y avait suivi dans l'espoir de pouvoir rajouter quelques produits à la liste de courses de la centenaire. Le couple Branslegger avait fait de même. L'Aurélie, elle, avait d'abord fait demi-tour en voyant le Pétou monter l'escalier, mais la curiosité et le besoin avaient été plus forts que tout et finalement elle s'était décidée, elle aussi, à se rendre chez Juliette. D'autant qu'elle avait vu l'Ernest prendre cette même direction. Aurélie avait beau détester les hommes, elle avait tout de même quelque considération pour ce brave retraité des postes, ancien mineur mais avant tout ancien militant communiste, qui avait le mérite d'avoir élevé seul son fils encore nourrisson après que son épouse eut claqué la porte du hameau pour rejoindre la poste centrale de Lyon.

Bien qu'ils soient voisins, elle avait rarement l'occasion de le croiser. Or Ernest était le seul homme – hormis le Pierrot qui restait pour elle un gamin – qui ne la dégoûtait pas trop.

La centenaire n'en revenait pas : que de visites !

Elle les avait tous reçus avec un « Ah, c'est toi ? » à peine aimable. Tout en jubilant.

Elle avait accueilli les Branslegger (« Les professeurs boches venus de Paris ! ») montés chez elle pour la première fois par un « Vous connaissez ma plaque ? » dit sur un ton mondain en désignant d'un petit geste maniéré l'énorme objet de marbre rose près de la télévision.

— Elle est belle, n'est-ce pas ? Ils n'auront qu'à changer la date le moment venu, c'est tout. C'est solide ces choses-là, c'est fait pour durer.

Le couple de retraités en était resté quelque peu saisi, bien qu'il ait eu vent de la « chose ».

Tout le canton connaissait l'existence de la fameuse plaque.

Le colosse de quarante-sept ans avait l'air d'un petit garçon.

Il était assis sur la chaise, les coudes appuyés sur ses larges cuisses, les mains jointes, la tête relevée faisant face aux autres avec un regard d'une infinie tristesse.

Un orphelin.

Le silence soulignait la stupeur générale.

Au bout d'un long moment, c'est l'Estabouzite qui rompit le silence :

— Ça alors ! s'exclama-t-elle avec ses gros yeux ronds.

Cela eut au moins le mérite de secouer son mari :

— C'est le chagrin qui vous fait réagir si violemment, Pierrot. Quand on subit un choc émotionnel si fort, on a envie de tout envoyer valser. C'est normal. Attendez un peu, vous verrez, le temps efface tout.

Il croisa le regard de sa femme et son ton devint tout de suite moins convaincant :

— À Pouligeac, vous êtes chez vous, tranquille, à l'abri de tout. Pourquoi partir ? Vous êtes si bien ici…

— Parce que je veux une femme.

Ça lui avait échappé. L'Aurélie ricana :

— Tous les mêmes ! susurra-t-elle.

Pierrot tenta d'éclaircir sa voix, qui resta malgré tout un peu rauque.

— Non… ce que je veux, c'est une vraie vie. Je veux me marier, peut-être même avoir… des enfants.

Rien que de le dire, il en était ému. Il y croyait à peine.

— Si je vais à Alès ou à Nîmes, je peux peut-être me trouver un travail et une femme. Ici, non. Même pas à Petrosac ou à Villemort, j'ai cherché déjà. Je connais tout le monde là-bas, j'y vais tous les jours. Y a personne pour moi, par là-bas. S'il le faut, j'irai même jusqu'à Montpellier ou Béziers.

— C'est ça. Et pourquoi pas New York, tant que tu y es ! dit Ernest, sarcastique.

— Je n'ai que quarante-sept ans, moi. J'ai encore ma chance, non ?

— Tu crois ça, toi ? Juliette le regardait en soupirant. À presque cinquante ans, tu vas aller faire le joli cœur et l'apprenti à la ville ? Mais qui voudra de toi, mon pauvre garçon ?

— Je ne sais pas. Mais j'vais pas rester seul ici. J'veux essayer. Je veux partir.

Il y a eu un nouveau silence pesant.

— Et nous ?

C'est le Pétou qui avait posé la question. Il avait l'air paniqué.

— Tu y penses à nous ?

— Ben, je sais. Il va falloir trouver quelqu'un pour les courses. À Alès, on peut faire livrer.

Quelqu'un tapa à la porte.

C'était la femme du Ripolin. Bien que leurs maisons soient l'une à côté de l'autre, la Ginette n'était pas venue chez Juliette depuis plusieurs années. Elle avait l'air très gênée, surtout en découvrant Juliette qui, trônant dans son fauteuil, la toisait avec curiosité.

— Tiens, tu es là, toi ?

— Bien le bonjour à tous.

— Si tu viens pour me veiller, je ne suis toujours pas morte, dit Juliette d'un ton à peine aimable.

— Ben, c'est que j'ai vu monter le Pierrot, et puis les autres, alors je me suis dit qu'il se passait peut-être quelque chose. La loi des séries, *sas*...

— Raté. Je suis encore vivante. Mais plus pour longtemps vu que le Pierrot va tous nous tuer.

Franz intervint :

— Bonjour madame Vidal. Nous sommes tous sous le choc de l'annonce faite par Pierrot de quitter Pouligeac.

— Quitter Pouligeac ? Et pourquoi ?

L'Aurélie ne put retenir un « hum » narquois.

Franz reprit :

— Pierrot souhaite déménager en ville pour fonder une famille.

— Une famille ? En voilà une idée ! reprit-elle. Tu t'es trouvé une femme, Pierrot ?

Aurélie décida de répondre à sa place :

— Non, mais monsieur part à la chasse à la femelle, à la ville.

— J'ai décidé de quitter le village, répéta Pierrot calmement.

— Fichtre !

— Nous cherchons des solutions pour l'approvisionnement de chacun. Il propose que l'on fasse livrer les courses, dit Franz.

— Ça coûte, ça... réfléchit Ginette en connaisseuse.

— Et si quelque chose casse à la maison ? demanda l'Aurélie. On fait quoi, hein, Pierrot ?

Pierrot se sentait au tribunal. Son regard se durcit.

— Vous avez le téléphone, non ? Vous pouvez appeler un réparateur.

— Et si c'est le téléphone qui casse ? *Crébarén*[1]..., ajouta le Pétou, totalement abattu.

— Il y a l'Électrocuté ! Même qu'il est d'accord aussi pour livrer le pain et le journal, si on lui donne la pièce...

— Tu nous abandonnes à cet assassin d'oreilles, ce tueur de tympan ? Tu veux qu'on finisse tous sourds, c'est ça que tu veux ? dit le Pétou, en colère.

— Oh, faut pas exagérer ! En tout cas, lui, il vient tous les jours. Ou presque.

Aurélie secoua la tête.

— Moi, tu vois, c'est le « ou presque » qui me gêne. Si on ajoute les jours de grève, les jours fériés, les dimanches et les jours où « le goudron » est coupé pour cause de neige, de déluge ou de mauvaise volonté, ton « presque », il devient même « très » gênant.

— Certes, ajouta Franz d'un air soucieux.

Pierrot se tourna vers Aurélie :

1. Nous crèverons...

— Tu n'as qu'à passer ton permis. T'es encore jeune, toi !

— Passer mon permis ? À soixante-six ans ? Qui c'est qui va me le donner ? La Redoute ? Et puis quand bien même, déjà que je fais le ménage, ne comptez pas sur moi pour faire aussi les courses !

— En dehors du Pierrot, c'est vous les plus jeunes, maintenant, dit-elle en s'adressant à Franz et à sa femme.

— Mais nous refusons de conduire. Nous sommes contre les carburants polluants, et…

Aurélie haussa les épaules :

— Et toi, Ernest tu l'as pas ton permis ?

— Si. Je l'ai eu à l'armée et en moins de six mois j'ai plié trois Willys. Je n'ai plus conduit depuis. Mais de toute façon, je ne peux pas conduire. Je prends des médicaments qui l'interdisent.

Aurélie le regarda avec étonnement.

— Y a des médicaments qui empêchent de conduire ?

— De toute façon, ça ne changerait rien, dit-il pour couper court à toute question. L'autre jour, c'est ma débroussailleuse qui est tombée en panne. Il t'a fallu dix minutes pour la réparer, Pierrot. Qui c'est que j'aurais pu appeler, moi ? L'électrocuté ? Il ne ferait pas la différence entre un pelardon et une clef à molette…

— Et les réparateurs professionnels qui viennent de la ville, on les connaît ! ajouta Ginette. Ils mettent des semaines pour venir et rien que pour faire le devis, ils te mangent déjà la pension !

Le Pierrot souleva sa lourde masse de la chaise et se dirigea vers la porte.

— De toute façon, ma décision est prise.

Le Pétou s'énerva, il avait les larmes aux yeux :

— Tu veux qu'on crève tous ? C'est un génocide que tu veux ?

— Allons, calmons-nous, tenta Franz. Nous n'en sommes pas là, quand même.

— C'est peut-être une question d'argent. C'est ça, Pierrot ? demanda la Ginette, perfide.

Le Pierrot ne répondit même pas. De sa grosse voix toujours très calme, il ajouta simplement :

— Je vais rester jusqu'à l'été. Ça laisse du temps pour trouver des solutions. Je vous y aiderai. Bon, maintenant il faut que j'y aille. Préparez la grosse liste. Je descendrai à l'Hyper d'Alès demain, comme ça vous aurez tout. Tu préviens la Taupe, Aurélie ?

— Faut bien.

— À demain, madame Juliette.

— Qui sait ? répondit Juliette, en écho dramatique habituel.

Dès que Pierrot eut descendu les marches, Franz reprit les choses en main :

— Allons, ne soyez pas si inquiets. Il faut réagir solidairement et faire face ensemble à l'adversité. Une nouvelle bataille s'engage et je sais que tous ensemble, nous la gagnerons ! Je propose déjà que nous fassions une réunion avec l'ensemble des citoyens pour décider d'une action commune et concertée.

— La réunion, on peut la faire là, on y est tous, dit Aurélie.

Franz réagit :

— Ah non, mademoiselle Aurélie, il y a encore, madame… « la Taupe », comme vous l'appelez. Je m'excuse, je n'ai jamais entendu son vrai nom. Et puis le mari de madame, dit-il en désignant Ginette. Et votre mère !

— Je crois que si mon mari n'est pas là, on gagnera du temps, répondit la Ripoline, quant à ta mère, Aurélie... elle fit une mine désabusée.

— Quoi, ma mère ?

— Oh rien. Je me comprends, c'est tout.

— Fais attention à toi, Ginette ! Ma mère est peut-être un peu sourde mais pas manchote pour les torgnoles ! dit Aurélie menaçante.

— Tu me parles pas comme ça, Aurélie ! Parce que moi *Ti voou vira ün viro t'en laï que lou mur t'en viro ün autro tournamaï*[1] !

Le Pétou souriait, Juliette aussi, tous deux visiblement gourmands de l'éventuelle bagarre à venir. Ernest secouait la tête avec affliction. En le voyant, Aurélie se calma :

— Vous savez tous que ma mère n'est pas facile !

— C'est rien de le dire !... conclut Ginette.

Franz en profita :

— Alors, cette réunion ?

— Oui ! Votons ! dit l'Ernest dans l'enthousiasme d'un militantisme miraculeusement ressurgi.

— Voter quoi, imbécile ? Tu te crois à la tribune ? Bien sûr qu'on va la faire cette réunion ! répondit le Pétou. Demain !

L'Ernest blêmit :

— C'est pas parce que tu pourrais être mon père que je te permets de me parler comme ça ! Surtout devant des étrangers.

Franz tenta à nouveau de calmer les esprits :

— Je propose qu'on se retrouve chez moi. Demain après-midi, après ses courses, et après la sieste. Il faudra que le Pierrot soit là.

1. Je vais te donner une gifle qui t'enverra tellement fort que le mur t'en donnera une autre.

— À quelle heure ? réagit le Pétou. Parce qu'après, à 16 h 40, y a *Des Chiffres et des Lettres*.

— À 16 heures, ça va ? répondit calmement Franz.

— Non.

Ils se tournèrent tous vers Juliette.

— Et moi ? Même si je ne suis pas concernée parce que je ne serai plus là à l'été, je suis quand même encore de très bon conseil ! N'oubliez pas qu'à mon âge, mon expérience est unique. Elle vous manquera ! Vous n'en verrez pas souvent, des centenaires ! C'est moi qui vous le dis ! Alors, s'il fait beau et que je suis encore de ce monde demain, ce dont je doute avec toutes ces contrariétés, c'est sur la place que vous vous retrouverez. Comme ça je pourrai tout suivre du balcon. Et s'il pleut, vous monterez ici. En enlevant vos chaussures.

— D'accord, dit Franz.

— Je crois qu'on devrait demander au Mourniflet de venir. Il saura parler au Pierrot, proposa le Pétou.

Aurélie en oublia qu'elle refusait de lui parler depuis deux décennies ;

— Ça, c'est une bonne idée ! Vous avez raison, avec lui on est sauvé. Il le laissera jamais partir.

« Le Mourniflet[1] » était le surnom du médecin.

Le docteur Polge, qui résidait à Petrosac, venait si régulièrement à Pouligeac qu'il s'était résigné à investir dans une Jeep Cherokee quatre roues motrices, ceci après avoir cassé sur « le goudron » trois cardans et un nombre étonnant de roues, suspensions et autre arbre à came de ses voitures précédentes.

1. Mournifle : qui se mêle de ce qui ne le regarde pas (définition de Jean-Pierre Chabrol).

La télévision ayant remplacé depuis longtemps les échanges entre voisins, en dehors de l'apparition quotidienne, muette et furtive de l'Électrocuté, le Pierrot et le médecin restaient les seuls remparts contre la totale solitude des Pouligeacois.

Les deux hommes s'étaient ainsi habitués l'un l'autre à une étroite collaboration, ayant presque quotidiennement l'occasion de se rendre service.

Ils se tenaient en grande estime, d'autant plus qu'ils avaient le même âge et avaient parfois eu l'occasion de jouer ensemble dans l'enfance, puis de fréquenter les mêmes bals dans leur jeunesse.

Le médecin représentait pour le hameau une présence sécurisante et compatissante, ce qui n'était pas le rôle du Pierrot. C'est pourquoi le docteur Polge était appelé souvent, pour « presque rien ». Ou a contrario, comme dans le cas de la Paulette, lorsqu'il était trop tard.

Quoi qu'il en soit, le Mourniflet, comme l'avait surnommé le Pétou, savait qu'il avait peu de chance de soigner, au sens médical du terme, en venant à Pouligeac.

Mais sa conscience professionnelle, les obligations de service et les indemnités de déplacement faisaient que le médecin n'hésitait jamais à venir à Pouligeac quel que soit l'appel : « au cas où ». Pourtant, parfois, lorsque cela lui était trop difficile, parce qu'être le seul médecin d'une commune de montagne vous oblige à être de garde en permanence, et qu'il avait quelquefois envie de profiter tranquillement de son dimanche, il envoyait Pierrot jeter un coup d'œil, vérifier si l'urgence était vraiment médicale, ou s'il s'agissait plutôt de calmer par quelques paroles une petite crise de panique due à l'isolement. À l'inverse, lorsque Pierrot savait que le médecin allait venir, et qu'il voulait s'éviter les seize kilomètres du redoutable « goudron », il lui demandait de prendre la commande de pain. La grande majorité des activités du médecin consistait donc simplement à converser, renouveler les prescriptions, et apporter les médicaments. Ainsi, parce que plus on avance en âge, plus les ordonnances sont longues, les habitants de Pouligeac assuraient au Mourniflet un honnête petit chiffre d'affaires qui rentabilisait largement le crédit de la Cherokee.

Les habitants, Juliette mise à part.

Fils et petit-fils de médecin du canton, le docteur Polge connaissait parfaitement toutes les familles de Pouligeac ainsi que les spécificités de chacun. Sachant que Juliette ne l'appellerait jamais, il en profitait parfois, lorsqu'il venait en visite, l'air de rien, pour lui faire un brin de causette et vérifier si elle était toujours « en état ».

Elle était une curiosité pour lui : elle ne prenait ni traitement pour la tension, ni contre le cholestérol, ni pour la digestion, ni contre les rhumatismes, ni pour le cœur, ni contre les névralgies, ni pour la circulation, pas d'antalgiques, pas d'analgésiques, pas d'anti-inflammatoires, pas d'antidépresseurs, pas d'antihistaminiques, pas d'antibiotiques. Rien.

Depuis presque quinze ans, Juliette ne prenait plus aucun médicament, et elle était quasiment « en pleine forme ».

« Un cas d'école, se disait-il. Si je n'avais pas peur que ça la tue, je préviendrais la Faculté. »

Par contre, c'est volontairement que le Mourniflet ne venait jamais chez Robert Larguier dit « le Pétou » qui refusait de le voir et avait même tenté de ruiner sa réputation en l'affublant de ce surnom peu glorieux qui lui était resté depuis, quoique la plupart du temps employé par les autres avec bienveillance.

Le Pétou se méfiait terriblement des médecins depuis que le docteur Polge Alphonse, le grand-père de celui-ci, avait voulu le questionner un peu trop précisément, à son retour au village, sur ses « graves séquelles psychiatriques ».

Le naufragé, qui n'avait pas tout à fait bonne conscience sur l'entière légitimité de sa confortable pension, avait décidé que le docteur et sa lignée de praticiens n'étaient que des charlatans, des tueurs de patients (ils mourraient tous d'une maladie quelconque, pas vrai ?) et des espions de l'ennemi : « Les yeux et les oreilles de Petrosac ! » disait-il.

Et à Pouligeac, on n'aimait pas beaucoup Petrosac.

Aurélie accepta de mauvaise grâce de se charger d'appeler le Mourniflet en prétextant une urgence sur sa mère.

Finalement, tout le monde était reparti dans le calme, et d'assez bonne humeur, malgré les circonstances.

Ernest y était pour beaucoup. Arguant de l'âge avancé de chacun et de l'acrimonie d'Aurélie, il avait demandé à Franz d'aller lui-même prévenir la Taupe. Il pourrait ainsi faire sa connaissance.

Personne n'avait protesté. Juliette moins que personne.

Le Boche venait d'arriver au village et déjà il se croyait délégué syndical ?

Un bon petit bizutage ne lui ferait pas de mal.

Léonie Prouhèze, dite « la Taupe », était une vieille fille légèrement « délirante ».

D'abord, elle se disait fervente catholique, ce qui la faisait passer pour une originale dans son rôle de grenouille de bénitier, d'autant plus qu'elle était entourée d'une majorité d'athées. À Pouligeac, en plein pays huguenot, il n'y avait même pas de temple. C'est tout dire. Alors, une église...

Mais la véritable raison de sa réputation était autre. Jusqu'à ses quatre-vingt-un ans, Léonie avait brandi sa virginité tel un étendard glorieux, quasi militant, en ressassant un discours pudibond et rigoriste. Jusqu'à ce qu'un petit accident vasculaire lui fît soudain « virer sa cuti », comme le disait Juliette d'un ton méprisant. Du jour au lendemain, Léonie ne fut plus intéressée que par le sexe. Dès qu'un homme approchait quand elle était en période de « crise », ses propos avaient de quoi faire rougir un légionnaire, même vétéran des plus sévères campagnes.

« Géographiquement, elle est directement passée de Domrémy-la-Pucelle à Sodome et Gomorrhe », commentait le Pétou en ricanant. Il faut dire que la Léonie, qui avait frôlé la mort, avait brusquement décidé lors de sa convalescence de ne plus mourir vierge et qu'à son âge, ce problème n'était pas facile à résoudre. Elle s'était acheté par correspondance des vêtements cintrés et décolletés à dentelles et une quantité impressionnante de maquillage dont elle maîtrisait très mal l'usage, dans l'espoir, disait-elle, de mettre « tous les atouts de mon côté ». Le résultat, c'est qu'elle avait fait fuir les derniers démarcheurs et autres potentiels visiteurs mâles, et que même le médecin, lorsqu'il venait chez elle (elle l'appelait souvent), s'arrangeait pour se faire accompagner par Aurélie. Par prudence.

Mais en dehors de ce petit problème, tous s'accordaient à dire que Léonie était très gentille, une « bravette » disait-on même un peu méchamment, ce qui, dans leur langage, la caractérisait également comme peu intelligente. Léonie était continuellement souriante et portait de grosses lunettes teintées. Peu douée pour le jardinage, depuis des décennies elle passait des journées entières à martyriser son bout de jardin.

C'est pourquoi le Pétou l'avait surnommée « la Taupe ».

Au milieu de la rue droite, le mas de la Taupe faisait face à celui de la Vivette et de sa fille Aurélie.

Entre celles qui détestaient les hommes et celle qui les aimait trop, le Pétou disait que c'était le quartier chaud de Pouligeac et qu'un mâle y risquait à la fois le meurtre et le viol.

L'Ernest, qui habitait la troisième maison de la ruelle, à moins de cinquante mètres de celles des deux femmes, avouait lui-même se faire discret dans le quartier à la nuit tombée.

Un an, un mois, dix jours.

09 : 41

Chose incroyable, ce lundi de novembre, il faisait presque un temps d'été. D'été pouligeacois. C'est dire qu'on supportait quand même très bien la petite laine.

L'Électrocuté avait commencé sa tournée à l'heure et Pierrot était déjà passé prendre sa liste de courses.

Dès qu'il était reparti, Juliette s'était postée devant la fenêtre de son cabinet de toilette d'où elle pouvait surveiller toute la rue droite.

D'ailleurs, cette fois, elle n'était pas la seule derrière les vitres, presque tout le monde s'était mis à un poste d'observation quelconque afin de guetter le Boche venu rendre visite à la Taupe.

Franz savait bien qu'il y avait des rumeurs liées à la personne de Mme Léonie Prouhèze (Aurélie lui avait enfin dit son nom), mais il ne savait pas vraiment de quoi il s'agissait, il craignait juste qu'elle soit un peu sourde ou sénile.

Il était venu sans son épouse, parce que le Pétou avait lourdement insisté sur le fait que la Léonie, très fatiguée, « La pauvre !... », devait éviter de voir trop de monde à la fois.

Un véritable complot.

Il frappa à la porte.

Rien.

Il frappa à nouveau, plus fort, et perçut que le rideau de la fenêtre avait bougé. Il entendit une voix à la fois éraillée et aiguë de vieille femme crier joyeusement :

— J'arrive ! Attendez un peu, j'arrive.

Il hurla en prévision de sa surdité.

— C'EST FRANZ BRANSLEGGER, MADAM...

— Oui, oui, ne partez pas. J'arrive tout de suite !

Le ton se fit inquiet :

— Vous ne partez pas, hein ?

— Non, non, madame, j'attends.

Il attendit vingt minutes.

De temps en temps, il entendait la petite voix qui répétait : « J'arrive ! »

Derrière les vitres de leurs maisons, plus le temps passait, plus les villageois auraient donné cher pour voir la tête de la Taupe et, surtout, celle de Franz au moment où elle ouvrirait la porte.

Ils s'attendaient au pire.

Malheureusement, même les mieux placés ne virent pas grand-chose.

Quand la porte s'ouvrit enfin, Franz se trouva face à un être hybride, moitié extraterrestre, moitié sorcière qui, d'une solide et fine main déformée à la peau transparente et aux ongles crochus écarlates, le happait vers l'intérieur.

Il retint son souffle.

Lorsqu'elle vit la porte se refermer derrière le Boche, Juliette se précipita dans le salon pour jeter un coup d'œil à l'horloge :

10 : 11

Combien de temps allait-il tenir avant de se sauver en courant ? Elle s'en régalait d'avance.

Elle repartit, trottinant vers le cabinet de toilette.

— Entrez, entrez ! disait Léonie Prouhèze.

Il en oublia son éventuelle surdité et murmura :

— Bonjour…

Il fut d'abord pris à la gorge par une odeur agressive mélangeant à fortes doses égales le fumet de la soupe à l'oignon de la veille et *Irrésistible* de Givenchy dont la vieillarde s'était généreusement aspergée. Franz eut besoin d'un peu de temps pour que sa vue s'adapte à une pénombre soigneusement préméditée. Il découvrit un intérieur d'une simplicité qu'il qualifia aussitôt de « biblique ». Rien ne semblait avoir changé depuis l'époque lointaine où ce fameux berger cocu avait choisi de fuir le monde en créant Pouligeac : une table, deux chaises, un évier de pierre, des murs peints à la chaux. Il chercha des yeux la lampe à huile et la paille sur la terre battue, mais dès qu'il s'habitua à la pénombre, il aperçut le lino, les ampoules électriques, et la télévision.

Il vit même un minitel.

Lorsqu'il se retourna enfin vers son hôtesse, son regard resta rivé sur elle.

Léonie s'était mise sur son « trente et un ».

Ses cheveux rares, qu'elle teignait elle-même en noir corbeau, dépassaient d'une sorte de petit bonnet en lamé des années 1930, ses petits yeux bleu pâle semblaient saillir d'un gigantesque trait d'eye-liner noir tremblotant qui, tous plis confondus, remontait jusqu'aux sourcils et rejoignait les tempes, et sa petite bouche fripée débordait d'un rouge à lèvres bordeaux sombre perfectionnant son involontaire aspect « gothique ».

Le tout était entouré d'une sorte de pâte épaisse qui devait, à elle seule, avoir nécessité un demi-pot de fond de teint gras et opaque masquant formidablement les innombrables rides de la presque nonagénaire ; Franz pensa aussitôt à une sorte de masque de cire underground.

Ou à une performance.

En tout cas à de l'art moderne.

Elle le regardait tout sourire.

Il lui restait trois dents.

Franz reprit ses esprits et se mit à parler très fort :

— MADAME PROUHÈZE…

— Je ne suis pas sourde.

Il reprit d'une voix normale :

— Excusez-moi. Madame Prouhèze, je me suis permis de venir vous voir car…

— Appelez-moi Léonie.

Décontenancé un bref instant, il se reprit :

— Euh… oui. Je viens vous voir car Pierrot nous a…

— Asseyez-vous, s'il vous plaît.

Elle lui désigna une chaise.

— C'est vous le Boche ? demanda-t-elle d'une voix douce.

— Pardon ?

— Vous êtes celui qu'ils appellent le Boche ?

— Le Boche ? Ils m'appellent le Boche ? Mais pourquoi ? Je ne suis pas allemand !

— Ah, je croyais. Moi, vous savez ils m'appellent bien « la Taupe », alors... Ce *salouparda* de Pétou a même dit que j'avais fait pire dans mon jardin que vos collègues à Verdun !

— Quels collègues ? (Il comprit.) Mais je vous dis que je ne suis pas allemand.

— Oh, vous savez, moi ça m'est égal, hein... je ne suis pas difficile avec les hommes.

Elle lui désigna encore la chaise :

— Asseyez-vous... c'est comment votre petit nom ?

— Franz.

— Franz ? C'est pas un peu boche, ça ?

— C'est germanique.

— Peu importe, Franz. Je vous l'ai dit, avec les hommes, je ne suis pas difficile. Alors boche ou germanique, ça m'est égal. À mon âge, on n'est pas difficile, vous savez, Franz. Asseyez-vous. Vous voulez boire quelque chose, Franz ?

Elle avait pris un ton à la fois mondain et timide, en y ajoutant quelque chose, dans ses mouvements, d'une femme qu'elle voulait fatale. La Taupe n'était pas souvent sortie de Pouligeac, mais elle avait beaucoup regardé la télévision. Surtout les films. Visiblement, elle adorait ça.

Franz s'assit et pendant qu'elle faisait le tour de la table pour approcher l'autre chaise tout près de la sienne, il comprit qu'elle était presque aveugle.

Elle tâtonnait pour se repérer. Il en profita pour l'observer à son aise.

Elle portait une robe de dentelle vert pomme avec un décolleté plongeant sur deux tas de peau flasque qui débordait d'un soutien-gorge Wonderbra dont les bretelles disparaissaient dans la chair des épaules. Le bas de la robe était fait de pans de dentelle en pointe qui touchaient le sol, mais qui étaient fendus jusqu'à hauteur des cuisses, dévoilant des escarpins à talons aiguilles qui la faisaient vaciller en permanence. Franz eut la surprise d'apercevoir des jambes fines et bien dessinées sous les bas résilles partiellement filés. Il ne put s'empêcher d'avoir une vision fugace des larges poteaux que formaient les *jambasses* de son épouse. Et de se dire que la nature était bien singulière.

— Vous ne trouvez pas que c'est terrible de mourir vierge ?

Il sursauta presque et releva activement son regard. Elle était tout près de lui. Ayant surpris ce coup d'œil sur ses cuisses, elle souriait d'un air entendu. Il pria pour ne pas rougir.

— Pardon ?

— Vous ne trouvez pas que c'est terrible de mourir vierge ?

— Euh... je ne sais pas.

— Évidemment. Vous, vous êtes marié. Moi, je n'ai jamais été mariée. Vous avez des enfants ?

— Euh... non.

— Pourquoi ? Vous ne pouvez pas en avoir ?

— Euh... ce n'est pas ça.

Elle le fixait de son large bandeau noir où pétillaient ses deux petites billes bleues délavées de grande myope. Il se sentit tout d'un coup incapable de mentir.

— Notre fils est décédé, il y a cinq ans. Un accident de voiture.

— Ah... ça doit être terrible, ça. Moi je n'ai pas eu d'enfant. Je n'ai même pas eu d'amoureux. Pas un seul. Et je vais mourir bientôt, vous savez ? Je ne mentirai pas sur mon âge, Franz, j'ai quatre-vingt-huit ans !

Franz prit le ton hypocrite de celui qui nie l'évidence :

— Mais non ! Regardez madame Juliette, elle a plus de cent un ans et elle est en pleine forme !

— Oui, la méchanceté, ça conserve. Mais moi, voyez-vous, je ne suis pas du tout méchante.

De nouveau, elle planta son regard droit dans ses yeux, et pencha un peu la tête, séductrice :

— Je suis même très gentille.

Franz se sentit soudain totalement perdu, ne sachant ni que dire, ni que faire. Elle lui prit la main. Le contact avec cette chair froide et veineuse à la peau fine et sèche le fit frissonner. Il n'osa cependant pas retirer la sienne.

La vieille femme était désarmante de sincérité :

— Je vais mourir bientôt... Sans que personne ne soit jamais entré dans ma petite grotte.

La stupeur laissa Franz sans voix. Elle ajouta avec un ton de petite fille :

— N'est-ce pas terrible ?

Franz comprit enfin le sens des rumeurs alimentées par le personnage de la Taupe. Il comprit aussi qu'on l'avait envoyé au « casse-pipe ». Sans mauvais jeu de mots, se dit-il, souriant malgré lui.

Léonie se méprit sur le sens du sourire légèrement coquin du Boche.

— Seriez-vous prêt à faire quelque chose contre cette injustice, Franz ?

— Pardon ?

Entre le manque de dents, le fort accent occitan et l'incongruité du propos chez cette vieille paysanne, il fut lent à comprendre.

Elle resserra son étreinte autour de sa main, et s'appliqua à une attitude et à un dialogue tout droits issus de quinze années d'assiduité aux *Feux de l'amour* :

Elle releva son visage en arrière, croisa les jambes pour dévoiler une cuisse, et susurra :

— Seriez-vous prêt à me rendre ce service, Franz ?

Il réalisa alors qu'il était temps de réagir.

Il mit sa seconde main sur celle de la vieille femme, d'un geste un peu brusque à la fois paternel et compatissant :

— Madame Léonie...

— Léonie.

— Léonie, je comprends ce que vous me demandez, mais malheureusement j'ai un principe indéfectible - il se reprit -, un principe indestructible de fidélité à mon épouse. Aussi, malgré toute la volonté que je pourrais y mettre, je ne pourrais vous rendre ce service. Je n'en ai pas le droit.

— Ah ? Vous êtes sûr ? Faut pas lui dire, c'est tout.

— C'est une question de conscience, dit-il d'un ton sans appel.

— Ah !...

Elle était très déçue.

Triste.

Il se sentit presque coupable. Elle se pencha pour ouvrir une ex-boîte de sucre posée sur la table. Elle en sortit une énorme paire de lunettes aux verres ronds, teintés et épais, qu'elle posa sur son nez.

« La Taupe », pensa Franz.

Elle se leva en soupirant :

— Vous voudrez bien au moins boire quelque chose ?

— Non, merci Léonie. Je voulais juste vous prévenir que Pierrot a décidé de quitter le village, et que nous avons prévu une réunion cet après-midi à 4 heures, sur la placette, avec tous les habitants, pour trouver une solution de rechange.

— Le Pierrot ? Et pourquoi il s'en va ?

— Il veut trouver une femme.

— Ah, vous voyez ? dit-elle d'un air affligé. On en est tous là.

Juliette se pointa dans le salon :

11 : 52

Par le balcon, elle aperçut la Ripoline montée dans sa magnanerie pour mieux surveiller la maison de la Taupe. Elles échangèrent un regard inquiet. Le Boche n'était toujours pas reparti en courant, la Taupe ne devait pas être en crise. Raté.

— C'est dommage, se dit Juliette. On aurait pu bien rigoler !

La Taupe était touchante, émouvante même.

Quand il ressortit, Franz devait bien admettre avoir presque été sous le charme.

Il se promit de revenir la voir.

Avec sa femme.

Juliette n'avait pas fait la sieste.

Le beau temps avait tenu, chose étonnante à Pouligeac, et la réunion aurait donc lieu sous son balcon.

Elle avait passé un bon moment à s'apprêter pour trôner au-dessus de l'assemblée réunie « à ses pieds ».

Elle sortit une chaise de la cuisine, un grand châle de laine noire de son armoire et un chapeau à larges bords pendants pour que les courants d'air ne la tuent pas avant la fin de la réunion. Si possible.

Son ouïe était fine mais sa voix ne portait pas beaucoup, aussi avait-elle longuement réfléchi à la manière de se faire entendre lors de la réunion.

C'est alors qu'elle s'était souvenue de la clochette.

Les dernières années de sa vie, son père demeurait alité la plupart de la journée. Lorsqu'il avait besoin d'elle, il l'appelait avec une petite clochette au tintement aigu ; de celles qu'on mettait au cou des chevrettes pour éviter de les perdre.

C'était plutôt un grelot, mais le son en était si agaçant qu'on le percevait de très loin. Juliette détestait cette cloche mais bien sûr elle l'avait gardée. Comme le reste. On ne sait jamais.

Elle ressortit l'objet du tiroir de la table de nuit de la chambre de ses parents dont il n'avait pas bougé depuis plus de cinquante ans : « Voilà enfin une bonne occasion de s'en servir. »

Puis ajouta à voix haute :

— Voilà pourquoi il ne faut jamais rien jeter !

Elle fit tinter l'objet pour vérifier qu'il fonctionnait. Le son strident qui en jaillit lui imposa brutalement l'image précise de son père, jadis rude gaillard autoritaire, devenu impotent : la mine pâle, la barbe jaunâtre, le cou parsemé de miettes de la tartine du matin maladroitement grignotée. Elle le revoyait là, cloué sur son lit aux draps maculés de café au lait, qui agitait encore fébrilement la clochette alors qu'elle entrait dans la chambre, en s'époumonant de sa voix faible mais encore rocailleuse : « Titoune, bordel de Dieu, va me prendre le vase, dépêche-toi, vite ! »

Le ton se faisait méchant.

Parce qu'il était déjà trop tard.

Et qu'il lui en voulait.

Elle chassa l'image douloureuse et alla se poster derrière la vitre du balcon. Ravie de sa trouvaille.

Elle resta là à attendre qu'ils arrivent, bien décidée à ne sortir que lorsque tout le monde serait là. Déjà tous un peu inquiets de son retard.

En bas, quatre bancs en fer forgé se faisaient face. Trois personnes pouvaient s'y asseoir sans se gêner. Ce mobilier municipal avait formidablement bien survécu à plus de soixante années de redoutables intempéries, quoique depuis quelques dizaines d'années peu de fessiers aient eu l'occasion de les user.

La Taupe arriva la première et prit place sur l'un d'entre eux, bien au milieu, de façon à avoir « forcément » un voisin.

Juliette eut un petit sourire narquois en la voyant faire : « La vieille nymphomane » l'appelait-elle, oubliant à la fois que non seulement la Taupe avait seize années de moins, mais qu'en plus elle était toujours vierge, elle.

« Regarde-moi ça, elle s'est encore habillée comme une pute », commenta-t-elle in petto.

— Je sens qu'on va bien rigoler.

C'est tout juste si elle ne se frottait pas les mains...

Juliette exagérait. S'il est vrai que la Taupe portait une robe bleu pétrole fendue sur les mêmes bas résilles noirs filés du matin, elle portait également une solide paire de chaussures orthopédiques estampillées « troisième âge », ainsi qu'un long châle de laine beige et orange, vestiges sans doute de son époque vertueuse. Sa coquetterie offensive n'allait quand même pas jusqu'à risquer le rhume ou la fracture du col du fémur.

De plus, vu qu'il lui fallait sortir hors de son jardin, ce qui ne lui arrivait plus guère, elle chaussait ses épaisses et grosses lunettes qui ne parvenaient cependant pas à cacher totalement l'énorme trait d'eye-liner incertain qui barrait sa figure d'un large bandeau noir.

« Zorro », disait le Pétou.

À chaque fois qu'il apercevait la vieillarde maquillée de la sorte, la musique du feuilleton lui venait machinalement aux lèvres :

« *Un cavalier, qui surgit hors de la nuit,*

Court vers l'aventure au galop… »

C'est en sifflotant cet air qu'il descendit de chez lui lorsqu'il aperçut le couple Branslegger sortant de la ruelle gauche. Il n'aurait jamais pris le risque de se retrouver seul sur la placette avec la Taupe sachant Juliette dissimulée derrière son rideau à l'affût du moindre incident.

Franz vint présenter sa femme à Léonie-la-Taupe. Grâce à un bel effort, l'Éberluée parvint à retenir de justesse le fameux « Ça, alors » qui lui brûlait les lèvres.

La Taupe la toisa d'un air hautain en murmurant un « Madame » glacial.

Le couple dut se pousser pour laisser au Pétou une place à leur côté.

— Toujours aussi courageux celui-là ! se moqua Juliette derrière sa vitre.

La Taupe restait toujours seule sur son banc.

Ginette ferma doucement la porte de la cuisine derrière elle et parcourut avec componction les quinze mètres qui la séparaient des bancs. Par la rue gauche arriva ensuite le Pierrot et par la rue droite l'Aurélie suivie de peu par l'Ernest accompagné de son chien, Lénine, un joyeux bâtard que le Pétou surnommait Bistanflu[1].

Au final, deux bancs pleins, occupés respectueusement par le couple Branslegger et le Pétou d'un côté, et de l'autre Ginette et l'Ernest quelque peu esquichés à cause du volume que prenait Aurélie, faisaient face aux deux autres bancs quasi vides ; sur l'un la Taupe avait tout d'une pestiférée.

Et sur l'autre le Pierrot, tout d'un accusé.

— Nous attendons peut-être les autres ? demanda Franz poliment.

Il se pencha vers Aurélie :

— Votre mère, peut-être ?

— Non, elle n'entend pas très bien et puis elle ne veut pas rater *Des Chiffres et des Lettres*.

— Ah, fit-il un peu déçu. Et monsieur ? demanda-t-il ensuite en se penchant vers Ginette.

— Il fait l'inventaire, répondit celle-ci d'un ton désabusé.

— Ah, je vois... Quelqu'un veut-il prendre la parole ?

— Ben, moi je dis... commença le Pétou.

Le tintement aigre de la clochette les fit sursauter.

Juliette se tenait sur son balcon, droite comme un I, sa longue robe de chambre recouverte du châle et son chapeau sur la tête, brandissant le grelot à hauteur de ses yeux.

— Et moi, on ne m'attend pas ? Vous m'avez déjà enterrée ?

1. À la fois polisson et plein de « vitalité » (définition de Jean-Pierre Chabrol).

Elle avait une telle allure, ainsi drapée dans sa dignité de quasi mourante, que tout le monde ressentit de la culpabilité.

— Excusez-nous, madame Vialas, dit Franz.

Elle pardonna d'un geste de monarque et s'assit sur sa chaise. La clochette dans une main, sa canne dans l'autre.

— Je vous préviens, j'entends tout ! dit-elle.

Le grelot résonna une fois encore :

— Maintenant, vous pouvez commencer.

Juliette savait qu'elle pouvait presque tout se permettre. On ne contrarie pas une agonisante. Même en pleine forme.

Franz se racla la gorge pour éviter de rire, sachant que non seulement la vieillarde entendait vraiment tout, mais qu'également, elle voyait tout.

— Merci. Bien... Quelqu'un veut-il prendre la parole ?

Le Pétou se lança, aussitôt gagné par la colère.

— Oui ! Moi je dis que c'est le Pierrot qui s'en va. Alors je dis que c'est le Pierrot qui doit trouver une solution. Il n'a qu'à se trouver un remplaçant !

— *Pardine !* Des chômeurs, c'est qu'il y en a ! ajouta Ginette.

— Tu n'as qu'à lui laisser ton mas ! vociféra le Pétou.

— Quel remplaçant ? répondit Pierrot, calmement. Moi je veux bien prêter le mas à qui le voudra. Au contraire même, ça me l'entretiendrait ! Mais y a pas un *couillosti*[1] qui viendra vivre ici, même s'il est chômeur jusqu'au cou. Faudrait être complètement *fada*.

Ses yeux croisèrent le regard de Franz :

1. Variation de couillon.

— Je dis pas ça pour vous, monsieur Franz. Vous voyez bien ce que je voulais dire, pas vrai ?

— Bien sûr. Dans notre cas, il s'agit d'une recherche volontaire, d'isolement, de paix. Vivre enfin dans la sérénité, ajouta-t-il avec un regard tendre et complice à sa femme, tout en lui prenant la main.

Sur le banc d'en face, la Taupe eut un sourire ému et braqua aussitôt ses grosses lunettes sur la braguette du professeur.

— C'est que j'ai cherché déjà, reprit Pierrot. J'en ai parlé un peu partout autour de moi, à Petrosac, et même à Villemort, et jusqu'au Pont de Vauvert, poursuivit Pierrot. Ils m'ont tous regardé comme un *calu*. Et pourtant, par là-bas, en dehors des fonctionnaires, des commerçants et de quelques rares petits éleveurs, il n'y a que ça, des chômeurs !

— ... qui rêvent tous d'aller à la ville ! ajouta Aurélie.

— Camarades, j'ai une idée ! lança Ernest en levant son front dégarni vers la lumière.

Au mot « camarades », le Pétou fit la grimace.

— Allons à l'ANPE d'Alès, reprit l'Ernest. C'est une grande ville, on trouvera sûrement des volontaires, là-bas. C'est à la ville qu'il faut trouver ceux qui rêvent de la campagne, non ? On vote ?

— Pour se retrouver avec un étranger ? Ça, jamais ! déclara Ginette.

— Votons ! répéta l'Ernest.

— Tu vois pas que tu nous fatigues avec ton vote ? Tu te crois au Comité Central ? Tu sais pas qu'il est mort, ton Parti ?

— Toi, le Pétou, on sait bien pour qui tu votes, va !

— Je t'interdis de m'appeler le Pétou, merdouzet !

— Réactionnaire… marmonna Ernest, penaud.

La Taupe, elle, n'avait cessé de fixer l'entrejambe de Franz.

Lorsqu'il s'en était aperçu, il avait aussitôt resserré ses genoux dans un réflexe instinctif. Depuis, très mal à l'aise, il sentait ce regard peser sur son sexe et avait tendance à se dandiner sur son siège. Sa femme lui avait lancé un regard interrogatif qu'il avait feint d'ignorer. Il tenta de croiser ses jambes dans une position quelque peu incongrue, mais qui permettait de dissimuler au mieux la protubérance de son pantalon, objet de tant d'attention (et d'intentions). Ceci fait, il ne put s'empêcher d'affronter en maître le regard brillant de la Taupe qui lui répondit par un petit sourire qui se voulait lascif avant de reprendre de plus belle son observation là où elle l'avait laissée.

Il valait mieux prendre la parole :

— Messieurs, messieurs ! dit Franz en se levant comme pour se libérer de l'étau. Je pense qu'il faut garder son sang-froid afin de trouver ensemble la meilleure solution. Examinons la situation : Pierrot a parfaitement le droit de partir s'il le souhaite, aucun contrat ne le lie à aucun d'entre nous, et c'est la liberté de chacun que de pouvoir vivre où et comment il l'entend. Pierrot a eu la gentillesse de nous prévenir plusieurs mois à l'avance car il sait à quel point nous avons besoin de lui. Mais admettez quand même que nous n'avons absolument pas le droit de l'empêcher de partir…

Juliette n'avait rien perdu de l'échange entre Franz et la Taupe et s'en était beaucoup amusée. Mais depuis que le Boche avait stoppé la prometteuse bagarre entre le Pétou et l'Ernest, elle n'écoutait plus vraiment. Elle avait plaisir à sentir sur sa peau ce rare soleil des derniers jours d'octobre. Depuis quand ne s'était-elle plus assise sur son balcon ? Des mois ! Elle essaya également de se remémorer la dernière fois que le village s'était réuni sur la place... La mobilisation ? Il devait bien y avoir eu des occasions depuis. Mais lesquelles ? Quand ? Il y a si longtemps...

Elle revit à sa droite la boutique du Ripolin avec les bouteilles de Butagaz sur le côté, le poulailler à l'arrière, les deux guéridons disposés devant l'étalage de fruits et légumes sur lesquels il servait du café ou du vin de pays, et parfois, lors d'occasions exceptionnelles, du porto. Elle s'amusait de l'épicier bougon toujours en train de trotter alors que la Ginette, gironde et fraîche, se tenait au garde-à-vous derrière la caisse. *Dliiiing ! Dlaaaang !* Le tintement du tiroir-caisse flambant neuf était si bruyant qu'à chaque fois que l'épicier encaissait un client, on l'entendait jusqu'au mas de la Paulette. Il s'ensuivait toujours quelques réflexions : « Et vas-y ! Tu les entends sonner, mes gouttes de sueur ? » « *Vé*, tout ce qu'il amasse, la Rascasse ! »

C'est qu'il y en avait du monde à Pouligeac, alors...

Juliette mélangeait les époques, emmêlait ses souvenirs.

Elle revoyait le vieux Mazel, le berger, l'oncle de l'Ernest, qui n'était plus si vieux mais qui avait déjà perdu son bras à la guerre, s'arrêter avec sa charrette et son gros mulet pour discuter le coup avec le père de la Taupe, l'Ursule, le maréchal-ferrant, une gueule cassée dont l'atelier était là, juste en face.

Plus de la moitié de la population masculine de Pouligeac était partie faire la Grande Guerre. Seuls ces deux-là étaient rentrés et encore, pas tout à fait entiers. Alors, quand fut déclarée la Seconde

Guerre, tous les habitants avaient décidé, d'un accord tacite, que le hameau se ferait discret. Inexistant même, si possible. C'est ainsi que cette fois, la guerre était passée à côté.

À gauche, du mas du Pétou où il n'y avait pas encore de balcon, parvenait le chant joyeux de Rosette, sa sœur aînée. Mais ça, c'était bien avant la guerre, bien avant que la Rosette ne parte à Paris. Qu'elle ne disparaisse pour toujours.

Et puis, il y avait toujours une brebis, une chèvre, un âne ou un chien qui traînait sur la place. Sans parler des clients de l'épicerie... Ou bien, le matin très tôt, le brouhaha de ceux qui partaient en charrette prendre le car à la départementale. Pour aller à la mine.

Tout ça faisait un sacré barouf.

Les coups de marteau sur l'enclume scandaient les journées ponctuées du « *Dliiiing Dlaaaang* » aigu du tiroir-caisse, mêlé au chant de Rosette, aux rires des enfants.

Les cris des enfants...

Elle se revit, petite, jouant sur la place avec son cousin Arsène, tué en 1915 « au champ d'honneur ». Il était roux avec une chevelure toute bouclée. Sa famille habitait à côté du mas de la Taupe, là où il ne reste aujourd'hui que des ruines et des ronces.

« On se mariera un jour, plus tard », s'était-elle promis.

En attendant, Juliette se contentait de l'adorer et guettait chaque moment où elle pourrait descendre le rejoindre au pied du balcon. Ils passaient des heures ensemble à jouer. Lorsqu'elle levait les yeux, elle voyait sa mère assise là-haut, sur son petit fauteuil, avec son large chapeau blanc et ses lunettes rondes sombres qui la protégeaient du soleil, la tête plongée dans son livre et qui, de temps en temps, à chaque gloussement ou cri un peu vif de sa fille, lui adressait un petit sourire à la fois tendre et absent.

Maman...

Maman, maman, maman, maman...

Depuis quand n'avait-elle pas prononcé ce mot : « Maman » !

Elle était resplendissante, maman. Et si ces encrassés de Pouligeacois se moquaient parfois d'elle, c'est parce qu'elle était si différente, parce qu'elle était si belle, parce qu'elle était si élégante, parce qu'elle était si intelligente...

Un jour, je serai comme elle, se disait la petite fille.

Maman...

J'aurais tant de choses à te dire, aujourd'hui.

Maman, maman...

Juliette frissonna en sentant soudain la fraîcheur de l'air. Elle se leva pour rentrer prendre son plaid en polaire sur le fauteuil mais fut stoppée dans son élan par la plaque mortuaire qui se dressait devant elle :

« Juliette Vialas 1904 – 2004
J'ai été ce que vous êtes, vous serez ce que je suis. »

Ainsi elle aussi était morte.

D'ailleurs, tout le monde était mort.

Sa mère, son père, Arsène, le vieux Mazel, cet idiot d'Ursule, son enfance, son amant perdu, ses voisins, son village.

« Juliette Vialas 1904 – 2004 »

Elle resta là, figée, incapable même d'émotion, tant tout cela était d'abord terrible. Pas douloureux.

Terrible.

Soudain une voix hurla derrière elle :

— ET MA MAIN DANS TA FIGURE, BOUGRE DE CALU, TU LA VEUX, MA MAIN DANS TA FIGURE ?

La voix du Pétou.

Juliette s'ébroua :

— Après tout, on n'est pas si mort que ça, se dit-elle, en gloussant.

La réunion, en bas, battait son plein.

Elle attrapa prestement son plaid et repartit aussi vite que possible s'installer sur son balcon.

Aux premières loges.

Le Pierrot était parti. Ginette « Ripolin » aussi.

L'Ernest, vexé, s'en allait en bougonnant.

Aurélie était en train de le défendre :

— Et voilà ! Maintenant lui aussi, il s'en va. Dites, si vous voulez qu'on s'en aille tous, vous n'avez qu'à le dire une bonne fois pour toutes.

— Ce gamin m'a insulté ! répondit le Pétou.

— Mais, non ! Peuchère, c'est vous qui prenez tout de travers. Et puis ce gamin, comme vous dites, il a quand même ses soixante-dix années !

— Alors, comme ça, c'est moi qui ai tort ? Alors, d'accord ! Alors, moi aussi je m'en vais !

Il se leva et tourna les talons.

— Ça alors !... dit Martine Branslegger.

Franz essaya de le retenir :

— Monsieur Larguier, s'il vous plaît, restez !

Mais le Pétou ouvrait déjà sa porte.

Juliette agita sa clochette.

— Alors, qu'est-ce qui se passe ? Où sont les autres ? C'est la débâcle ?

Franz leva vers elle un regard inquiet qu'elle sut apprécier.

— Vous allez bien, madame Vialas ?

Juliette fit une moue douloureuse :

— Un léger malaise. Mais ça va mieux. Je tiendrai bien jusqu'à la fin de la réunion. Enfin... je crois. Où sont passés les autres ?

Aurélie répondit :

— Pour ce qui est du Pierrot, il est parti en disant qu'il n'avait pas compris qu'il s'agissait d'un tribunal et que, si ça continuait, il n'attendrait plus l'été pour partir. Ginette est rentrée parce que le Ripolin a gueulé de la fenêtre qu'il n'y avait personne à la caisse, et l'Ernest est parti avant que le Pétou ne lui fende le crâne parce qu'il l'avait traité une fois de trop de sale réactionnaire. Quant au Mourniflet, il n'est pas venu. Je crois qu'il n'a finalement pas cru à mon histoire d'urgence pour le lendemain à 16 heures. Et moi, maintenant, je vais rentrer parce que décidément ma mère avait raison : ça servait à rien de rater *Des Chiffres et des Lettres*.

Juliette fit sonner la clochette bien inutilement puisque personne ne parlait plus.

— Eh bien, monsieur le professeur, dit-elle de sa voix parfaitement audible malgré la distance. Qu'allez-vous faire ?

Franz se grattait la tête :

— Je n'en sais rien, madame Juliette. J'avoue que je suis moi-même un peu déçu. Peut-être devrais-je essayer de parler à Pierrot seul à seul ? J'arriverais peut-être à le convaincre de rester un peu plus longtemps avec nous. Je pensais également proposer de rédiger une annonce pour le

Midi-Libre. Mais je la ferai lire d'abord à tout le monde, afin que chacun soit d'accord, bien sûr !

— Eh bien, si chacun doit être d'accord, on n'est pas prêts de la lire dans le journal, votre annonce ! dit Aurélie en se levant.

Juliette se mit à rire :

— Et en plus, quand tout le monde l'aura corrigée, il y aura plus qu'un extraterrestre capable d'y répondre !

Franz eut un rire attristé.

Aurélie s'éloignait déjà en riant :

— Adieu ! Je viendrai demain à 11 heures pour le ménage, madame Juliette. Je rangerai les courses.

— Si je suis déjà morte, emporte-les chez toi.

— D'accord. Merci, madame Juliette.

Martine Branslegger se tourna soudain vers la Taupe, qui n'avait toujours pas bougé.

— Et vous, madame Prouhèze, vous n'avez rien dit. Qu'en pensez-vous ?

La Taupe releva les yeux vers elle :

— Moi je dis que ce n'est pas un remplaçant qu'il faut chercher. On le trouvera pas. Moi je dis que ce qu'il faut chercher, c'est une femme pour le Pierrot.

Franz fut de nouveau surpris par la vieillarde lubrique.

La fixation de ses deux énormes yeux grossis par les loupes sur son pantalon avait été pour lui une pénible épreuve. Certes. Il espérait d'ailleurs avoir été le seul à découvrir la Taupe en flagrante turpitude. Il éprouvait une répugnance certaine à l'égard de la vieille obsédée.

Mais en dehors de toute considération de cet ordre, il dut admettre qu'elle avait sacrément raison.

3

Juliette s'était réveillée de bonne humeur.

Comme tous les matins.

Un an, deux mois et dix jours. Toujours là.

Et contente de l'être.

Novembre s'achevait, annonçant l'habituel hiver froid et long. Implacable. Pourtant on en venait déjà à souhaiter la neige tant la pluie, le brouillard et le gel accablaient le village. Ce changement soudain de climat avait considérablement freiné toute velléité combative. Il n'y avait plus eu de réunion et les quelques échanges qu'avaient entre eux les Pouligeacois ne se limitaient plus au départ du Pierrot : le climat avait pris le dessus.

Le hameau de Pouligeac s'apprêtait à affronter l'hiver.

Comme d'aucuns s'apprêteraient à affronter une guerre.

Comme tous les ans, à cette même époque, le Pierrot s'occupait des livraisons de fioul ainsi que des grosses réserves de farine, sucre, pâtes, riz, etc.

Cependant, alors qu'il s'activait à réparer les fissures dans les murs, vérifier l'étanchéité des fenêtres ou replacer des tuiles, personne n'oubliait l'échéance funeste de l'été.

Chacun essayait de faire quelque chose.

À sa manière.

Franz avait eu quelques occasions de converser avec Pierrot d'homme à homme, mais il n'avait jamais su quoi lui dire de pertinent tant le désir du « jeune homme » de quitter le village lui paraissait légitime. Il n'avait jamais osé non plus aborder le sujet de « la femme », tout autant par pudeur que par manque de réelle complicité avec lui.

Franz avait également tenté de rallier le docteur Polge à la cause. Celui-ci avait trouvé la nouvelle en effet bien contrariante, avant de conclure par un défaitiste : « Mais qu'est-ce qu'on y peut, hein ? » qui avait définitivement convaincu le Boche de renoncer à faire du médecin un camarade de résistance.

Le médecin avait pourtant bien compris le danger d'un tel départ. Il avait déjà vaguement essayé de faire revenir Pierrot sur sa décision car il voyait bien que le village vivait dans l'angoisse. Depuis l'annonce de Pierrot, il avait été appelé presque tous les jours.

Les deux hommes du même âge avaient joué dans la même cour d'école, devenant bons camarades. Jadis. Mais lorsque le jeune Polge était revenu bardé de diplômes, Pierrot s'était mis à l'appeler docteur et à lui dire « vous ». Aujourd'hui ils se vouvoyaient encore. Cela avait effacé toute complicité et limité leurs conversations. Ce respect ne laissait plus beaucoup de place à l'intimité, ni même à la camaraderie. Alors le médecin ne s'était pas senti d'insister et encore moins de demander des comptes à son ancien copain d'enfance.

D'autres, sans même avoir besoin de se concerter, avaient tenté de culpabiliser Pierrot en lui faisant faire des choses essentielles et urgentes : réparer une fuite de gaz un dimanche (en fait la bouteille était mal fermée). « À mon âge, mon pauvre Pierrot, on a plus bien la force de visser comme on le devrait », avait dit le Pétou « si tu n'étais pas là, je serais peut-être capable de faire péter le village », changer la vitre de la fenêtre du haut (celle qui donnait sur le vide et pour laquelle il fallait monter sur l'échelle bancale) : « Avec l'hiver qui arrive, comment j'aurais fait sans toi, hein ? », avait lourdement insisté l'Ernest. Chez Aurélie et la Vivette, il avait fallu réparer le câble de la télévision – un dimanche encore – pour ne pas rater Drucker. La mère d'Aurélie était en larmes : « au bord du désespoir », d'après sa fille. Ginette, l'ex-épicière, l'avait appelé à l'aide en pleine nuit afin de calmer d'urgence son mari qui, pris d'une soudaine crise de démence, avait décidé d'aller tuer son chien coupable d'avoir dévoré toute la charcuterie de la réserve. Ginette avait les larmes aux yeux en le remerciant : « Merci Pierrot, tu sais, j'ai oublié de lui donner ses médicaments pour la tête et, sans toi, qui sait ce qui serait arrivé ! » (Il faut dire que non seulement il n'y avait plus de charcuterie dans la réserve mais que le chien était mort depuis presque dix ans.)

Et ce ne sont que des exemples…

Bref, jamais Pierrot n'avait sauvé autant de vies.

Quant à la Taupe, elle était venue taper à sa porte un beau matin, habillée de la façon la plus élégante possible – veste panthère sur jupon froufroutant rose, le tout sur ses chaussures montantes orthopédiques (cela faisait tout de même une trotte de chez elle jusqu'à chez lui) – pour lui dire que s'il ne quittait le village que pour une « frustration purement sexuelle » et qu'il n'était pas trop regardant sur la fraîcheur du partenaire, elle se proposait de « l'assouvir » *(sic)*. Visiblement la Taupe s'était récemment intéressée à certaines émissions psycho-médicales. Le Pierrot eut besoin de longues minutes pour comprendre ce que la vieille myope lui proposait dans cette déclaration apprise par cœur et, lorsqu'il l'avait enfin compris, il avait fallu le temps d'un après-midi pour calmer son fou rire.

Il la raccompagna tout de même jusque devant chez elle en lui disant que c'était gentil mais que ça irait.

Somme toute, la seule à envisager les événements avec sérénité et à n'éprouver aucune anxiété à la perspective du départ du Pierrot, c'était Juliette.

Peu lui importait ce qui se passerait à l'été, elle ne serait plus là pour le voir.

Du coup Pierrot se sentait en confiance avec elle, et depuis que sa mère n'était plus là, il se rendait chez elle un peu plus souvent, un peu plus longtemps.

Quant à Franz et Martine Branslegger, la recherche de la femme idéale était désormais le thème favori de leurs conversations. Il est vrai qu'un sujet de discussion était une chose précieuse pour ce couple marié depuis presque quarante années et aujourd'hui isolé des siens. D'autant plus qu'afin de se préserver l'un l'autre, tout ce qui pouvait avoir trait à leur fils défunt, même de façon assez lointaine, était devenu insidieusement tabou, bien qu'ils ne cessent jamais d'y penser. Ils avaient ainsi réussi à bâtir entre eux une muraille de silence que peu de paroles parvenaient à franchir.

La chasse à la future épouse fut donc providentielle.

Après bien des échanges, à table la plupart du temps, ils étaient parvenus à définir le profil idéal : il fallait que la fiancée soit un peu « baba cool » – esprit bio et de gauche – pour être en harmonie avec Pouligeac, disait Franz, d'environ quarante ans, en recherche désespérée de procréer « avant que l'horloge biologique ne sonne le glas » disait Martine étonnamment perspicace, affirmant qu'une femme dans cette situation serait capable d'aller s'enterrer dans n'importe quel bled perdu, y compris Pouligeac ! pourvu qu'elle soit sûre d'y trouver un géniteur.

Franz s'était gardé de relever dans ces propos une certaine acidité quant à leur nouveau choix de vie.

Il fallait que la « candidate » soit également jolie, pour que Pierrot la désire malgré cet âge, mais pas trop non plus, pour ne pas attiser les tentations des nombreux célibataires du canton. Qu'elle soit instruite, pour s'en faire une bonne copine, mais pas trop non plus, afin que Pierrot ne se sente pas inférieur, il fallait qu'elle soit gentille, car le Pierrot l'était, mais pas niaise, afin de résister aux redoutables Pouligeacoises.

Bref, cela ne devrait pas être si difficile que ça, « vu la conjoncture », affirmaient-ils.

Dans leur plan d'action, les époux Branslegger avaient, dans un premier temps, décidé d'enquêter discrètement auprès de chacun afin de savoir s'il n'y aurait pas dans les villages voisins une candidate qui corresponde à leurs critères. Martine, malgré sa répugnance à monter en voiture, avait même été jusqu'à accompagner Pierrot faire des courses dans les environs afin de prospecter un peu. Mais il était difficile d'obtenir ce genre d'information sans que le but de la recherche ne devienne connu de tous, et surtout de Pierrot lui-même. Franz craignait que si Pierrot avait vent de leur dessein, non seulement il risque de lui en vouloir – une catastrophe ! vu la quantité de bricolage qu'il restait à faire dans la maison – mais également que cela ne réduise à néant toute tentative matrimoniale.

Après avoir bien réfléchi, ils en avaient déduit qu'il valait mieux éviter d'en parler avec le Pétou, trop en colère contre Pierrot, avec la Taupe, trop excitée sur le sujet, avec Aurélie ou la Vivette, trop misandres, et avec « la centenaire », trop fatiguée par l'âge et forcément un peu « gaga ».

Il ne leur restait guère que la Ginette et l'Ernest à mettre dans la confidence.

C'était peu, mais ils se dirent que Ginette l'ex-épicière et Ernest, l'ex-mineur devenu ex-postier, devaient certainement tout savoir sur le pays et donc sur les possibles célibataires des environs en mal de partenaire.

Ginette « la Ripoline » n'en avait aucune idée, mais elle proposa aussitôt d'en parler avec « son » Gérard, autrement dit son fils unique.

Gérard Vidal, dit « le petit Ripolin », avait toujours fait l'orgueil de ses parents. Renonçant dès son jeune âge à reprendre l'épicerie paternelle, il avait quitté l'internat du collège d'Alès pour devenir apprenti puis vendeur chez Félix Potin et finir à l'âge de la retraite responsable des produits frais chez Monoprix. Pour le couple d'épiciers, le petit avait fait carrière à la ville et ça, c'était « quelque chose » ! En 1965, le rejeton s'était marié à Mariette, une jeune coiffeuse de Vézénobres avec laquelle il avait eu deux enfants : Valérie et Guillaume. Dès lors Gérard ne venait plus passer que deux semaines avec sa famille à Pouligeac au mois d'août (généralement du 1er au 13), le reste du congé étant dévolu au bord de mer avec sa belle-famille. Mais depuis que ses enfants étaient devenus adultes et parents eux-mêmes, la famille se montrait rarement et le couple « Ripolin » ne connaissait ses arrière-petits-enfants que d'après leurs photos.

Pourtant Gérard était un garçon de devoir. Depuis que son père ne conduisait plus, il emmenait sa mère chez le coiffeur une fois par mois à Villemort, à vingt-deux kilomètres de là. Ginette, qui avait pour son fils une adoration exclusive, attendait ce moment avec impatience. C'était le piment de sa vie et cela lui procurait un tel sentiment d'extraordinaire privilège qu'elle se vivait un peu comme la princesse du hameau. Elle mettait pour l'occasion ses jolis habits du dimanche et en profitait pour faire quelques petites courses pendant que son Gérard l'attendait au café de la gare, ou « chez un copain ». Le Pétou avait osé une fois railler en suggérant que le fiston avait sûrement quelque coquine dans le coin. Ginette l'avait très mal pris. Elle ne portait certes pas sa bru dans son cœur : « une bonne petite coiffeuse », disait-elle d'un ton pincé, et tirait ainsi une grande satisfaction du fait que son fils s'avale cinq heures de tournants, une fois par mois, loin de sa femme, pourtant coiffeuse, pour amener sa mère chez « Fashion Hair » où œuvrait Kevin : « Un artiste, lui ! »

Pour Ginette, on atteignait là le summum de l'amour filial.

Mais elle défendait quand même sa bru auprès du Pétou :

— Mon fils n'a pas besoin de ce genre de *bestiesas*, lui ! Il est très bien marié, lui !

Rien ne devait ternir l'éclat de ses merveilleuses escapades.

Aussi, les rares fois où Ginette avait l'occasion de parler à quelqu'un d'autre que son mari, c'était pour faire le récit de ses virées en ville qui prenaient dans sa bouche des dimensions de périples grandioses.

Avec une régularité d'horloge, le dernier samedi du mois, Gérard déboulait à midi dix et garait sa voiture juste devant la porte de l'ex-épicerie familiale.

Juliette le guettait de sa fenêtre et, immanquablement, depuis à peu près vingt années, se faisait la même réflexion : « Tiens, il a pris un coup de vieux, le petit Ripolin ! »

Le fiston déjeunait avec ses parents puis à « *clap !* » **12 : 45** emmenait sa mère chez Kevin, qui affichait quelques prétentions artistiques car, à son retour, vers **18 : 00**, le brushing gris-mauve cimenté à la laque avait tout d'une sculpture en barbe à papa, façon Louis XVI.

Juliette pestait les jours de pluie ou d'hiver, quand la lumière ou le parapluie ne lui laissaient pas le loisir de contempler « l'œuvre ». Elle savait qu'elle y trouverait toujours matière à rire, surtout lorsque le vent soufflait fort et qu'une bonne vieille bourrasque pouvait transformer la pimpante marquise de Pompadour en vieil Iroquois.

Quoi qu'il en soit, au retour, le fils déposait sa mère à la hâte et repartait aussitôt vers Alès, sans même descendre de voiture ni aller saluer son père.

Dès le lendemain, la coiffure savante était redevenue cette espèce de bonnet permanenté de petites boucles éparses gris rose pâle qui constitue la coiffe quasi réglementaire de toute septuagénaire.

Franz lui recommanda d'être discrète.

— Oh, ça ne craint rien, lui dit-elle, avec mon Gérard, on ne se parle presque pas.

Quand Franz repartit, un peu déconcerté par cette réponse, le Ripolin demanda à sa femme :

— Il voulait quoi, le Boche ?

— Il cherche une femme pour le Pierrot. Ils disent que comme ça le Pierrot, il partira plus.

— Une femme, ici ? Bah, oui, c'est bien. C'est une bonne chose. Une cliente en plus. Ça nous fera pas de mal. Et pis ça lui remplacera la Paulette, ce n'est pas si bête. Une femme, c'est comme une mère.

— C'est bien vrai, ça ! D'ailleurs j'lui ai dit que j'en parlerais à Gérard. Il sait tout mon Gérard.

Ernest Chastaing était tout content d'avoir de la visite.

Visiblement Lénine aussi, car il tenta aussitôt de s'agripper, bite en l'air, quoique sans grande conviction, au pantalon du visiteur. En vain.

C'était la première fois que Franz entrait chez Ernest et il fut surpris de découvrir une maison parfaitement entretenue, propre et joliment décorée.

Après avoir mis Lénine dehors d'un solide mais affectueux coup de pied dans l'arrière-train, l'ex-mineur sortit une bouteille d'une gnôle qu'il fignolait lui-même et pria Franz de s'asseoir avec lui autour de la table en formica vichy de la cuisine. Le Boche qui se préparait psychologiquement à avaler un tord-boyaux corrosif s'étonna de goûter une savoureuse petite liqueur sucrée.

À la cerise.

La discussion entre les deux hommes « prit » aussitôt, cimentant une complicité et un sentiment d'amitié qui les réunit tous deux dans une véritable bouffée de bonheur.

Ils passèrent trois heures à se remémorer l'histoire de la mine (Ernest), la guerre d'Espagne (Franz), les grandes grèves de 1948 (Ernest), sous les pavés la plage (Franz), puis toute la longue déchéance du Parti (Franz et Ernest).

Quand ils en arrivèrent aux 3,37 % du PCF des dernières élections présidentielles de 2002, la bouteille n'en était plus qu'au quart, et les deux hommes près de se jeter dans les bras l'un de l'autre en sanglotant.

Heureusement, il était 18 h 40. L'heure du feuilleton.

Ernest alluma la télé et Franz repartit, tout content, mais constatant qu'avec tout ça, il avait oublié de lui parler du Pierrot et de sa future dulcinée.

Il avait aussi un peu mal à la tête et la cerise au bord des lèvres.

Juliette avait vu le Boche se rendre chez les Ripolin à « *clap !* » **14 : 20**, puis le même jour sortir de chez l'Ernest à « *clap !* » **18 : 42**, elle se dit qu'il se tramait quelque chose.

Elle le héla au passage et lui donna quasiment l'ordre de monter chez elle.

Franz, qui se sentait de plus en plus barbouillé, n'osa cependant pas désobéir à la centenaire.

— Qu'est-ce vous manigancez ?

Elle se tenait face à lui, les bras croisés, le regard accusateur.

— Je vous vois aller et venir, reprit-elle, passer chez l'un et puis chez l'autre. Ça conspire, ça conspire !

Et moi je n'ai pas le temps d'attendre que vous vous décidiez enfin à venir chez moi, je ne sais pas quand, pour me dire ce que je ne sais pas encore, et que je veux savoir.

— Madame Vialas, je...

— Vous pouvez m'appeler madame Juliette. Tout le monde ici m'appelle madame Juliette. C'est comme ça.

— Euh, d'accord. Merci.

— Il n'y a pas de quoi. Alors ? C'est quoi que vous leur racontez à tous, là ?

— C'est pour faire mieux connaissance, vous voyez ? On vient de s'installer, et comme on n'est pas nombreux à Pouligeac, j'ai décidé de m'entretenir un peu avec chacun.

— Égard à mon âge, ne me prenez pas pour une imbécile. Et ne me faites pas perdre mon temps non plus. Je n'en ai que très peu.

Franz en resta coi.

Juliette soupira, et, à son tour, sortit une bouteille de gnôle et un petit verre du bahut.

— Enlevez votre veste, asseyez-vous. Prenez un petit apéritif et dites-moi ce que vous êtes en train de tramer contre mon Pierrot.

— C'est qu'il se fait tard, maintenant... ma femme m'attend.

Elle s'immobilisa et se tourna vers lui, les yeux humides, très faible :

— Comment ? Vous refusez mon apéritif, alors que je suis si vieille, et... si seule ?

Il obtempéra aussitôt.

Elle lui remplit son verre, et toute vigueur revenue, lui fit signe de boire. Il faillit s'étrangler tant le liquide le brûla. Il toussa, s'étouffa, puis avala. Comparé à la cerise de l'Ernest, le « petit apéritif » de Juliette, c'était du vitriol.

— Alors ?

— Mais nous ne tramons rien, madame... Juliette, répondit-il d'une voix éraillée, nous ne tramons rien, nous...

Juliette prit le ton d'une maîtresse d'école :

— Allons, mon garçon ! Vous voulez donc que je meure après avoir entendu un dernier mensonge ?

Et de le resservir.

— Euh... je... enfin...

Il prit une grande aspiration puis lâcha le morceau :

— Nous avons décidé de trouver une femme pour Pierrot. Pour ne pas qu'il parte.

Juliette ne cacha pas sa surprise. Elle reposa enfin la bouteille et se laissa choir sur son fauteuil. Une expression malicieuse plissa son visage :

— Tiens, tiens... rien que ça ! Ce n'est pas idiot. C'est même amusant. Une femme au Pierrot ? Et qu'est-ce qu'il en dit, lui, le Pierrot ?

Franz se revoyait à douze ans. Il baissait la tête en rougissant, répondait en murmurant.

— Eh bien... c'est que... il ne le sait pas.

Elle se mit à rire.

— Eh bien, attendez un peu qu'il le sache et il partira encore plus vite !

— Oh non, ne lui dites pas, s'il vous plaît.

— Vous me croyez bête ? Moi je ne lui dirai rien du tout. Mais les autres, par contre...

— Il n'y a que madame Ginette et Ernest qui le sachent.

— Et bien c'est déjà trop ! L'Ernest, pour un peu que le Pétou le cherche, il devient complètement *cabour*[1] et la Ginette, elle va se dépêcher d'en parler à son attardé de fils.

---

1. Imbécile.

— Mais peut-être que, justement, lui qui se déplace beaucoup, il connaîtra quelqu'un ?

— Ah ! c'est sûr que le petit Ripolin, il connaît par cœur tout ce qui a un gros derrière et une paire de seins qui tient encore. Il pourrait nous ramener une colonie entière de *toncas*[1].

Franz, sans bien comprendre, se mit à rire de bon cœur. Juliette, elle, gardait son air sévère :

— Priez pour que je vive encore un peu, mon garçon, parce que sans moi, vous n'y arriverez jamais !

Il arbora ce sourire à la fois compatissant et condescendant que l'on adresse aux personnes âgées jugées d'emblée mentalement diminuées :

— Mais bien sûr ! madame Juliette.

— Non, vous ne comprenez pas, répondit-elle un peu excédée. Écoutez-moi bien, mon petit. Vous venez de débarquer avec vos idées de touriste et vous croyez que vous savez tout. Mais vous ne savez rien de nous, ici. Rien du tout. Vous avez beaucoup à apprendre !

Elle marqua une pause, le temps de le jauger.

— Après tout... peut-être bien que vous vous adapterez un jour... Enfin, on verra ! En attendant, laissez-moi vous dire une chose : le Pierrot, il sent bien que vous voulez tous qu'il reste pour continuer à faire le larbin de tout le monde et que vous vous moquez bien de savoir qu'il est si seul que ça commence à lui faire mal à la tête. Lui, il n'a pas choisi de vivre ici, vous savez ? Il est resté par devoir. Pour s'occuper de cette pauvre *trassette*[2] de mère, qui, toute *pécole*[3] comme elle était,

1. Définition du mot occitan par Jean-Pierre Chabrol : « Un vrai remède contre l'amour et conne par-dessus le marché. »

2. Qui a mauvaise mine, petite santé.

3. Toute petite.

a réussi à capturer son colosse de fils. Et maintenant qu'il est enfin libre, vous êtes tous là à essayer de l'empêcher de partir ? Allons !... C'est un garçon sauvage, mais il n'est pas stupide, notre Pierrot !

Elle réfléchissait :

— Par contre, c'est un tendre. Un gentil.

Un temps :

— Sauf qu'il est buté comme une mule ! Alors, croyez-moi, pour le faire changer d'avis, ça va être très difficile. Il va falloir qu'il fasse confiance à quelqu'un. Quelqu'un qu'il sait désintéressé, quelqu'un qui n'aura plus besoin de lui cet été, par exemple, quelqu'un d'expérience qui saura le manœuvrer un peu...

Et, toute théâtrale :

— Et il n'y a qu'une personne comme ça à Pouligeac ! Moi !

Franz pensa alors qu'il s'était beaucoup mépris sur le compte de la centenaire. Elle n'était ni gaga, ni mourante, ni fragile. C'était une redoutable salope.

Il faut dire que le mélange de la cerise de l'Ernest de la gnôle de la mamée l'aidait beaucoup à radicaliser son analyse.

Il comprit tout de même où était son intérêt. Il avala sa bonne conscience en même temps que le fond de son verre. Ils échangèrent leurs numéros de téléphone, et il lui promit, en toute sincérité, de ne plus rien faire sans elle.

Après sa conversation avec Juliette, ponctuée de cette subtile petite gnôle à l'incalculable millésime, Franz, l'esprit embrouillé, parvint difficilement à monter la ruelle jusqu'à chez lui. Ce fut une pénible épreuve. Arrivé enfin à la cime de la petite côte qui prenait tout d'un coup des altitudes d'Annapurna, il passa d'un pas saccadé devant sa femme, sans mot lui dire, et se précipita vomir tripes et boyaux dans son fameux « cagadou scientifique ».

— Ça alors ! commenta l'Estabouzite.

« *Clap !* » **11 : 10**

Le lendemain, dernier samedi du mois de novembre (un an, deux mois et douze jours), le Gérard arriva une heure plus tôt que d'habitude. C'était la première fois depuis des lustres.

Juliette se mit en alerte.

Elle vit Ginette se précipiter à sa rencontre et Gérard l'arrêter d'un geste lui criant qu'il devait « d'abord aller voir le Boche ».

La mère acquiesça avec une mimique complice de conspiratrice.

Juliette ouvrit aussitôt la fenêtre et appela le fiston :

— Dis, Gérard, si c'est le Boche que tu cherches, il est là. Monte ici !

Même pas bonjour. Juliette.

Gérard hésita un instant, puis se décida à monter les escaliers de pierre. Quand elle ouvrit la porte, il la salua et chercha du regard « l'étranger ».

— Ben, il est où, le Boche, madame Juliette ?

— Il arrive.

Elle alla au téléphone et fit le numéro que Franz lui avait écrit.

— C'est vous ? C'est Juliette. Il faut venir tout de suite !

Sa voix s'était altérée, légèrement essoufflée. Elle raccrocha aussitôt puis se tourna vers Gérard, très sûre d'elle :

— Il va être là très vite.

En moins de cinq minutes, Franz, au bord de l'apoplexie, tambourinait à la porte.

— Madame Juliette !!!

Elle ouvrit la porte elle-même, bougonne.

— Dites ! Je suis vieille, mais je ne suis pas sourde !

— Excusez-moi mais, à votre voix, j'ai cru que... que... (elle lui renvoya un regard entendu qui le rendit confus). Je suis désolé, dit-il dans un souffle.

— Non, ce n'est pas grave, j'ai l'habitude. Tout le monde me croit sans arrêt déjà morte. Voilà Gérard, le petit à la Ginette. Il voulait vous voir. C'était mieux pour lui de vous voir ici.

Le professeur s'avança en tendant une main chaleureuse :

— Ah, je suis ravi ! Mon nom est Franz.

Les deux sexagénaires se saluèrent. Gérard tenta une esquive.

— Bon, on ne va pas vous déranger plus, madame Juliette. Je voulais juste parler un peu au B... (il se reprit) à monsieur.

— Eh bien, qu'est-ce qui t'en empêche ? lui demanda Juliette.

— C'est que... c'est des histoires un peu d'hommes, quoi ! Alors...

— Dis, tu veux m'énerver ? Tu veux que je te meure là, maintenant, tout de suite ? Alors ne fais pas ton *couillosti* et dis-nous ce que tu sais.

Elle reprit sa posture de Reine mère :

— À mon âge, je peux tout entendre !

Cette fois, Franz crut devoir intervenir :

— Madame Juliette sait tout de nos recherches. Votre mère vous a mis au courant, n'est-ce pas ? Je lui avais demandé si vous pouviez nous faire un petit rapport sur la situation.

Gérard s'assit à table en acquiesçant avec gravité, conscient de son importance. Juliette trottinait déjà vers la bouteille de gnôle à laquelle Franz ne put se retenir de jeter un regard noir.

Le fils Ripolin gratta son crâne dégarni de cheveux gris.

— Bon, j'ai pas trop de temps, alors je vais faire vite. Une femme pour le Pierrot, moi j'ai réfléchi à toutes celles que je sais dans le canton. Et j'en connais beaucoup ! Je crois même que je les connais toutes. Mais des célibataires pas trop jeunes, pas trop vieilles, pas trop moches, pas trop belles, pas trop bêtes, pas trop savantes, pas trop qui veut partir, pas trop *calus* et pas trop casse-couilles... Oh pardon, madame Juliette ! (Juliette haussa les épaules.) Enfin ! tout compte fait, des comme ça, y en a pas.

Juliette sursauta.

— Comment ça « y en a pas » ?

— Y en a pas ! Des moches, oui. Des *fumellassos*[1] ça oui, y en a, madame Juliette ! Des *espouventos*[2] à faire fuir, des tas. Des *fadas*, des *prégadious*[3], des *putanassos*[4], y en a bien quelques-unes. Et des casse-couilles, n'en parlons pas, *millo Diou* !

Franz se mit à rire :

— Êtes-vous sûr d'être bien objectif ?

Gérard le regarda sans comprendre. Franz se reprit :

— Êtes-vous sûr de vous ?

— Dites, c'est que vous parlez à un connaisseur !...

— Et celle du boucher, à Veirac ? coupa Juliette.

— Madame Juliette ! Elle est plus vieille que moi !

---

1. Forte femme.
2. Qui fait peur. Épouvantail vivant.
3. Mante religieuse.
4. Grosses putasses.

— Ah, déjà ? Je ne sais plus trop qui il y a maintenant dans le coin. Quand j'étais jeune, j'aurais même pu faire le catalogue.

Elle ricana, venimeuse :

— Et pour certaines, j'aurais même pu y marquer les prix !

— *Pardine !* Et en solder quelques-unes aussi, pas vrai madame Juliette ? ! ajouta Gérard en éclatant de rire.

Tout d'un coup, il se sentait à l'aise. Dans son élément. Commerçant.

— Bon, ça vous va, comme rapport ? dit-il, après avoir retrouvé son calme.

— C'est très bien, répondit Franz de cet air concentré qui trahissait son passé de professeur.

Gérard avala cul sec son fond de gnôle.

— Bon alors, j'y vais !

Il se tourna vers Franz :

— Je me dépêche pour manger, parce que le samedi, j'ai pas trop de temps, j'emmène ma mère au coiffeur, vous savez ?

— Tout le canton le sait ! dit Juliette sèchement.

Gérard eut un petit rire gêné :

— Bah, c'est que ça lui fait plaisir à ma mère, *peuchérette*, comme ça, elle se fait un peu belle, *sas*.

Juliette tenta sans succès de dissimuler une grimace dubitative.

— Allez, bonne journée, madame Juliette, et au revoir Monsieur le B... Monsieur !

— Franz... !

— C'est ça !

Avec une démarche d'adolescent, il partit retrouver sa mère.

Juliette secouait la tête en soupirant :

— Eh bien, il va falloir trouver une autre idée...

Elle réfléchissait pendant que Franz, lui aussi perdu dans ses pensées, continuait à siroter la fameuse gnôle, sans plus s'en rendre compte, preuve que son corps commençait à s'habituer.

Signe avant-coureur évident d'intégration à Pouligeac.

— On pourrait peut-être le rendre « inmariable », dit Juliette. Comme ça, il lui faudrait renoncer ! On pourrait le défigurer ou bien le rendre handicapé... mais il faut quand même qu'il puisse continuer à conduire et à bricoler... Enfin ! ce serait un peu dommage, tout de même, non ?

Franz hocha la tête sans avoir écouté. Il réfléchissait.

— Il y aurait bien une solution... dit-il soudain.

— Et laquelle ?

— Internet.

— Plaît-il ?

— Internet.

— C'est quoi, ça ?

Il sourit.

— Comment, madame Juliette, vous n'avez jamais entendu parler de l'Internet ? On ne parle que de ça à la télévision !

Elle pointa du menton son poste de télévision muet à qui son fauteuil tournait le dos.

— Vous avez vu comment je la regarde, moi la télévision ? Je ne risque pas d'entendre grand-chose.

— Mais alors, pourquoi l'allumez-vous ?

— Eh bien, pour faire comme les autres ! Pour pas qu'ils pensent que je suis complètement *espoussée*[1] !

1. Secouée.

— Je comprends. Nous, vous savez, nous ne la regardons pas non plus.

Juliette faillit lui rétorquer que dans le genre normalité, ils n'étaient pas pour elle une référence, mais elle se contint.

Franz se sentit gagné par l'enthousiasme :

— L'Internet, c'est formidable ! C'est un ordinateur qui passe par le téléphone pour se connecter avec le monde.

— Ah bon ? Et ça sert à quoi, ça ?

— À se connecter avec le monde.

— Et ça sert à quoi ? insista-t-elle.

— Eh bien, par exemple, il suffit d'écrire sur l'ordinateur : « Je cherche une femme » et ça vous propose des femmes de partout dans le monde !

Juliette cherchait à comprendre :

— Ah, je vois... Le neveu du Pétou, le Gustave, il faisait un peu la même chose à Marseille, avant-guerre.

Franz, qui avait un sens de l'humour assez limité, n'eut même pas un sourire.

— Non, non, cela n'a rien à voir avec ça... Là, c'est tout à fait légal et puis les femmes sont volontaires.

— Ah... alors là, en effet, vous parlez d'un progrès ! affirma-t-elle non sans ironie.

— Bien sûr ! Et puis, c'est une façon de communiquer avec la planète entière ! C'est de l'électronique, du numérique ! C'est le futur, ça, madame Juliette.

Elle haussa les épaules :

— Oh moi, vous savez, le futur...

Franz, digérant de mieux en mieux la redoutable gnôle, courut plus ou moins droit jusque chez lui, littéralement porté par ce nouvel espoir. Il commença immédiatement à faire quelques essais sur son ordinateur, mais il arrivait très mal à se connecter à Internet. Sa maison ne pouvant recevoir l'ADSL, son vieil ordinateur « ramait » pour se connecter par le téléphone. N'étant pas exercé à surfer sur le net, cela lui coûtait une fortune de passer des heures à attendre un éventuel résultat : toujours décevant, avec, au final, l'ordinateur qui bogue.

Somme toute, sa machine ne lui servait qu'à écrire, voir des CD Rom, fignoler des plans pour sa maison, etc.

C'est l'Électrocuté (le Boche et son Estabouzite d'épouse étaient les seuls à affronter sans crainte ses décibels) qui apporta la solution lorsque Franz lui fit part de ses difficultés. Il lui apprit que dans les villages, certaines lignes pouvaient avoir l'ADSL et d'autres non. Cela dépendait parfois de l'emplacement de la maison.

Il suffisait d'appeler France Télécom pour vérifier.

Il s'avéra que seules les trois maisons de la placette pouvaient recevoir l'ADSL. Celles du Pétou, du Ripolin et de Juliette. Celle-ci décida unilatéralement que ce serait chez elle qu'on installerait le « quartier général », puisque chez le Pétou personne n'entrait jamais : « Il y a peut-être même des cadavres de femmes empaillés dans ce gourbi infâme ! », avait-elle argumenté en faisant une grimace dégoûtée, et que chez les Ripolin, c'était hors de question aussi. Trop dangereux : « Le vieux Ripolin, il est tellement gâteux qu'il va nous la casser, notre machine ! »

Franz apprécia le « notre ».

Il fut décidé que la chambre du père défunt, sanctuaire figé depuis plus de cinquante ans, allait subir la révolution numérique : on y aménagerait la salle des opérations.

Au moins là, Pierrot ne risquait pas d'entrer.

Cela alla très vite. Tout le village, ou presque, fut mis au courant en moins d'une demi-journée ; Juliette en avait parlé, sous le sceau du secret, à Aurélie, qui en avait parlé à sa mère en criant si fort à cause de sa surdité, que l'Ernest, en passant, avait tout entendu. Il en avait alors parlé à Franz, qui, au nom de leur fraternité de camarades, avait dû lui avouer l'entière stratégie, de même qu'au Pétou, venu se mêler inopinément à la conversation. Celui-ci, sur le chemin de sa maison, en avait finalement parlé à Ginette rencontrée sous le balcon de Juliette, qui avait bouclé la boucle par une affirmation gavée d'orgueil à l'adresse de la centenaire qui les surveillait de là-haut :

— Tu vois, Juliette, tout ça c'est grâce à mon Gérard. Tu verras que c'est lui qui sauvera Pouligeac !

— Je me suis toujours dit qu'il avait tout d'un cavalier[1], ton Gérard ! lui répondit Juliette, narquoise.

Seule la Taupe ne savait toujours rien.

Et Pierrot non plus. Bien sûr.

Moins de deux semaines plus tard (un an, deux mois, vingt-huit jours), Franz profitait de la matinée du Pierrot à « l'Hyper » d'Alès pour installer le poste ordinateur et tout le dispositif adéquat dans la chambre du défunt père de Juliette.

1. Héros Camisard.

L'Électrocuté avait livré le petit matériel nécessaire entièrement financé par Franz. Le jeune facteur n'avait pas bien compris la raison de l'engouement subit de Pouligeac pour l'ADSL, mais il « kiffait ça grave ».

Il accepta même de venir aider à l'installation.

Juliette exigea juste qu'il laisse son « artillerie de barouf » hors de sa maison.

La chambre de feu Sylvain Vialas était petite et austère.

Le haut lit de chêne aux larges montants de bois sculpté prenait plus de la moitié de la pièce et il était résolument indéboulonnable, au sens propre du terme. Franz et Ernest avaient donc amené une vieille porte qui, posée sur le matelas dur comme une planche, constituait un hétéroclite poste de travail informatique sur lequel reposait le matériel « magique » : l'écran, le clavier, la tour du disque dur, etc.

Un ensemble des plus saugrenus...

Juliette regardait ça avec le même intérêt qu'elle avait pour sa propre télé. C'est-à-dire aucun. Par contre, ce qui l'amusait vraiment, c'était la transformation de la chambre mausolée en poste de combat informatique. À chaque branchement d'un nouvel élément électronique venant souiller l'immuabilité du musée filial, elle semblait « tuer » davantage le père.

Elle en éprouvait une évidente satisfaction.

Pour le reste, la centenaire était sceptique.

Le jour de l'installation « finale », sachant que l'Électrocuté, qui s'avéra fort doué pour la chose, était en train d'effectuer les derniers réglages, et malgré une fébrile impatience, personne, en dehors du Boche et de son Estabouzite, n'avait osé se présenter chez Juliette.

Mais dès que la moto pétaradante eut passé le premier virage, on tapa à la porte.

Bien que le Pierrot soit parti à Petrosac avec une solide liste de courses, Juliette faisait quand même le guet.

Elle fit signe aux époux Branslegger de faire silence, referma doucement la porte, d'autant plus grinçante, de la chambre du père, puis avec la précaution d'une conjuratrice, s'approcha à pas de loup de la porte d'entrée avant de murmurer : « C'est qui ? »

Au lieu du tonitruant « Entre ! » habituel.

De quoi alarmer le moins averti.

— Et qui veux-tu que ce soit ? C'est moi !

Le Pétou.

Il entra, suivi de peu par l'Ernest, accompagné d'Aurélie rencontrée en chemin. Puis Ginette avait accouru dès que son mari s'était remis à ses comptes (il refaisait les mêmes toutes les semaines).

Chacun avait amené un petit quelque chose : biscuit, catalogue, pelardon, Flambi... dans l'unique but d'amadouer Juliette, si nécessaire.

10 : 10

Encore une bonne heure avant que le Pierrot ne revienne la voiture pleine des courses de tout le hameau.

C'est une foule qui se pressait dans la chambre exiguë.

Franz et l'Ernest avaient dû aller chercher le lourd banc de châtaignier qui servait autrefois pour les veillées, remisé à la cave depuis quelques décennies. Malgré le froid du dehors de plus en plus piquant, ils en avaient transpiré leur lot.

En revoyant le vieux banc, Juliette eut la vision furtive de ces longues soirées de son enfance où l'on se réunissait autour du feu. Elle se souvint que, malgré l'odeur enivrante des châtaignes en train de griller sur les braises, on sentait encore le fumet de la soupe de la Mamée qui avait cuit tout l'après-midi. Juliette, elle, petite blonde nattée, se postait toujours sous la table ou près de la cheminée, en tout cas dans l'ombre, pour qu'on ne la remarque pas, qu'on ne l'envoie pas se coucher. Les visiteurs, les parents, les amis, les voisins, amenaient du clinton ou du pelardon, ou bien des châtaignes. Son père était assis là, toujours au bord de l'âtre pour surveiller les braises, tout en nettoyant ses outils. Les mains occupées à faire quelque chose. Toujours. Sa mère, elle, s'asseyait près du guéridon, près de la lampe à pétrole, à l'écart, pour lire discrètement. Vaguement ailleurs.

Et chacun y allait de son histoire, anecdotes des anciens, souvenirs des grandes grèves, histoires de fesses, querelles politiques, et ça riait, ça raillait, ça criait, et puis parfois aussi ça se taisait, à cause de l'émotion.

Parce qu'à l'époque aussi, des vieux étaient partis, les temps n'étaient plus ce qu'ils avaient été et les récits s'imprégnaient déjà de nostalgies, de regrets et de deuils.

Juliette fut contente de revoir ce banc.

Elle l'avait presque oublié.

Aujourd'hui à la place de la cheminée il y avait le poêle à fioul, à la place du guéridon de sa mère, il y avait la télévision et la fameuse plaque de marbre rose, et sur le lit parental, le lit où elle était née, le lit où ses parents étaient morts, il y avait Internet.

Google.

L'écran qui trônait au centre du lit scintillait dans la pénombre. Devant, sur une chaise, Franz était assis aux commandes. À côté de lui, Juliette avait pris place sur un petit fauteuil qu'elle avait fait amener du salon.

Derrière Franz, sur le banc qui faisait presque toute la longueur du mur, avaient pris place : le Pétou, Ernest, Aurélie et la Ripoline.

Martine, elle, préférait rester debout près du mur.

Tous avaient les yeux rivés sur le sigle du site.

— Bien ! Tout le monde est là ? dit Franz, retrouvant ses réflexes de prof. Nous allons surfer sur le net. C'est-à-dire que nous allons chercher dans Internet. Ici nous sommes sur un site de recherche.

— Alors, elle est où, la femme au Pierrot ? demanda le Pétou.

— Ah, ne commencez pas avec vos idées sales, vous ! riposta Aurélie.

— Mais je n'ai rien dit !

— Eh bien, dit Franz pour calmer les esprits, il faut d'abord la chercher. On peut commencer par « annonces matrimoniales ». Voyons...

Il écrivit sur l'écran et aussitôt apparut une liste.

— Et là, il y a une femme, là ? C'est quoi tous ces trucs, là ? demanda Ernest.

— Il y a 1 310 000 réponses, répondit Franz.

— Fichtre !

— Et bien, si avec ça, on n'arrive pas à repeupler Pouligeac ! dit Juliette.

On frappa soudain à la porte. Des coups sonores. Brutaux.

Tout le monde se figea. Juliette fit signe de se taire et de ne pas bouger.

On retapa à la porte.

— Juliette !

La voix de la Taupe.

Tous se regardèrent, surpris. Jamais la Taupe ne venait voir quiconque. Le Pétou, sans même s'en rendre compte, se mit à chantonner : « *Un cavalier qui surgit...* »

— Chut !

Il se tut, obéissant à l'ordre de Juliette.

La Taupe tapa à la porte de plus belle.

— Juliette, ouvre !!!

Silence.

La Taupe tapa encore, de toutes ses forces :

— Juliette, je te préviens ! Si tu n'ouvres pas, j'appelle les Pompes funèbres !

Juliette soupira, se leva, referma la porte de la chambre et ouvrit à la Taupe.

Celle-ci, maquillée à son habitude, portait ses lunettes et un foulard rose sur un grand manteau en peau de mouton jaune bardé d'une grosse broche en faux diamants.

— Qu'est-ce qui te prend de taper comme ça ?

— Tu ne répondais pas.

— J'étais occupée. Qu'est-ce que tu veux ?

— Je sais qu'ils sont là.

— Qui ?

— Les autres. Je les ai vus venir.

— Tu nous espionnes maintenant ?

— Ah, ça te va bien de dire ça, toi... dit-elle en poussant Juliette.

Elle se mit à chercher.

— Où tu les as mis ? Dans ta chambre ? !

Juliette essaya de lui barrer la route, mais la Taupe la poussa à nouveau sans brusquerie mais avec fermeté. Quand elle ouvrit la porte de la chambre du père elle découvrit l'assemblée immobile devant l'écran.

La Taupe se retourna vers Juliette, interdite :

— Vous regardez un film cochon ?

Ils durent se pousser pour lui laisser une place sur le banc. Ils n'avaient pas eu le choix. La Taupe avait menacé de tout dire au Pierrot. En échange, elle avait promis de se taire. Y compris là, maintenant, tout de suite.

Ernest se pencha par-dessus l'épaule de Franz et se mit à lire la liste sur l'écran :

— *Femmes russes. Asiatiques. Rencontres coquines, blogs sexy, couples. Sex Service...*

— Sex Service !

— Allons, Léonie... dit Ernest d'un ton las.

Il reprit sa lecture :

— ... *Petites annonces, rencontres de célibataires, entre couples, jeunes Polonaises, Roumaines...*

— Quelle horreur ! On dirait une foire aux bestiaux. Je refuse de participer à ce genre de chose.

— On ne te demande rien, Aurélie, répondit calmement Juliette.

— Il y a des centaines de pages, dit Franz, en faisant défiler les listes. Je crois que nous devrions préciser ce que nous cherchons. Sinon nous allons y passer des journées entières.

— Eh bien, c'est simple, dit le Pétou. On cherche une femme pour le Pierrot, non ?

— Oui, mais en France, à l'étranger ?

Juliette leva la main :

— Pas une Française ! Elle ne restera jamais ici ! Il faut la prendre dans un pays de misère, où ça lui paraîtra très bien ici.

— Où ça lui paraîtra « très bien » ici ? Et où ça, que tu veux la prendre ? En enfer ? rétorqua le Pétou, goguenard.

— Russes ou Asiatiques, ça me paraît bien, alors, dit Ernest.

Le Pétou se mit à chantonner : « Nuit de chine, nuit câline... »

— J'ai bien connu, par là-bas, s'interrompit-il. Saïgon, Vientiane, Haiphong, Kampot... Les femmes sont belles là-bas. Très belles, même.

Aurélie fit la grimace. Ginette aussi :

— Justement ! Les Asiatiques, ça va nous amener des maladies. J'en suis sûre !

— C'est vrai que le miston du Mas de Bauge... vous vous souvenez ?

— Oh ça, oui ! dit Ginette. Le fils de *l'estroupiado*[1]. Il était maigre et très grand. On aurait dit une tige.

— *Aquello despingjo-figuo*[2]... approuva la Taupe.

— *Pardine !* ajouta l'Ernest, il était si grand que pour lui donner un coup de pied aux fesses, il aurait fallu être danseur étoile...

— C'est bien lui, ricana le Pétou. Eh ben, il avait attrapé une sacrée méchanceté en Indochine. Le pauvret, à chaque fois qu'il pissait on l'entendait hurler jusqu'ici. Personne n'osait plus lui offrir à boire ! C'est des pays dangereux, ça !

— Ton miston, il faut voir aussi dans quoi il trempait son biscuit ! remarqua la Taupe. Il allait tout le temps à Marseille voir les filles. À mon avis, les Chinoises n'y étaient pas pour grand-chose.

— Ah, non, Léonie ! Si vous commencez à nous dire des turpitudes, moi je sors ! dit Aurélie.

— Personne ne te retient ! rétorqua Léonie.

— Allons, s'il vous plaît ! Franz avait repris son ton professoral. Il faut avancer. Le Pierrot va bien-

1. Estropié.

2. Dépendeur de figues (pour un type très grand, plutôt gentil). Définition de Jean-Pierre Chabrol.

tôt rentrer et nous n'aurons pas le temps de trouver quelqu'un. Personnellement, je pense que madame Juliette a raison. Orientons-nous plutôt vers l'étranger.

— Regardez voir une Russe, dit Juliette. Ma mère adorait *Anna Karénine*.

— Qui ? demanda Ginette.

— Un livre. L'histoire d'une Russe. Une femme très bien, d'après ma mère.

Franz et Martine se lancèrent un coup d'œil amusé.

— Oui, moi je suis d'accord. Les Russes, ce sont des sacrées bonnes femmes ! approuva Ernest.

— Évidemment, toi t'es communiste. Moi je préfère les Chinoises, insista le Pétou.

— Colonialiste... maugréa Ernest.

Ginette se tourna vers le Pétou, offusquée ;

— C'est ça ! Et dans quelques années, Pouligeac deviendra un village de bridés ! Au moins, une Russe, elle sera comme nous !

Cette fois, les époux Branslegger échangèrent un regard désespéré.

Franz alla sur le site.

— Voyons ce qu'ils disent sur les Russes.

Il se mit à lire :

— *Épousez une femme russe ! La femme russe représente à la fois le romantisme de Tolstoï et la femme active dans la société moderne.*

— Ah !... approuva Juliette.

— ... *Elle est attirante par sa beauté, mais surtout elle saura être l'épouse presque idéale, respectueuse de cet homme qui lui offre le bonheur. Peu exigeante, sachant briller en société, sachant être femme et épouse attentionnée, la femme slave reste naturelle et simple : c'est ce qui la rend exceptionnelle ! Heu-*

reusement, la femme slave n'est jamais plus forte qu'en temps de crise : elle soutient l'homme et le dépasse dans la difficulté, montrant ténacité et dignité... On l'a vu dans l'histoire slave, c'est toujours la femme qui résiste : quand les hommes se couchent, épuisés par les soucis et l'alcool, la femme slave se lève.

— Ça alors ! fit Martine Branslegger. Je ne pensais pas que ce genre de texte existait encore. Presque quarante ans après la création du MLF...

Franz se mit à rire.

— Moi, commenta Juliette, très sérieuse, ça me paraît très bien !

— Oui mais le Pierrot ne boit pas beaucoup, ajouta Ginette.

— Ça ne fait rien : « ténacité et dignité », c'est ça qu'il faut à Pouligeac, approuva Aurélie.

Ernest n'arrivait plus à contenir son enthousiasme :

— Votons !

Franz se retourna et constata stupéfait que tous avaient la main levée. À l'exception du Pétou, qui lui, affichait encore une mine renfrognée.

Juliette s'ébroua :

— Allez, c'est d'accord comme ça. Une Russe. Il est presque midi, le Pierrot ne va pas tarder. S'il vous voit tous ici, il va encore me croire morte. Demain, nous allons lui trouver une bonne petite épouse russe de derrière les fagots !

Pour une fois, Juliette ne mettait pas en doute sa survie jusqu'au lendemain.

Tous repartirent, sans s'attarder ni plus faire de commentaire. Pas particulièrement réjouis non plus, un peu comme s'ils étaient venus là pour accomplir une tâche, une obligation.

Pourtant, malgré l'hiver, malgré le vent, il y avait quelque chose d'allégé dans l'atmosphère du village. Cet après-midi-là, Ernest sifflotait sous les bourrasques dans son jardin, Ginette avait souri à son Ripolin de mari, le Pétou s'était calmé grâce au souvenir d'une Ukrainienne plutôt gironde croisée jadis à Port-Saïd, et Aurélie et sa mère avaient ri ensemble en imaginant le Pierrot poursuivi par le rouleau à pâtisserie d'une énorme babouchka.

Au déjeuner, Franz et Martine s'étaient ouvert une petite bouteille de Pic-Saint-Loup et avaient débattu à bâtons rompus des travers de ces villageois si sympathiques, quoique racistes, intolérants, rétrogrades, ignares et totalement égoïstes. Ils en avaient beaucoup ri ; que tout cela était pittoresque ! Chacun fit son commentaire sur tel ou tel personnage, quelles étaient leurs préférences et surtout, une fois attaqué le digestif, quid de la conduite à suivre pour parvenir à survivre dans ce charmant « trou ».

Quant à la Taupe, elle remerciait le ciel en se disant qu'Internet lui permettrait sans doute, enfin, de réaliser ses « dernières volontés ».

Lorsque Pierrot avait ramené les courses, personne n'avait rien laissé paraître. Pourtant, il avait senti quelque chose de différent. Il ne savait pas quoi et ne songeait même pas à poser de questions tant cette modification était subtile, impalpable.

Rien n'avait vraiment changé dans le village et chacun était retourné à ses petites occupations quotidiennes, sinon, peut-être, avec un peu plus d'entrain.

L'âme plus légère. Moins seul.

Dans la soirée, Juliette retourna dans la chambre de son père, voir le matériel éteint. Un peu comme on veillerait un enfant qui dort ; une première fois, pour vérifier que la fenêtre était bien fermée, une seconde, pour essuyer l'éventuelle poussière, et enfin, juste avant de se coucher, pour réajuster le napperon qui couvrait le clavier.

Elle se mit au lit plus tôt que d'habitude, soucieuse d'être « en forme » le matin suivant. Pour la première fois depuis un an, deux mois et vingt-neuf jours, l'éventualité de ne pas passer la nuit la contraria.

Elle voulait être là le lendemain pour choisir la Russe : Anna Karénine à Pouligeac ! Cette idée la fit frissonner d'aise.

Elle s'endormit dans une souriante sérénité.

Comme toujours.

Au réveil, mue par une idée soudaine, Juliette fit l'impasse sur sa gymnastique faciale pour se dépêcher de rechercher *Anna Karénine* dans la bibliothèque de sa mère. Malheureusement, elle ne le trouva pas. Elle tomba par contre sur une nouvelle de Tolstoï – le même auteur, se rappela-t-elle – appelée : *La Sonate à Kreutzer*. Elle la parcourut et vit que l'héroïne s'appelait Tatiana.

« Tatiana, Anna, après tout une Russe, c'est une Russe... », se dit-elle. Elle décida de le lire. Cela lui donnerait sans doute quelques précieuses informations pour conseiller au mieux les autres dans leur choix.

Si elle vivait assez longtemps pour ça.

Ce matin-là, Pierrot fut chargé d'une course impérieuse à Alès. Pour ce faire, Aurélie avait accepté de casser le sonotone de sa mère. C'était urgent, on ne trouvait la pièce qu'à Alès et la mutuelle remboursait. La trouvaille n'était pas si mauvaise...

Et Pierrot en avait pour la matinée entière. Sinon plus.

À « *clap !* » **09 : 04**, la Clio grise de Pierrot passait le premier virage du « goudron ».

Dans les dix minutes qui suivirent, tout le monde arriva chez Juliette. Y compris la Taupe, désormais inévitable. Elle fut même la première, à peine maquillée (mais quand même), ajusta sans coquetterie ses énormes lunettes et se plaça de façon à pouvoir observer le moindre geste de Franz sur le clavier.

— Je retourne sur le site, dit Franz.

Personne ne comprit ce qu'il voulait dire par là, mais tout le monde s'en foutait.

— Ça ne bouge pas beaucoup, dit Aurélie en regardant l'écran.

— Ceci n'est pas une télévision, madame.

— Oui, ben, la télé, c'est quand même mieux !

Ils s'attendaient à voir la future femme de Pierrot apparaître d'un coup, comme par enchantement.

— Alors... Il faut choisir. Franz lit : *Accueil, devenir membre, sélection gratuite, consulter les profils*...

— « Sélection gratuite », suggéra Ginette Ripolin.

Franz, concentré sur la page, appuyait sur la souris.

— Vous faites quoi, là ?

— Je sélectionne... *je cherche... une femme*.

— On peut mettre « un homme » ? demanda la Taupe.

— Bien sûr, il suffit de cliquer au bon endroit avec la souris. Il montra l'objet : ce truc-là.

— Ah !… fit la Taupe.

Franz continua :

— Une femme. *Région du monde ? Europe de l'Est. Âge ? 26-35 ans…*

— Oui, oui… fit Martine.

— Plutôt 26 que 35, ce serait mieux, dit Ernest.

— Le choix c'est 26-35 ou sinon 36-45 !

— Ah, non ! firent-ils tous en chœur.

— On va quand même pas lui prendre une vieille ! ajouta Juliette.

Franz cliqua et aussitôt apparut une quinzaine de visages de jeunes femmes. Un « oh !… » d'admiration parcourut l'assemblée.

Des dizaines de jolies filles s'affichaient en fixant l'objectif, toutes plus ou moins blondes, toutes plus ou moins souriantes, toutes plus ou moins offertes.

Franz releva ses lunettes :

— Bien. Nous avons ici : « *Gulnora, 34 ans, Tashkent, Uzbekistan* », « *Svetlana, 26 ans, Minsk, Biélorussie* », « *Irina, 31 ans, Kiev, Ukraine* », « *Marina, 34 ans, Tomsk, Russie* », « *Larissa, 31 ans, Barnaul, Russie* », « *Tamara, 26 ans, Grodno, Biélorussie* »… Nom de Dieu, il y a 46 pages de 20 photos chacune !

— Et en plus, elles se ressemblent toutes… ajouta Aurélie. Tu parles d'un harem… Berk ! Ça donne le mal de mer…

— 920 fiancées possibles, dites, ce n'est pas rien ! dit Ginette toujours experte en additions.

— Bon ! je crois que moi qui connais un peu le sujet, il faut que je vous aide un peu… dit Juliette. D'abord tous ces pays-là, Biélorussie, Ukraine, Machinkistan, et je ne sais pas quoi encore, on n'en veut pas. Nous, on veut une Russe. Une vraie Russe. Ensuite, il faut qu'elle s'appelle Tatiana.

— Et pourquoi ? demanda Martine.

— Parce que. J'ai mes raisons.

Martine n'osa pas contredire la centenaire. Franz non plus.

— Après tout, ça va en éliminer pas mal, ce n'est pas plus mal.

La première Tatiana se présenta à la page suivante. C'était une blonde très vulgaire qui louchait un peu. Le Pétou se pencha tout près de l'écran :

— Celle-là, même le Pierrot, tout affamé qu'il est, il n'en voudra pas !

Franz n'insista pas. La Tatiana suivante était à la page onze.

— Bon, voyons voir celle-là...

— Elle n'est pas un peu jeune, celle-là ? demanda Aurélie.

— Elle est surtout trop belle, dit Juliette. Si on amène ça à Pouligeac, tous les mâles du canton vont venir la renifler. On sera plus chez nous.

— Juliette a raison, approuva Aurélie.

— On peut quand même essayer d'en savoir un peu plus... dit Franz.

Dès qu'il cliqua dessus une nouvelle page s'afficha.

— Aïe...

— Que se passe-t-il ? demanda Aurélie.

Il se mit à lire :

— *Pour accéder gratuitement aux fiches complètes du site et consulter un maximum de renseignements sur chaque adhérente, veuillez remplir le formulaire ci-dessous...*

— Et alors ?

Franz se retourna vers le Pétou :

— Et alors, qu'allons-nous mettre ?

— Eh bien on n'a qu'à remplir la fiche, après tout, on la veut cette fiancée, oui ou non ?

— Bon. *Prénom ?*

— Ben... Pierrot.

— Non, Pierrot ça ne fait pas assez sérieux. Pierre, c'est mieux, dit Juliette.

— Oui, Pierre.

— D'accord. *Nom de famille ?*

— Ben, Pagès ! dit Aurélie.

Martine toussa.

— Excusez-moi, mais je crois qu'il serait préférable de ne pas mettre son vrai nom. On ne sait jamais. Et puis comme ça, pour le moment on est sûr que Pierrot ne peut pas en être informé.

— Elle a raison, dit Ernest. Pouligeac. Il va s'appeler Pouligeac. Comme ça, c'est pas un vrai mensonge. La preuve, c'est que si vous demandez à quelqu'un du canton : qui c'est le Pierrot de Pouligeac ? Tout le monde vous le dira !

Juliette approuva :

— Oui. De.

— De quoi ?

— De Pouligeac, c'est mieux. Pierre de Pouligeac. Là, ça fait vraiment très bien.

Franz se mit à rire :

— Vendu ! *Adresse ?*

— Là, il faut faire attention, si on met « Mas Pagès de la rue gauche » à mon avis, la petite Russe, elle va se douter de quelque chose.

— Je crois que nous devrions mettre une adresse plus facile pour commencer...

— « Rue de la Paix ». Pour une Russe, ça va lui plaire, c'est sûr, dit Ernest.

— 14, rue de la Paix. On est le 14, non ? proposa Aurélie.

Franz écrivit.

— *Ville ?*

— Paris, bien sûr, répondit Juliette. On précisera plus tard qu'il n'est pas à Paris même.

— *Profession ?*

Là, la réponse fut plus longue à venir. Il y eut débat. Certes le Pierrot aimait bien aider les gens, alors médecin, peut-être ? Oui, mais si on lui demandait des précisions sur les remèdes, comment faire ? Non, il valait mieux avocat. Avocat, c'est pareil... Qui connaît un avocat ?

Finalement, c'est Ginette qui proposa la solution : notaire. Au moins, chacun d'entre eux avait eu affaire au moins une fois à un notaire. On trouverait toujours les réponses, si jamais elle posait des questions. Et même qu'en cas de gros problème, on pourrait toujours envoyer l'Électrocuté cuisiner son père...

Franz créa une adresse e-mail et termina l'inscription du Pierrot.

Pierre de Pouligeac était un notaire de trente-huit ans qui habitait 14, rue de la Paix à Paris.

Ils eurent immédiatement accès à toutes les informations voulues sur toutes les jolies jeunes filles du site.

Lorsqu'ils finirent par se mettre d'accord sur le fait qu'elle devait être russe, entre vingt-cinq et trente-cinq ans, niveau d'études au moins secondaire, mais pas plus, célibataire, qu'elle fasse au moins un mètre cinquante et moins d'un mètre soixante-quinze, et surtout qu'elle parle le français, il ne restait plus que deux jeunes Tatiana en course.

— *Vé, la droulette !* dit Le Pétou, déjà conquis, en apercevant la première.

Celle-ci était brune, un peu rondelette, et mignonne. Sans plus. Elle vivait à Samara où elle était vendeuse. On la voyait poser devant la vitrine d'un magasin de bijoux. Elle semblait timide et gentille. La seconde Tatiana avait comme profession « dirigeante » et vivait à Stavropol. C'était une superbe blonde aux grands yeux bleus qui posait en robe décolletée en plantant dans l'objectif de l'appareil photo un regard ravageur. Elle fut aussitôt éliminée. Même par le Pétou.

Ils décidèrent que Tatiana de Samara serait la future Mme Pierre de Pouligeac.

Franz lit à haute voix la fiche de la candidate :

— *Tatiana, 32 ans, généreuse, humour, fidèle, rêveuse, sensuelle...*

Aurélie fit un petit bruit réprobateur, Franz continua :

— *... sensible. Signe astrologique : capricorne...*

— *Vé*, comme moi ! fit Ginette.

— *Taille : un mètre soixante-sept, poids : soixante-cinq kilos.*

— Même si elle n'est pas fine, fine, elle sera quand même *péquélette* à côté du Pierrot, commenta Aurélie.

— *... cheveux bruns, yeux noisette, langues parlées : français, anglais. Mes goûts : la mode, sculpture, théâtre, danse, dîners intimes.*

— Ça, des dîners intimes, elle n'en manquera pas à Pouligeac ! fit Ernest en rigolant. Pour le reste...

— Et pour le reste, elle fera comme nous ! fit Aurélie. Moi aussi, j'aime le théâtre, et alors ? Ça ne me manque pas ! On a autre chose ici.

— Ah oui ? Quoi ? demanda le Pétou, provocateur.

Franz continuait, imperturbable.

— *Vie d'intérieur...*

— Ah, tu vois ! Elle aime la vie intérieure ! Moi aussi je sors très peu, répondit Aurélie.

— *Animaux...*

— Y a bien Lénine... elle pourra jouer avec, dit Ernest. Et dites ! J'y pense ! En plus, elle va apprécier son nom ! ajouta-t-il, soudain réjoui par cette idée. Vous pensez, Lénine, pour une Russe !

— *Restaurant...*

— Eh bien quoi ? dit Aurélie. Pierrot pourra l'amener « À la table du Papé » à Petrosac, une fois par mois. Il ouvre le samedi et le dimanche soir. Et même que l'été, le vendredi aussi.

— *Télévision, Vie de famille, Littérature, Peinture, Voyages...*

— Tout ça on l'a. Et quant au voyage, elle le fera pour venir jusqu'ici, décida Juliette. Bon allez, c'est d'accord. On la prend ! Qu'est-ce qu'il faut faire maintenant ?

Franz leva la main.

— Attendez, ce n'est pas fini. Voilà ce qu'elle recherche : *Je recherche : statut matrimonial : indifférent, enfant accepté : non, âge : 35-45...*

— *Chinaréda*[1]... ! fit le Pétou.

— Mais non, ce n'est pas ça qui compte, dit la Taupe. Du moment qu'il est capable...

Personne n'alla lui demander « capable de quoi ».

— *Catégorie professionnelle : cadre, cadre supérieur, commerçant, chef d'entreprise. Pays : indifférent, Usage de la cigarette : toléré. Religion : indifférent.*

— C'est tout ?

— C'est tout, dit Franz en se retournant vers eux.

1. Chiennerie.

— Bon ! Eh bien il faut lui dire de venir. Qu'elle se dépêche !

Franz lâcha la souris et se leva, retrouvant ses gestes d'éducateur.

— Non, attendez, ça ne marche pas comme ça. Sinon, elle ne viendra jamais. Il faut d'abord faire connaissance, apprendre à se connaître, et puis peu à peu la séduire.

Aurélie le regarda en faisant la grimace :

— « La » quoi ?

— Eh bien, la séduire. Comme on fait quand on rencontre une jeune fille. Échanger des lettres, des sentiments... bref, il faut que Pierrot la séduise. Ensuite, seulement, il pourra l'inviter.

— Dites, c'est que c'était pas prévu au programme, ça ! Vous en aviez pas parlé ! rouspéta la Ripoline.

— Il a raison, Ginette. On la commande pas à La Redoute, cette petite ! Il faut d'abord lui écrire, dit Juliette.

— Mais le Pierrot ne voudra jamais ! dit Aurélie.

Juliette leva la main pour les faire taire :

— Mais on n'a pas besoin du Pierrot ! C'est nous qui allons faire le Pierrot. Et puis, quand elle arrivera, il sera toujours temps de lui expliquer tout ça, à elle et puis au Pierrot aussi, et tout rentrera dans l'ordre. Vous verrez.

Ernest était dubitatif.

— Si on écrit une lettre en Russie, le temps qu'elle réponde, entre les grèves des postes et la neige, le Pierrot il aura le temps de s'installer à Tombouctou et même d'avoir la carte de famille nombreuse.

— Mais non, par Internet, c'est immédiat, dit Franz. Aussitôt cliqué sur la souris, aussitôt reçu.

— Sans blague ? ricana l'ancien postier.

— Sans blague, affirma le professeur.

Il y eut un silence. Le temps de comprendre cette nouvelle donnée.

— Moi, je vais l'écrire, cette lettre, proposa la Taupe. Je sais ce qu'une femme a besoin d'entendre.

— C'est ça. Elle va prendre le Pierrot pour un obsédé.

— Mais pas du tout !

— Le mieux placé, c'est moi, affirma le Pétou. Des femmes, j'en ai séduit des tas.

Aurélie poussa un cri :

— Quelle horreur ! Et vous êtes fier de vous ? Tous les mêmes !

Juliette tapa le bord du banc avec sa canne.

— Taisez-vous ! On est ici chez moi, c'est chez moi que dort la machine, alors c'est moi qui décide. Moi qui suis une littéraire, comme ma mère, c'est moi qui écrirai la lettre.

— Vous serez notre Cyrano ? risqua Franz.

— C'est ça, répondit-elle, incertaine.

Martine osa toussoter :

— Moi, je suis d'accord. Mais acceptez-vous que je la lise ?

— Bon, si vous voulez. De toute façon, il faudra bien que votre mari la poste dans la machine.

Juliette donna rendez-vous à Franz et Martine le lendemain. Elle avait besoin de ce délai pour écrire, précisa-t-elle. Et comme ce n'était pas la peine que tout le village assiste à l'envoi d'une lettre, elle préviendrait tout le monde dès qu'il y aurait une réponse.

Tous se levèrent pour partir, sauf la Taupe qui elle, ne bougea pas.

— Et moi ? dit-elle en haussant la voix.

— Quoi, et toi ? demanda Juliette.

— Et moi ? Qui c'est qui va me trouver un homme ? Je veux un homme, moi aussi.

Martine Branslegger en resta interdite, son habituel « ça alors » ne fut plus qu'un murmure.

— Dis, Léonie, tu vas pas encore nous faire une crise sexuelle, hein ? demanda Ginette.

Ils encerclaient la très vieille fille. Elle leva vers Franz son regard de loupe dans lequel on lisait une détermination quelque peu désespérée, presque suppliante.

— Ça ne vous prendra pas de temps, s'il vous plaît ! Puisqu'il y en a des tas, là-dedans... Il peut être laid, il peut être vieux, moi ça m'est égal. Qu'il vienne de Cochinchine ou du Pont de Rastel, je m'en fiche. Je veux un homme. Même s'il parle pas le français ou l'occitan, je veux un homme. Même s'il est pauvre ! *A co coumptaro pas, sas*[1]. Même que vous pouvez lui dire que j'ai vingt-six mille quatre cents euros à la Poste. Il peut même être un peu malade, si y en a pas d'autres. Enfin, si c'est pas de trop, parce que je suis quand même pas trop solide. Mais je veux un homme. Même s'il est noir ! Ou jaune ! ou rouge !... *Pamèn !* Je m'en fous du moment qu'il est entier.

Aurélie poussa un « Oh ! » outré.

— Alors dites à cette machine de m'en trouver un. Je ne partirai pas tant que vous lui aurez pas demandé !

— Dis, Léonie...

— Non, Juliette ! Toi, ça t'est égal parce que toi tu n'attends que de mourir. Tu regardes en avant et pas en arrière. Parce que tu sais que tu es prête. Parce que toi, ce que je veux connaître, tu l'as déjà connu. Allez, *vaï*, tout le monde le sait ! Mais moi,

1. Ça ne comptera pas, tu sais.

à quatre-vingt-huit ans, je me retourne et je me dis que j'ai quelque chose qui me manque. Alors, si y a pas une fois un homme qui me pénètre, rien qu'une fois, je crois que ma vie aura été ratée. Tant pis si j'ai jamais été en Amérique, ça, ça m'est égal. J'ai même jamais vu Paris, alors… Juste Nîmes. Et encore, pas souvent. Mais pour ça, je n'ai pas de regret, *té* ! Tant pis. Mais je veux qu'un homme couche avec moi au moins une fois. Je veux savoir ce que ça fait quand il rentre son…

Aurélie, déjà blême, poussa un cri et s'enfuit de la pièce. Les autres restaient médusés. Léonie, continua sur le même ton :

— Vous pouvez penser ce que vous voulez, je m'en fous ! Et tant pis si je vais en enfer ! Je veux un homme. Même que juste pour ça. Alors, comme ici, y en a pas un qui se dévoue, eh ben moi, je veux qu'on me le prenne dans la machine, n'importe où sur la planète. *Pamèn… Y a pas qué dé trasso dé moundo*[1] *!* Peu importe ce que ça coûte, *té* ! Je paye !

Martine Branslegger se laissa choir sur sa chaise. Le Pétou en profita pour s'esquiver.

— Bon, ben moi il faut que je me rentre, hein… *ès l'houro…*

— Moi aussi ! Ernest était rouge jusqu'aux oreilles.

Ginette se tourna vers Franz et Martine :

— Écoutez, rentrez chez vous, vous aussi. Je crois qu'on a besoin de parler entre femmes.

Franz ne se le laissa pas dire deux fois. Martine, quant à elle, et toute femme qu'elle était, décida de ne pas insister. Elle n'était encore qu'une étrangère et le savait.

1. Il n'y a pas que de méchantes gens.

Le Boche éteignit prestement l'ordinateur en veillant à ne pas croiser le regard de la Taupe.

Martine, elle, l'observa et en fut bouleversée. La vieille Léonie était ratatinée sur son coin de banc, ses deux billes bleues, grossies par l'épais verre, étaient perdues dans le vague et des traînées noircies par le mascara sillonnaient la pâte épaisse qui recouvrait ses joues flétries.

Elle pleurait.

Il ne restait plus que Juliette, la Ripoline et la Taupe qui maintenant sanglotait.

— Allons, calme-toi, commença Ginette. Qu'est-ce que tu crois que tu as manqué, hein ? Je vais te le dire, moi : rien du tout ! Toutes ces histoires de 7e ciel et patin couffin... c'est des balivernes ! Je vais te faire une confidence : moi le Marcelou, ça lui prend encore le samedi soir après la fermeture, comme du temps de l'épicerie...

— *Couquïn dé sort !* fit Juliette. Il a donc tant la santé, le Ripolin ?

— Je te le fais pas dire, Juliette ! répondit-elle d'un air affligé. Le ciboulot ne fonctionne plus comme avant, mais par contre, le reste, presque mieux qu'avant... *Vé !* on dirait presque que ce qu'il a perdu en haut, il l'a gagné en bas !

Les deux femmes pouffèrent.

Ginette se pencha vers Léonie, la fixant droit dans les yeux :

— Eh bien, Léonie, tu me crois si tu veux, moi je te dis que ça ne m'a jamais fait plaisir. Pas une fois, en soixante-huit années de mariage.

Elle se leva, un peu théâtrale :

— Vous les avez vues à la télévision, toutes ces femmes qui font toutes : « HA... HA... OH, OUI !... AHHHHH !... »

Elle imitait les râles et respirations, en forçant sur la mimique de l'extase.

D'un coup, les trois vieilles femmes furent prises de fou rire.

Juliette essuya ses yeux :

— *Pamèn !* Ça fait longtemps que je n'avais pas tant ri !

— Peut-être bien qu'il s'y prend mal ? demanda Léonie, le visage complètement sillonné de rayures noires. Comment il se met, le Ripolin ? Il paraît qu'il y a des tas de positions !

— Penses-tu ! affirma Ginette. Un homme, il peut te faire les pieds au mur en chantant *la Paimpolaise*, ça te fera pas plus d'effet que ça, crois-moi ! Tout ça, c'est des histoires !

— C'est pas possible !... C'est vrai ça, Juliette ?

— Bah... je sais plus, moi.

— Moi, je te dis que j'ai bien plus de sensations quand je me fais frotter la tête par Kevin au *Fashione Hair* de Villemort.

— Je comprends maintenant pourquoi tu en reviens toute *espialoufite*[1] ! dit Juliette.

Elles rirent de nouveau.

Il s'ensuivit un silence, que Léonie, devenue sérieuse, finit par rompre.

— Dis, Ginette, tu pourrais pas me le prêter ?

— Quoi ?

— Ben, le Marcel.

— Ah, ça, volontiers ! ma pauvre Léonie. Mais je crois que tout gaga qu'il est, il ne s'y laisserait quand même pas prendre...

Finalement, la Taupe, encore un peu tristounette, était repartie. Mais seulement après que

1. Dépeignée, hirsute.

Juliette lui eut promis de demander à Franz de faire une demande pour elle à la machine. Au cas où.

— Tu sais quoi Ginette ? dit Juliette.

— Quoi ?

— Ça fait soixante-huit années que nous sommes voisines et je n'avais encore jamais remarqué que tu pouvais être si bravette.

— Moi, ça fait soixante-huit ans que je sais que tu es une peste, Juliette. Mais je t'aime bien quand même, *vaï*.

Juliette lui montra la porte :

— Allez, sauve-toi, vieille rascasse, y a ton Ripolin qui t'attend !

— Va, qu'il doit être encore dans ses comptes. Allez, que Dieu te prête vie, au moins jusqu'à demain. Dis, fais-la-nous belle cette lettre, qu'on la fasse venir, cette petite !

— Moi, Ginette, c'est au moins jusqu'à samedi que je veux vivre. Plus que trois jours. Oh, fit-elle songeuse, je tiendrai bien jusque-là !

— Et pourquoi jusqu'à samedi ?

— Parce qu'à l'heure de la fermeture, je tendrai bien l'oreille pour voir si par hasard, de l'autre côté de la placette, j'entendrais pas chanter *la Paimpolaise*.

Ginette se mit à rire :

— Bon, c'est vrai que j'ai un peu dit ça pour la calmer. Des fois, ça me fait quand même un petit quelque chose, quand le Marcelou fait son affaire. Mais si tu répètes ça à Léonie, je te tue.

— Dans mon état, ma pauvre Ginette, ce serait un effort bien inutile.

Juliette décida d'attendre le soir pour écrire sa lettre.

En attendant, elle poursuivit sa lecture de la nouvelle de Tolstoï pour y chercher l'inspiration. Elle avait un peu de mal. Il s'agissait de la rencontre de deux hommes dans un train. L'un des deux avait tué sa femme et racontait, pendant des pages entières, son dégoût du mariage, l'ennui du couple, l'amour qui n'était pas l'amour, la jalousie, la haine qui s'immisce peu à peu. Elle le trouvait ennuyeux, verbeux et s'estima bien contente de ne pas l'avoir rencontré elle-même dans le train. Si elle avait été cette pauvre Tatiana, la fameuse épouse de ce dernier, c'est à coup sûr elle qui aurait tué ce mari pénible, et non le contraire. Elle finit par délaisser sa lecture mais garda un sentiment très positif envers cette Tatiana. Et du coup, envers toutes les Tatiana russes de la terre.

Surtout celle du Pierrot.

4

« Chère mademoiselle Tatiana,

Permettez-moi de me présenter, je m'appelle Pierre de Pouligeac et je vis en France, dans un bel endroit, plein de charme. Certes particulier, mais très bon pour la santé. Le destin a voulu que je reste célibataire jusqu'à présent, entièrement dévoué à ma pauvre mère décédée il y a peu. C'est la raison pour laquelle dorénavant je cherche une épouse pour fonder une famille et je suis certain que vous seriez très bien pour ça. Tatiana est un très joli prénom et j'aime beaucoup votre jolie figure sur la photo aussi. Vous avez l'air gentille et je sais que la vie en Russie n'est pas facile, qu'il y a beaucoup d'hommes tristes et épuisés, qui boivent de trop. Moi je ne suis jamais triste, jamais épuisé, et je ne bois pas du tout, sauf parfois l'apéritif. Mais c'est très rare. Je ne connais pas votre grand pays, mais je sais combien la guerre a été rude pour vous là-bas. Quand je pense à Stalingrad, quelle boucherie ! Heureusement, vous vous en êtes sortis ! Je sais qu'il n'est pas convenable que je vous demande en mariage dès maintenant et qu'il faut d'abord que je vous fasse la cour. Je dois vous avouer que je n'en ai guère l'habitude. Connaissez-vous Alfred de Musset ? C'était un écrivain de chez nous. Le préféré de ma défunte mère :

"On est souvent trompé en amour, souvent blessé, souvent malheureux, mais on aime, et quand on est au bord de sa tombe, on se retourne pour regarder en arrière et on se dit, j'ai souffert souvent, je me suis trompé quelques fois, mais j'ai aimé, c'est moi qui ai vécu et non pas un être factice créé par mon orgueil et mon ennui[1]."

N'est-ce pas joli ?

Alors, chère mademoiselle, si vous voulez vous aussi pouvoir vous retourner un jour sans le regret de n'avoir jamais connu l'amour, venez me rejoindre et je vous épouserai.

En attendant la réalisation de ce vœu, mon souhait le plus cher est de vous connaître davantage.

Permettez, de mon côté, si vous m'en faites l'honneur, d'être à votre entière disposition afin de répondre à la moindre de vos curiosités.

Votre dévoué serviteur,

Pierre de Pouligeac. »

Juliette n'était pas peu fière d'elle.

Le lendemain matin, en lisant la lettre, Martine se demanda quelle lecture en aurait une jeune Russe moderne de trente-deux ans, qui devait certainement mâcher du Haribo en écoutant Britney Spears.

Elle n'osa cependant rien dire, toujours terrifiée à l'idée de contredire la centenaire. Et puis cette Tatiana-là lui apparaissait comme un simple coup d'essai, certaine qu'il leur faudrait en essayer plusieurs.

1. On ne badine pas avec l'amour.

Franz envoya donc le mail. Tel quel.

Il laissa l'ordinateur « en veille », prévenant Juliette qu'une sonnerie retentirait si une réponse arrivait. Dans ce cas, elle n'avait qu'à lui téléphoner et il accourrait aussitôt pour « l'ouvrir » et lui lire la réponse.

Juliette, à l'ouïe pourtant infaillible, eut tellement peur de ne pas entendre la machine l'appeler (c'est ainsi qu'elle le formulait) qu'elle passa la majeure partie de la journée postée à côté de la porte laissée entrouverte de la chambre de son père.

Fébrile, elle échappa de peu à une crise d'apoplexie, probablement fatale, pensa-t-elle aussitôt, en entendant le Pierrot taper à sa porte. Elle se dépêcha de dissimuler son papier à lettres, les livres de Tolstoï et de Musset puis referma silencieusement la chambre du père avant d'ouvrir au Pierrot.

— Dites, madame Juliette, j'étais même un peu inquiet. Vous fermez votre porte à clé, maintenant ?

— C'est qu'il pourrait bien y avoir des apaches[1], même ici à Pouligeac, non ? Tu ne regardes donc pas la télévision ? Il paraît qu'on ne parle que de ça.

Le Pierrot eut un drôle de regard dans lequel elle décela la crainte d'une sénilité soudaine. Elle décida de ne pas s'appesantir davantage.

Il posa les courses sur la table, puis s'assit, comme il le faisait toujours, pour bavarder un peu. Un tout petit peu pour le plaisir et beaucoup pour le devoir, supposait-elle.

---

1. Dans l'ancien temps : voyous.

— Madame Juliette, vous qui savez toujours tout, il se serait pas passé quelque chose, dernièrement ?

— Comment ça ?

— Je sais pas. J'ai l'impression qu'on me cache quelque chose.

— Et pourquoi ?

— Je sais pas. C'est une impression.

— Bah... qu'est-ce que tu veux qu'on te cache ?

— Je sais pas. Peut-être que les gens m'en veulent un peu ?

— Et alors ? Qu'est-ce que ça peut te faire ?

— Eh ben... Ça me fait.

Il resta un moment silencieux. Nonobstant sa solide carcasse, il avait tout d'un grand enfant triste. Cette *brutâsse* avait décidément le don de l'émouvoir. Malgré l'envie pressante qu'il s'en aille, elle ne se sentait plus de le mettre dehors maintenant.

— Dis, Pierrot, il ne faut pas t'en faire, *vaï*. Nous, on comprend tous ici que tu veuilles partir pour prendre femme. *Vé*, la Taupe, si elle avait ton âge, elle serait déjà aux Indes !

Pierrot eut un sourire.

— Oh, ce n'est pas ce que vous croyez ! Moi ce que je cherche, c'est pas la bagatelle, comme on dit. Moi, c'est pour bâtir. Une famille, une vie. Ma vie. Ici, tout est en train de mourir, madame Juliette. Vous le savez mieux que personne, pas vrai ? Les jardins sont en friche, les maisons deviennent des ruines...

— Va, qu'il n'y a pas que les maisons... dit-elle en se désignant.

— Peut-être, mais moi, madame Juliette, moi, j'ai l'impression que je suis entouré de personnes qui terminent leur vie, alors que moi je n'ai pas encore commencé la mienne. Vous comprenez ? Ce serait trop bête de ne pas avoir eu de vie, non ? Alors, je veux y aller. Essayer. C'est si mal ?

— Eh, bien sûr que non, que ce n'est pas mal, *moun paouro drollé*[1]... Mais les gens ne pensent qu'à eux. Quelle époque ! Il n'y a pas si longtemps, on aurait même ouvert une bouteille d'apéritif pour ton départ. Mais aujourd'hui, mon pauvre Pierrot, il n'y a plus de voiture, plus de marchands, plus d'épicerie, plus personne capable de replacer une antenne sur le toit. Alors, tout le monde t'en veut un peu.

— Mais je n'y suis pour rien, moi !

— Oui, mais tu peux beaucoup. C'est ça ta faute. Si au moins, tu avais fait comme le Pétou qui a raté cinq fois son permis, qu'on se demande pourquoi il n'est pas dans le *Livre des records* celui-là, aujourd'hui on n'en serait pas là ! *Vaï*, Pierrot, ne t'en fais pas. Madame Juliette veille sur toi. Tu vas te la construire ta vie, avec une jolie petite femme replète qui te donnera une ribambelle de braillards. On les entendra jusqu'à Petrosac ! À la surprise générale, Pouligeac deviendra le meilleur client de couches-culottes de cette grosse malfaisante de Clémence, qui fait toujours la fière derrière la caisse de son « super marquette plasse ». Elle s'en fera sortir les yeux de la tête !

— Mais pourquoi vous parlez de Pouligeac ?

Juliette se rendit compte qu'elle avait été un peu trop loin.

— Dis, Pierrot, dis-le-moi franchement, si jamais, comme par hasard, par un de ces gros hasards extraordinaires qui existent quand même, il se présentait à Pouligeac une jolie petite femme

1. Mon pauvre petit...

parfaite, qui t'aimerait d'amour et qui voudrait te marier. Dis, tu ne dirais pas non, quand même ?

— Eh ! Madame Juliette, si je gagnais le super loto, je ne dirais pas non, non plus.

— C'est bien ce que je pensais.

Elle était visiblement rassurée.

Pierrot se mit à rire :

— Vous savez que je vous aime bien, madame Juliette. Vous allez me manquer.

— Dis, tu es bien pressé de me voir partir, tout d'un coup ! dit-elle sur le ton de raillerie.

— Non, c'est à moi que je pensais en parlant de partir. Vous, madame Juliette, vous allez...

À cet instant, un étrange phonème sonore, une espèce d'arpège d'orgue métallique aigu, émanant manifestement de la chambre du défunt père, leur stria les tympans.

Pierrot se leva d'un bond. Juliette fit la grimace et pensa aussitôt que ce *cabour* de Boche la croyait sourde ou quoi ?

— C'est quoi ce bruit ? On dirait que ça vient de la chambre du père.

— Ah bon ? Je n'ai rien entendu.

— Mais si !

— Mais non !

— Allons, madame Juliette ! Vous entendriez péter un moustique.

Il s'approcha de la porte de la chambre. Juliette l'arrêta :

— Non, Pierrot ! Je ne veux pas que tu entres là-dedans !

Elle se reprit :

— Respecte la chambre d'un mort !

— Mais ce bruit...

— Ce bruit, ce n'est rien !

— Comment ça, ce n'est rien ? Vous avez laissé une radio ou une boîte à musique dans la chambre de votre père ? C'est bizarre quand même, que ça se mette en marche tout d'un coup en faisant un tel barouf. Vous ne voulez pas que j'aille voir ce que c'est ?

— Non, laisse. Ce bruit, je sais ce que c'est.

— Et c'est quoi ?

— Ce bruit, c'est... c'est le hasard.

Devant la détermination inébranlable de la centenaire, le Pierrot n'avait plus insisté. Il était reparti avec la triste impression que cette fois, ça y était : la sénilité avait fini par gagner la Mamée.

Par chance, le français acquis par Tatiana consistait en quelques cours du soir prodigués par une ancienne professeur de lettres classiques. Elle n'aurait probablement jamais compris un message écrit par un Parisien de sa génération.

Par contre, la lettre de Juliette, elle, avait été très claire pour la jeune femme.

> « Cher Pierre, je suis beaucoup contente de connaître vous. Je espère que nos cœurs vont à se rencontrer. J'adore très Paris, et tous les magasins, mais je connais pas. J'ai jamais voyagé là. Je sais de Champs-Élysées et de tour Eiffel, la Galeries Lafayette, et mon rêve est voir *tout* du Paris. Peut-être vous me le montrera ? Votre lettre est beaucoup intéressante. Je crois que vous est romantique. Je aussi ! Mon rêve est faire le mariage avec un Français, romantique et gentleman. Comme vous, vérité ? Pour que se connaître plus, je propose raconter la vie. Comment est le votre appartement ? Et votre

famille ? Comment vous aimez le travail ? Je suis très curieuse, n'est-ce pas ?

À bientôt, Votre Tatiana.

PS : excusez mon français, il est très petit. Mon anglais est mieux, do you speak english ? »

Ils en étaient babas.

Sachant la réponse arrivée, ils avaient dû attendre patiemment jusqu'au lendemain matin 9 heures (cent un ans, trois mois, deux jours) le départ du Pierrot à Petrosac.

Seuls Franz et Martine Branslegger semblaient moins enthousiastes.

— Je crois que nous devrions nous orienter vers une jeune femme qui ne rêve pas que de Paris et de ses paillettes, dit Franz.

— Oui, c'est bien mon avis, appuya Martine. Cherchons au moins une jeune femme qui souhaite s'installer à la campagne. Il y en a sûrement dans le tas.

Juliette les regarda de haut.

— Non. Nous, celle-là, on se la garde.

Les autres approuvèrent du chef.

— Mais enfin, quand elle saura que Pierrot n'est pas Pierre de Pouligeac, qu'il n'est pas riche et encore moins parisien, elle va le laisser tomber tout de suite !

— Il n'y a qu'à rien lui dire ! dit Ginette.

— Mais il faudra bien le lui dire à un moment ou un autre ! insista Franz. On va perdre du temps à construire une relation avec une jeune femme qui n'acceptera jamais de vivre ici.

— Et qu'est-ce que vous en savez, vous ? demanda Ginette. Moi non plus je ne voulais pas vivre à Pouligeac. Ça fait même soixante-huit années que je ne veux pas vivre à Pouligeac. Et alors ? Je suis bien là, non ?

Tout le monde se mit alors à parler en même temps :

« Que lui répondre ? » « Une fois qu'elle serait là, on la fera bien rester, *vaï*... » « Mais vous n'allez quand même pas la séquestrer ! » « Mais non, le Pierrot en fera son affaire, elle ne lui résistera pas » « et puis c'est quoi ça : Samara ? Un trou perdu sans doute »...

Un nouvel arpège métallique les fit tous sursauter.

Un nouveau mail.

« Vous êtes ici ? Nous peut faire *chat* on Yahoo, à tout de suite, votre Tatiana. »

— De quoi elle parle ? demanda Juliette.

Franz expliqua qu'il ne s'agissait en rien d'animal ou de jeu enfantin, mais que le *chat* permettait de se parler à travers Internet. Il suffit d'écrire ce qu'on veut dire et la personne répond aussitôt. Un peu comme dans une conversation écrite.

— Je ne crois pas que ce soit une bonne idée de se lancer là-dedans, ajouta-t-il. Nous ne sommes pas encore prêts.

— Parlez pour vous ! Nous, nous sommes prêts. Allez, essayons, dit Juliette. Je suis là, je saurai quoi répondre.

— Moi aussi ! dirent en chœur les autres.

« здравствуЛте ! »

— *Boun Diou !* C'est quoi ça ? demanda Juliette.

La réponse vint de Tatiana, sur l'écran.

« Ça est bonjour en russe. Il fait beau dans Paris ? »

— Répondez : « oui », dit Ernest.

— Non, attendez... ajoutez : « Il fait beau parce que je vous sais près de moi », dit Juliette.

— Ça, Juliette, c'est très joli ! dit le Pétou.

— Je vous avais bien dit que j'étais une littéraire !

Franz écrivit.

« Je être heureuse vous connaître. Maintenant à Samara il est – 15° dessous zéro. Et Paris ? »

— Demandez où est Samara, dit Ernest.

— Et qu'est-ce que ça peut te faire où c'est, dit Ginette, tu veux y aller ? C'est en Russie, le reste, on s'en fiche. Demandez plutôt si elle est bien célibataire.

— Mais c'est immense la Russie, c'est intéressant de savoir où elle habite, non ? ! marmonna Ernest.

— Mais oui, elle est célibataire, elle l'a mis sur sa fiche, dit Aurélie. Pas la peine de lui faire répéter dix fois.

— Moi ce que je veux savoir c'est quand elle vient, dit Juliette.

— Peut-être qu'elle pourrait amener quelqu'un pour moi, si on lui demande ? dit la Taupe.

— Ah, Léonie, ne commence pas, hein ! lui répondit le Pétou.

— Son père est peut-être veuf... insista-t-elle.

— C'est plutôt son grand-père qu'il faudrait pour toi !

— Même son grand-père... Moi, ça m'est égal !

Franz se retourna vers eux :

— Il faut répondre, maintenant !

Juliette utilisa de nouveau sa canne pour les faire taire :

« Il fait toujours beau à Paris, et plus encore vers le sud de la France. »

Franz écrivit.

La réponse arriva aussitôt :

« Je rêve beaucoup voir Paris. Vous avez chance. Samara il est triste, mais ici rivière Volga beaucoup beau. »

— La Volga ! s'écria Ernest, complètement excité. Vous vous rendez compte ! La Volga ! *Les Bateliers de la Volga !* Vous connaissez quand même, non ? Il se mit à chantonner le vieil air russe :

Ah ! que l'aube est triste au vieux haleur
Sous la bise qui lui fend le cœur
La corde crisse, les eaux gémissent
Barques au front pesant
Glissent dans le vent.

— Ivan Rebroff ! dit Aurélie.

— Bravo ! dit Ernest, presque ému, en se retournant vers elle. Et, bien sûr, les Chœurs de l'Armée Rouge !

— Bien sûr ! dit le Pétou, narquois. Et les « Bastonneurs du Goulag », tu connais aussi ?

— Je reconnais bien là les réflexions imbéciles de l'anticommuniste primaire.

— Écoutez-moi ce bolchevique ! Staline ressuscité sous le mont Lozère !

— Robert, tu n'es qu'un vieux réactionnaire ! On voit bien que tu n'as jamais mis le pied dans la mine, toi !

— Non, mais par contre, je suis encore bien capable de te le mettre quelque part !

Juliette tapa de nouveau sur le bord du banc avec sa canne :

— Oh ! Dites ! Si vous voulez vous battre, allez donc le faire ailleurs que dans la chambre mortuaire de mon pauvre père !

— Désolée Juliette, dit Ernest, confus.

Franz se tourna de nouveau vers eux :

— J'ai répondu pour vous : « Très chère Tatiana, mon souhait le plus cher est de vous montrer Paris. Je vous invite ! »

— Bravo ! Maintenant attendons sa réponse, dit Ginette.

Martine lança vers son mari un regard affligé. Il lui fit une petite mimique d'excuse.

— Je sais que tout cela n'est pas très honnête, mais qui ne tente rien n'a rien, tu comprends...

La réponse mit de longues minutes à venir.

Ils attendirent, en silence.

« Merci, cher Pierre. Moi beaucoup heureuse visiter vous, mais beaucoup difficile aller Paris. Je pas accepter. Beaucoup argent avion et moi pas argent. Moi pauvre. Si je être dans Paris, être très malheureuse, pas peux acheter jolis vêtements et cadeaux pour ma famille. Je trop malheureuse. Pardon, cher Pierre. Votre Tatiana qui vous aime déjà. »

— *Peuchérette*, la pauvrette !...

La Taupe essuya une larme qui emporta avec elle une large trace d'eye-liner, ce qui lui donna aussitôt quelque chose d'une diva chinoise.

— Et voilà ! dit Aurélie d'un air abattu. À peine une femme rencontre un homme qu'elle est déjà malheureuse ! Si c'est pas terrible, ça, quand même !

Juliette frappa un grand coup sur le banc avec sa canne :

— Taisez-vous !

Le Pétou, vexé, réagit violemment :

— Eh ! Juliette ! Tu exagères. C'est pas parce que tu es en instance de mourir que tu peux...

— Chut !!!!!!!!

Elle fit signe d'écouter.

Ils entendirent alors le bruit bien caractéristique de la vieille Clio du Pierrot dont les soupapes pleuraient à chaque poussée du moteur dans l'ascension de la côte qui menait jusqu'à la placette du hameau.

— *Couquïn dé sort*, quelle heure est-il ? demanda Juliette.

Ils se levèrent tous d'un bond. Juliette, d'un autre coup de canne, les fit tous rasseoir. Puis, elle désigna Franz et Martine de la pointe de la canne.

— Vous, fermez-moi la machine et allez voir le Pierrot. Faites-lui croire qu'il y a urgence chez vous. Je suis sûre que ce ne sera pas mensonge.

— Va, que des mensonges, celui-là, il en a assez dit pour la journée ! commenta la Taupe. *Peccaïré*[1] !

Juliette orienta le bout de la canne vers elle. Elle avait tout d'un chef de guerre :

— Toi Léonie, dès qu'il est parti avec eux vers la rue droite, rentre chez toi. Si tu croises le Pierrot, tu lui expliqueras que tu marches un peu à cause des varices. Ça lui paraîtra bizarre, mais venant de toi... Pendant ce temps, Robert et Ginette, rentrez chez vous. Vous, en bas, il n'y a pas de risque qu'il vous voie.

Elle se tourna vers les Branslegger.

— Allez, vite ! Vite ! Sinon le Pierrot va peut-être monter ici. Il faut l'arrêter avant !

Franz et Martine se hâtèrent.

Restaient Ernest et Aurélie. Juliette eut un moment d'hésitation. Elle balançait la pointe de la canne de l'un à l'autre.

— Vous, pour rentrer chez vous, il va falloir attendre que le Pierrot s'en retourne. S'il vous croise aussi dans la rue droite, alors là, il va se poser des questions inutiles. Surtout qu'il s'en pose déjà !

— Ah bon ? demanda Aurélie.

— Eh oui ! Il croit qu'on lui en veut !

1. Pauvre pécheur !

— Eh ben, soupira la Taupe. J'aimerais bien qu'on m'en veuille comme ça, à moi aussi !

De sa fenêtre, Juliette guettait le retour du Pierrot.

Il devait obligatoirement passer par la placette pour rentrer chez lui. Elle avait enfermé Ernest et Aurélie dans la chambre du défunt père au cas où le Pierrot aurait l'idée de monter chez elle.

Mais grâce à son ouïe si fine, elle percevait quand même la voix d'Ernest qui avait quelque chose d'intime, d'amical. D'inhabituel. Elle tendit l'oreille :

— Alors, comme ça, tu connais Ivan Rebroff ?

— Un peu. – La voix d'Aurélie était d'un calme inhabituel. – Mon salaud de mari avait le disque. Mais bon, je n'ai rien contre la chanson russe, malgré tout, tu sais.

Un temps. Sans quitter des yeux le passage entre les deux ruelles, Juliette fit un pas en arrière pour mieux les entendre.

— Dis Aurélie, je ne voudrais pas te fâcher, hein ? Si je te pose la question, c'est par amitié. Je me le suis toujours demandé : pourquoi tu lui en veux tant que ça, au Justin ?

Juliette ne put s'empêcher de se réjouir dans l'attente de la volée de bois vert. Mais le calme d'Aurélie la surprit encore :

— Tiens, rien que tu prononces son nom, ça me donne des relents d'acide. Ça me réveille l'ulcère. C'est te dire ! Tu le sais bien que le Justin c'est un beau saligaud qui nous a abandonnées, sa pauvre fille et moi, pour suivre une putasse de la Vernasse.

— Une jeunette ? demanda-t-il avec l'hypocrisie de celui qui feint de ne pas savoir.

— Non, même pas ! Une de mon âge ! C'est une du mas des Fabre, derrière la filature.

— Ah, oui, je vois où c'est. On passait par là pour aller à la mine, quand j'étais jeune. Dis, mais c'est même pas à trente kilomètres de Petrosac, ça ! Tu ne l'as plus jamais croisé ?

— Et pourquoi tu crois que je ne sors jamais ? Si j'en croise un des deux, je fais un meurtre ! C'est pour ça que je préfère rester là. C'est pour éviter ça. *Vaï*, que je suis bien brave ! Sa voix se brisa : Parce que quand je pense à ma pauvre Lucille, j'ai envie de pleurer !

— Dis, tu ne crois pas que tu exagères un peu, Aurélie ? Ça doit faire vingt ans que vous avez divorcé, ta fille a bien eu le temps de s'en remettre, va ! Et puis elle est mariée depuis plus de dix ans, elle, maintenant.

De son poste d'observation, Juliette se régalait. Elle pensa que l'Ernest était bien courageux d'aborder ce sujet avec l'Aurélie. Il remonta dans son estime.

Elle imagina Aurélie avoir les larmes aux yeux et attraper son mouchoir dans sa manche, car elle l'entendit se moucher bruyamment. Elle ne s'était pas trompée :

— Et pourquoi tu pleures, Aurélie ? demanda-t-il avec douceur.

— C'est quand je pense à ma pauvre fille… Elle aussi, ça va lui arriver !

— Et pourquoi tu veux que ça lui arrive ? Elle n'est pas heureuse avec son buraliste, tout là-bas, à Montargis ? La dernière fois qu'elle est venue ici, elle était plutôt joyeuse !

— Peut-être ! Mais ça la guette, je te dis ! Ça la guette !

— Bah, je le connais pas, moi, le buraliste, je l'ai même jamais vu ! Mais pour sûr que c'est un brave homme, si elle l'a épousé.

— Moi, j'ai dit à Lucille que je ne voulais plus le voir ! Le jour où il la laissera, tout le monde dira que j'avais raison, je le sais bien, va ! Alors, c'est pour ça qu'elle vient toujours toute seule. Quand il la laisse venir !

— Mais qu'est-ce qui te fait dire qu'il va la quitter ?

— Tous les hommes font ça ! C'est plus fort qu'eux...

— Dis, Aurélie, je te ferais te souvenir que moi, ma femme, c'est elle qui nous a quittés, mon fils et moi ! Le petit, il n'avait pas dix ans !

— C'est vrai qu'il y a quelques femmes mauvaises. Mais les hommes, eux, c'est tous des salauds !

Juliette pouffa.

— Ben, je te remercie ! dit Ernest, d'un ton amusé.

— Je ne parle pas pour toi.

— Et tu crois que le Pierrot aussi, il la quitterait sa Tatiana, si par chance, ils font affaire ?

— Non. Mais le Pierrot, il n'est pas comme les autres.

Elle marqua un temps.

— Et puis toi non plus. Je sais que tu n'es pas mauvais, toi.

Le compliment était tellement extraordinaire venant d'Aurélie que l'Ernest en parut bouleversé.

Juliette n'en croyait pas ses oreilles.

— Dis, Aurélie, dit-il après un moment, d'une voix encore plus douce, ça me fait bien plaisir que tu dises ça, tu sais.

Un aboiement la fit sursauter.

Elle aperçut alors Bistanflu, le Lénine de l'Ernest, qui courait dans le jardin des Ripolin. Il n'était pas seul ! Une chienne, une bonne petite bâtarde comme lui, venait de surgir à sa suite. Les deux chiens s'ébattaient maintenant dans les hautes herbes du potager à l'abandon.

« En voilà un qui n'aura pas eu besoin de l'Internet ! », commenta Juliette.

Elle les observa en s'amusant du spectacle, ce qui l'entraîna plus loin dans ses pensées : « Voilà pas que tout le monde s'amourache maintenant ? C'est contagieux ou quoi ? » se dit-elle. Le Ripolin et sa Paimpolaise, le Pierrot et sa Tatiana, l'Ernest qui contait fleurette à la Gonflette et Léonie qui avait le feu au derrière. À ce train-là Pouligeac n'allait pas tarder à se transformer en un énorme lupanar...

Et dire qu'elle ne serait plus là pour voir ça !

Les choses se gâtèrent dès qu'il fallut parler argent.

Très vite, ils en étaient venus à la conclusion que pour faire venir la petite, il fallait payer l'avion, aller la chercher à l'aéroport, lui montrer un tout petit peu Paris, un minimum, quoi ! Puis la ramener au village pour qu'elle voie le Pierrot et tombe aussitôt en pâmoison, rejetant à tout jamais toute appartenance à la Grande Russie.

Franz et Martine Branslegger étaient totalement sceptiques sur la réussite du projet. Mais, supervisés par Ginette, ils avaient quand même fait les comptes. La somme était énorme : 3 382,72 euros.

Sous la pression des Branslegger qui voyaient là une mesure de prudence, les échanges entre les deux « fiancés » avaient été restreints au minimum. Un petit mot par jour uniquement par le biais du mail, chacun son tour pour ne pas faire de jaloux, immanquablement relu par Juliette et supervisé par Franz, qui restait toujours le seul à opérer sur « la machine ». Quant au téléphone, par chance, il était très difficile de joindre Samara. Plus de « chat » non plus. Trop dangereux. Pour donner une apparence au prétendant, Franz était parvenu à trouver sur Internet la photo d'un comédien inconnu qui ressemblait très vaguement au Pierrot. Tatiana l'avait jugé « *joli homme* ».

Pierre de Pouligeac apparaissait comme un homme accaparé par son travail, avec une personnalité assez difficile à cerner (vu le nombre d'auteurs de sa correspondance), qui n'avait guère le loisir de passer beaucoup de temps sur Internet ni d'entretenir une conversation riche et animée. Mais la petite Tatiana, comme on l'appelait à Pouligeac, ne semblait pas s'en inquiéter. Une fois qu'il avait été établi que le jeune notaire prospère payerait non seulement le voyage, le visa (les dessous-de-table au consulat de France à Moscou devenaient hors de prix !), l'hôtel 4 étoiles au pied de la tour Eiffel, mais aussi des tas de petits cadeaux à toute la famille, ceci « en tout bien, tout honneur » bien sûr, la jeune fille avait fini par accepter de venir « une petite semaine » en mars. Pour faire connaissance.

Pour le hameau c'était déjà une belle victoire, mais il fut clair que l'argent était là encore le nerf de la guerre.

En réalité, Tatiana n'avait jamais exigé un tel luxe, mais ses correspondants y investissaient leurs propres rêves en manquant parfois de retenue.

Franz, lui, avait établi un devis en ne prenant en compte que les dépenses du voyage et la location du véhicule pour aller la chercher.

Mais on arrivait quand même à 3 382,72 euros !

Deux millions deux cent quatre-vingt-neuf mille francs dix-neuf centimes.

À Pouligeac, l'ancien franc restait de mise, même en 2005.

La première réaction des Pouligeacois fut de s'écarter du problème : après tout, on avait le temps, puisque maintenant on avait trouvé « la fille » ! En quelque sorte le problème était réglé. On n'était qu'en décembre, on avait bien le temps de s'occuper de la faire venir d'ici mars. Malgré l'insistance de Franz, personne n'avait vraiment voulu aborder cette question financière qui restait en suspens.

Les visites chez Juliette s'étaient espacées et si au début il avait fallu établir une liste d'attente pour ceux qui avaient droit de participer à l'« email » (ça y est, le vocabulaire était acquis) quotidien à Tatiana, maintenant Juliette en faisait la grande majorité, parfois secondée par l'Aurélie ou par l'Ernest.

Elle les écrivait généralement le soir, s'appliquant pour chaque mot, cherchant des formules nouvelles, en y prenant un certain plaisir. Le matin, elle les relisait à Aurélie. Celle-ci était toujours admirative :

— Ah, que c'est beau !... Les hommes qui écrivent des choses pareilles, ça n'existe plus ! Et quand je pense en plus que vous n'avez toujours pas besoin de lunettes pour lire ! Vous avez bien de la chance. Moi je passe mon temps à rechercher les miennes pour lire le moindre truc.

— C'est vrai, c'est toujours ça d'économisé ! Parce que maintenant si un jour j'ai besoin de lunettes, ce sera dans une autre vie.

La Taupe, quant à elle, vexée que l'on se méfie de sa prose, ne venait plus.

Le Pétou trouvait tout ça ennuyeux et désormais inutile. Et Ginette avait proprement déserté dès que Franz avait fait allusion au financement commun de l'opération.

Le Boche, lui, venait tous les jours, le plus souvent sans son Estabouzite de femme et toujours aux heures de sortie du Pierrot car il se disait incapable de fournir une explication acceptable à sa venue sans trahir le secret. Juliette s'était habituée à cette visite quotidienne qui ne lui déplaisait plus.

Au contraire.

Franz arrivait donc sitôt la Clio disparue sur « le goudron » afin d'ouvrir le message de Tatiana. Et, en attendant que la réponse soit recopiée pour être lue attentivement, il passait la majeure partie du temps à surfer sur Internet pour ses propres recherches concernant l'aménagement de sa maison, les expériences « bio » et autres expérimentations alternatives.

Le tout en espagnol pour ne pas perdre la main.

Les fêtes de fin d'année arrivèrent ; période maudite par les habitants de Pouligeac qui n'y voyaient aucun agrément ; non seulement l'hiver se faisait rude, mais en plus les échos télévisés de réveillons mirifiques ou de fêtes familiales chaleureuses (dont ils étaient tous privés depuis des années) renforçaient leur sentiment de solitude et d'isolement.

Le jour de Noël, pas de visites.

Pas même entre Pouligeacois.

Rendre visite à un voisin aurait été vécu, en ce jour fatidique, comme un acte de compromission. Ne serait-ce même que l'éventualité de croiser quelqu'un dans l'une des deux ruelles ou sur la placette portait en elle le risque de s'épancher malgré soi sur le manque de famille, d'amis, de liens et d'exhaler ses déceptions. Alors chacun restait chez soi.

Les Pouligeacois étaient gens pudiques.

Ils gardaient ces peines-là pour eux.

Seul Pierrot s'en alla passer son premier Noël d'orphelin avec son oncle à La Vernarede, et le réveillon du Nouvel an avec une petite poignée de copains d'enfance, tous mariés, au bar-restaurant de Petrosac.

Et comme presque chaque 1er janvier, la vieille Clio aux soupapes plaintives revint se garer vers les une heure du matin, réveillant Juliette qui murmura son habituel : « *Vé !* le Pétoulet qui se rentre de sa bringue », avant de se rendormir, son fameux sourire aux lèvres, celui parfaitement formaté pour faire bonne figure au cas où, fort probable, elle ne se réveillerait plus jamais.

Le 2 janvier (cent un ans, trois mois et dix-neuf jours), tout le monde respirait de nouveau, allégé du poids de ce douloureux sentiment d'abandon cruellement imposé par les fêtes du calendrier.

L'échéance estivale devenait plus concrète.

Tatiana redevint d'actualité.

Difficile de savoir si la fibre romantique de Pouligeac avait été efficacement enrichie par cette période de vague à l'âme, mais en ce début d'année, il fut évident qu'ils avaient assez bien réussi leur conquête, puisque la petite Tatiana semblait totalement entichée de son jeune notaire parisien.

Elle ne rêvait plus que de venir le rejoindre, écrivait-elle, « *Mon cœur batre comme une tamboure* », insistant de plus en plus pour fixer définitivement une date de voyage.

Le jour où la jeune Russe, constatant le peu d'empressement de son Pierre de Pouligeac à effectuer la réservation du voyage, menaça timidement d'abandonner ce « *fou rêve* », une réunion d'urgence fut organisée par les Branslegger chez Juliette, dès le départ du Pierrot à l'Hyper d'Alès.

C'était la première fois depuis des mois que la Vivette mettait le nez hors de l'étroit périmètre des vingt-cinq mètres autour de son mas qui composaient l'intégralité de ses terres.

La mère d'Aurélie était encore plus imposante que sa fille, sans pour autant avoir son aspect « débonnaire ».

Une moue de rancœur s'était fossilisée dans ses rides et ses épais sourcils restaient définitivement froncés.

Elle avait l'aspect convenu du personnage rébarbatif et méchant, celui qu'on évite et qui fait peur.

Heureusement, disait-on à Pouligeac, qu'elle ne sortait jamais !

Pour une fois, ce n'était pas le Pétou qui avait surnommé Simone Casteret « la Vivette ». C'était son père. Il l'en avait affublée quand elle était toute petite, fine et vivace. Le surnom lui était resté, bien que depuis des années sa pesante masse, alourdie du poids de ses quatre-vingt-huit années, ne lui permît plus que des déplacements plutôt pachydermiques.

D'ailleurs, elle passait l'intégralité de ses journées chez elle, reliée en permanence à sa télévision par un fil qui émergeait de son gros casque-écouteur noir. À première vue, on aurait même pu croire que la femme et la machine ne faisaient qu'un.

Cela expliquait sans doute pourquoi, bien qu'elle soit appareillée d'un sonotone des plus performants, dès que l'on « coupait le cordon » d'avec la télé, la Vivette se sentait également coupée du monde et n'entendait plus très bien.

Il fallait hausser le ton pour communiquer avec elle, ce que l'on faisait toujours non sans appréhension tant elle paraissait constamment menaçante. C'est pourquoi, en dehors d'Aurélie, presque personne ne lui adressait plus la parole.

Cependant, pour ceux qui s'y risquaient, il était toujours stupéfiant d'entendre ce « *mounstré* » répondre d'une petite voix douce d'hôtesse de l'air, un délicat « Plaît-il ? », agrémenté d'un sourire affable qui effaçait comme par magie toute éventuelle théorie sur la fossilisation des rides.

En l'entendant Franz s'était dit que, décidément, il ne fallait jamais se fier aux apparences.

Surtout à Pouligeac.

Juliette était ravie de voir arriver la Vivette chez elle.

Non pas parce qu'elle l'appréciait ; la centenaire s'était persuadée qu'elle n'aimait plus personne, en dehors, peut-être, du Pierrot qu'elle « aimait bien ». Non, ce qui amusait Juliette, c'est que personne à Pouligeac n'aimait la Vivette. Celle-ci était considérée comme une « garce achevée », une « fieffée salope », une « *mounine*[1] », une « *prégadiou* », une « *putanasso* », suivant les moments, les humeurs, et ceux qui s'exprimaient.

---

1. Dissimulée, chafouine, méchante et curieuse. Définition de Jean-Pierre Chabrol.

Bref, la Vivette était un personnage si « populaire » que chacun, à Pouligeac, redoutait que sa télé tombe en panne de peur qu'elle ne mette le nez dehors.

Il faut dire que dans l'histoire du canton, on pouvait attribuer la plupart des conflits de ces cinquante dernières années à l'esprit tortueux de la mère d'Aurélie.

C'est là que résidait désormais toute sa vivacité.

C'était plus fort qu'elle. La haine tenace qu'elle portait à l'homme qui l'avait quittée en 1957 s'était peu à peu étendue au reste de la planète.

À l'exception de sa fille, bien sûr, qu'elle aimait comme un double d'elle-même.

Peu avant son arrivée, Franz avait allumé l'ordinateur et envoyé le message du jour, écrit cette fois encore par Juliette :

« Chère Tatiana, je suis si heureux de votre dernière missive. Mon cœur bondit d'allégresse. Sachez que mes tendres pensées vous accompagnent jour et nuit, même si mon travail harassant m'empêche d'être disponible à ces échanges sacrés qui scellent si merveilleusement nos liens nouveaux. Je vous aime tant déjà !

Je m'occupe de fixer la date de votre voyage dès que mes disponibilités me le permettront, votre dévoué serviteur et soupirant ardent,

Pierre de P. »

L'entrée de la Vivette jeta un sacré froid.

Aurélie, elle-même, avait amené sa mère à contrecœur.

Non seulement parce qu'elle savait que ça tournerait mal, mais aussi parce qu'elle avait souffert trois quarts d'heure pour parcourir les deux cents mètres jusqu'aux escaliers de chez Juliette. Mais sa mère avait exigé de venir « voir ça » de ses propres yeux.

La Vivette était arrivée au bord de l'évanouissement. Elle s'était affalée sur le fauteuil de Juliette qui s'était affaissé brusquement dans un craquement inquiétant. Il fallut attendre un bon moment avant qu'elle ne puisse adresser la parole à quiconque.

Franz se sentait si impressionné qu'il frôlait littéralement les murs. Il avait murmuré un « Bonjour madame » hésitant, avec l'air contracté de celui qui s'attend à recevoir une baffe en guise de réponse. La mère d'Aurélie n'avait pas répondu, elle n'adressait jamais la parole aux hommes. Elle ne l'avait même pas regardé. Par contre, une fois son souffle retrouvé, elle s'était montrée charmante avec Martine Branslegger, pourtant tout aussi anxieuse.

La Vivette utilisait à bon escient sa voix extraordinairement douce, infléchie d'une mielleuse gentillesse :

— Je suis bien contente de vous rencontrer. C'est que j'ai beaucoup entendu parler de vous, vous savez ?

— Oh, vraiment ? C'est gentil, répondit prudemment Martine.

Elle ne remarqua pas le sourire narquois de Juliette.

— Alors, c'est vous qui l'avez achetée, la ruine de ce *saloupardas* de Bastide ? reprit la Vivette sur le même ton aimable. Oh, pour ça, il était bien content de trouver des Parisiens assez naïfs pour lui en donner trois sous !

Les Branslegger s'interrogèrent du regard. Comme personne n'osait l'interrompre, Vivette continua sur sa lancée :

— Surtout qu'une bonne partie du jardin de l'Ernest est à vous. Vous ne le saviez pas ? Ah, ça, ce bolchevique d'Ernest, c'est pas l'honnêteté qui l'étouffe ! Il n'a pas attendu les élections pour supprimer la propriété privée, lui ! En tout cas, les Ripolin, eux, ils ont bien rigolé sur votre dos, de voir leur cousin faire une telle affaire. Surtout que c'est eux qui hériteront de l'argent. Vous ne le saviez pas ? Ils ont même réussi à lui faire monter le prix au-delà de toute espérance ! C'est qu'elle est douée pour ça, cette rascasse de Ginette ! Je les entendais rire jusque dans mon salon ! Dites-moi, vous n'avez pas peur qu'elle vous tombe dessus, cette ruine ?

Juliette, qui n'avait pas vu la Vivette depuis longtemps, la trouva décidément en pleine forme.

Martine découvrit le venin du personnage. Avec un sourire tout aussi suave que celui de la Vivette, elle balança la quantité de décibels nécessaires à lui faire entendre distinctement sa réponse :

— Oh, non. Au contraire ! Mon mari est très bricoleur ! C'est déjà une merveilleuse maison. Nous y sommes très heureux. Et puis le bonheur, cela n'a de prix !

Les rides de dégoût réintégrèrent aussitôt la face réprobatrice.

C'était la première fois depuis l'arrivée des Branslegger à Pouligeac que Juliette réalisait vraiment l'existence de Martine Branslegger. L'Estabouzite apparaissait moins tarte qu'elle n'en avait l'air.

Franz tourna le dos pour dissimuler un éclair de gaieté. Il ressentit une bouffée attendrie pour sa femme, « à la fois si forte et si fine devant l'adversité » et s'il n'y avait pas eu tant de Pouligeacois, il lui aurait bien caressé la nuque.

Leur geste de tendresse à eux.

Rien qu'à eux.

Le Pétou qui déboulait à ce moment-là recula d'un pas en découvrant la Vivette. Il jeta un regard paniqué à Juliette qui répondit d'un clin d'œil réjoui.

Aurélie, toujours accablée, gardait la tête baissée.

— Adieu Vivette ! Tu as la télé en panne ? dit-il en saluant aussitôt l'assemblée sachant qu'il n'obtiendrait pas de réponse.

La Vivette se fendit de son sourire transfigurant et s'adressa à Martine de sa voix pateline.

— Je vois que vous connaissez déjà l'industriel de Pouligeac ?

— Un industriel ? Non, je ne vois pas, répondit Martine, maintenant sur la défensive.

— Ah, mais c'est qu'à Pouligeac, nous en avons un ! Monsieur que voilà est un spécialiste de la fabrication des *bastardous*.

Aurélie leva les yeux au ciel. Quant au Pétou, en guise de repartie, il rigola franchement. Ernest ouvrait la porte à son tour :

— Dites, c'est joyeux par ici ! Bonjour, la compagnie !

— *Vé*, le jardinier ! dit la Vivette, en faisant un signe à Martine.

— Ciel ! En voilà une surprise ! dit l'Ernest pour cacher sa consternation. Comment ça va, Simone ?

Elle ne répondit pas non plus.

Elle ne parlait à aucun homme.

Juliette se dit qu'il était temps de réagir. Elle tenta de parler aussi fort que possible :

— Dis, Simone, tu es venue pour quoi, exactement ? Parce que si c'est juste pour déclencher la troisième guerre mondiale, attends au moins que je sois morte. Rassure-toi, tu n'auras pas long à attendre, *vaï*.

— Je veux voir la Soviétique. Je veux voir sa photo sur l'écran.

— Et pourquoi ?

— Parce que je suis d'accord pour participer à la cagnotte. Mais d'abord, je veux voir sa tête. Je ne veux pas investir mon argent pour rien. Si c'est pour que le Pierrot la jette de suite, moi je ne donne pas un sou.

— Tu veux donner de l'argent, toi ? demanda Juliette, surprise.

— Dis, si le Pierrot s'en va, et que ma télé tombe en panne, tu crois qu'ils vont me prendre combien, chez Darty, pour monter jusqu'ici ? Alors autant que ça soit le Pierrot. Lui ou un autre, je m'en fous. Sauf que lui, en plus, il fait les courses. Alors, il vous faut combien ?

— 3 382,72 euros, dit Franz.

— Ça fait combien, ça ? demanda la Vivette en se tournant vers sa fille.

— Environ deux millions deux cent mille francs, dit Aurélie.

— Dites, avec ça, j'achète presque tout le magasin !

— Combien tu veux donner, toi ? demanda Juliette.

— Ben, si elle est bien mignonnette, la Soviétique, il va s'en servir un bon moment avant de la jeter. Je connais les hommes ! Mais si elle est trop laide, elle fera pas l'hiver, alors, autant acheter tout de suite une télé neuve. Au moins, je peux la faire garantir trois ans, déplacement, pièces et main-d'œuvre.

— Qui ? La Soviétique ? osa le Pétou.

La Vivette haussa les épaules.

— On nage en plein romantisme ! souffla discrètement Franz à sa femme.

— Ô Vivette, mais c'est que tu as bien réfléchi ! Tu en as fait des calculs ! dit Juliette.

— *Pardine !* Ce n'est plus à mon âge que je me ferai avoir par un homme. Encore moins par ce crétin de Pierrot. Elle laissa échapper un peu de colère : Mais qu'est-ce qui lui prend tout d'un coup d'avoir le feu au derrière, à presque cinquante ans, celui-là ! *Sapoulardas*... Puis, plus calme, elle retrouva sa voix d'aéroport : Alors c'est pour ça que je veux la voir, la Soviétique !

Aurélie la conduisit dans la chambre.

Tout le monde suivit.

— *Pamèn !* Elle a bien changé cette chambre ! On se croirait dans un cockpit de « Jambo Jette » !

— C'est Franz qui a tout installé ! dit Aurélie un tantinet provocatrice vis-à-vis de sa mère, ce que celle-ci feignit d'ignorer.

Franz afficha sur l'écran la photo de Tatiana. Il choisit celle en robe, où elle était le plus sexy.

La Vivette fit la moue :

— Elle a le museau pointu, on dirait une *moustielle*[1] ! Sinon, elle n'est pas trop mal faite ! Allez, *vaï*, j'en donne deux cent mille !

— Ça fait 300 euros, traduisit Aurélie à Martine qui opina d'un air entendu.

Le Pétou s'approcha de l'écran et prit son ton le plus vicelard possible :

— Regarde-moi ces fesses, Vivette ! Et ces nichons ! Ça mérite plus, quand même, non ?

1. Belette.

— Ça, c'est vrai, renchérit Ernest pour une fois d'accord avec le Pétou. Ah ! Moi, si j'ai ça dans mon lit, *M'avès coumprès*[1] ! Je sors même plus ramasser mes tomates !

Aurélie se retourna vers lui, stupéfaite. Il la rassura d'un clin d'œil.

La Vivette nota que Juliette approuvait du chef.

— Bon, fit-elle d'un air boudeur. Deux cent cinquante mille ! C'est le prix de la garantie trois ans chez Darty.

— Et n'oublie pas que vous êtes deux, vous, dans la maison ! souligna Juliette.

— Bon, trois cent mille pour moi et ma fille. Mais pas un sou de plus !

— Ça fait 450 euros, dit Martine cachant mal sa mine dégoûtée, avant même qu'Aurélie ne traduise.

— Bravo Vivette ! s'écria le Pétou en lui prenant la main.

Celle-ci eut un tel recul qu'elle faillit en perdre l'équilibre. Il y eut quelques rires mal étouffés. On se moquait un peu. Avec crainte, quand même.

La Vivette regarda sa main, puis sa fille :

— Viens, Aurélie. Raccompagne-moi vite. Il faut que j'aille me laver les mains.

Tous s'écartèrent pour les laisser partir.

Aurélie fit un petit signe pour dire qu'elle revenait « tout de suite ».

— Ça alors... ! fit Martine, quand la porte se referma derrière elles.

— Tiens, ça faisait longtemps !... ponctua Juliette.

Le chemin du retour jusqu'à la maison fut encore plus difficile qu'à l'aller. Les deux femmes

---

1. Vous m'avez compris !

cheminaient péniblement, en silence. Bien qu'elle soit contrariée par l'attitude de sa mère, surtout vis-à-vis des Boches, Aurélie se garda de faire le moindre commentaire. Elle savait que cela ne servait à rien. Quant à la Vivette, elle était trop essoufflée pour parler. Aurélie était pressée de revenir chez Juliette pour voir comment allait s'organiser « la venue de la petite grue ». C'est ce que Tatiana représentait pour elle. Une grue. Pas plus. Puisqu'il fallait investir dans une « dépanneuse » eh bien ils investissaient ! Ils n'avaient pas le choix. Quoi faire d'autre, hein ? Puisque ce Pierrot avait soudain le feu au cul, hein ? Après tout, sa mère avait bien raison ! Ah ces hommes… tous des salauds ! Enfin, presque tous…

Elle était satisfaite que l'Ernest lui ait adressé ce petit clin d'œil pour lui signifier qu'il n'était pas le gougnafier qu'il prétendait être. Lui, au moins, quand sa femme l'avait laissé, il n'était pas parti chasser la chair fraîche à la ville !

Arrivant devant le portail, elles virent la Taupe qui sortait de chez elle. Leurs deux mas se faisaient presque face.

Aurélie faillit ne pas la reconnaître : la Taupe n'était pas maquillée.

Elle était vêtue d'un grand manteau de laine qui couvrait presque entièrement sa robe de chambre froufroutante et ses chaussures orthopédiques.

En guise de chapeau, elle portait la casquette élimée de son père. Une large casquette à carreaux. Certes, l'ensemble était plutôt étonnant, mais ça ne lui ressemblait quand même pas.

Apercevant la Vivette, la Taupe ajusta ses grosses lunettes :

— Vé, la Vivette. Ta télé t'a laissé sortir ?

— Et toi, la Taupe, toujours nymphomane ?

— Eh oui… répondit-elle d'un air las.

La Taupe prenait la direction de la placette.

— Et où vous allez comme ça, madame Léonie ? demanda Aurélie.

— Ça te mêle ? répondit-elle froidement, sans s'arrêter. Elle n'était pas du tout de bonne humeur.

La Vivette se sentit en devoir de défendre sa fille :

— Dis, Léonie, tu es bien contente quand ma fille vient te faire ton ménage gratuitement, non ?

— Chez moi, elle est payée, ta fille. C'est chez toi qu'elle le fait gratuitement.

— C'est même pas toi qui la paye, c'est la commune ! On te fait la charité.

La Taupe continuait son chemin d'un pas lourd, sans plus la regarder, mais riposta quand même :

— *Feignasse !*

— *Putanasso !* lui cria la Vivette que sa fille poussait vers l'intérieur de la maison.

— Je ne demanderais que ça !… dit la Taupe en haussant les épaules.

Le Pétou donnait 300 euros, l'Ernest n'avait pas pu faire moins, les Branslegger 600 euros à eux deux, et en comptant les 450 de la Vivette et d'Aurélie, on arrivait péniblement à 1 650 euros. Il en manquait encore un peu plus de 1 730…

Consternation.

Juliette, elle, ne donnait rien. Elle estimait qu'elle prêtait les locaux et que c'était déjà beaucoup pour quelqu'un qui ne bénéficierait jamais de « l'affaire ».

Quant aux Ripolin, on ne savait qu'en penser. Ginette avait dit au Pétou qu'elle avait à faire et ne pourrait se rendre à la réunion.

Quant à la Taupe, depuis qu'elle était fâchée, elle n'était plus venue.

— Et si elle prenait le train, ça ne coûterait pas moins ? proposa Ernest.

Le Pétou fit la moue :

— *Macarel*[1]... M'est avis que cette fille-là ne prendra jamais le train en seconde classe pour épouser son notaire millionnaire. Elle se méfiera. Pas si bête, la Moustielle.

— C'est tout le danger d'avoir inventé ce Pierre de Pouligeac, dit Franz. Voyons où nous pouvons économiser. Il y a le voyage, le visa, la location du minibus... Peut-être pourrions-nous prendre une voiture plus petite ?

— Moi, en tout cas, je veux venir ! dit Aurélie. Dites, pour 450 euros, je peux être du voyage !

— Moi aussi, ajouta l'Ernest. Si ça rate et que le Pierrot ne la regarde même pas, eh bien au moins, on aura gagné un voyage à Paname.

— Y a la Ginette aussi, qui viendra. Et puis moi aussi ! ajouta le Pétou.

Juliette tapota avec sa canne le bord du lit :

— Si elle veut venir, la Ripoline, elle doit d'abord payer.

— Là, madame Juliette, je crois qu'il n'y aura rien à faire, dit Ernest. Elle a dit que si elle ne venait pas, le Gérard non plus, et qu'on aurait plus personne pour conduire le minibus. Elle dit que son fils, c'était sa participation à elle.

— Bon, fit Franz d'un ton las. Avec Martine et moi, ça fait six.

— Je peux rester ici, proposa Martine.

— Non, je crois qu'il vaut mieux que tu viennes, lui dit-il en jetant un regard circulaire sur l'assemblée.

---

1. Sorte de ponctuation d'origine marseillaise (définition de Jean-Pierre Chabrol).

— Alors, il faut le minibus. Pas moins.

— On peut économiser sur l'hôtel. Si on part à l'aube, on va directement à l'aéroport et on revient ici dans la nuit. Il comptait sur le cahier : ça nous ferait économiser presque 224 euros.

— Et on ne verrait même pas Paris ? dit l'Ernest. Ce serait trop bête, ça !

— Ben...

On tapa à la porte.

— C'est moi !

La Taupe.

Eux aussi eurent du mal à la reconnaître sans son masque habituel.

Sa voix était lasse, elle était encore essoufflée par l'effort.

Ils échangèrent des regards éloquents : « Elle a baissé », jugèrent-ils.

— Tu n'as pas l'air en forme, Léonie.

— Je me meurs tous les jours un peu plus vite. Ce n'est pas ton cas, Juliette, à ce que je vois. Décidément, le Bon Dieu t'a oubliée.

— Je ne crois pas en Dieu, c'est peut-être pour ça. Mais ne t'inquiète pas, *vaï*, je reste en tête de liste.

— Alors, tu n'es plus fâchée ? demanda le Pétou. Tant mieux, parce qu'on n'a pas le compte pour faire venir la petite.

— Ah, toi je te reconnais bien ! dit la Taupe, retrouvant sa voix. Bien sûr que je suis fâchée ! Qu'est-ce que tu crois ? Vous ne pensez qu'à vos petites affaires et c'est rien que ça qui vous fait vous remuer pour le Pierrot. Bande d'égoïstes ! S'il n'avait pas la voiture et les outils, le Pierrot, il aurait bien pu crever de solitude, tout *esquagassé* de langueur, tout *escoufigné* dans son coin, vous n'en auriez rien eu à faire ! Mais là, pour qu'il y ait toujours le pain le matin, et qu'on vous ramasse la poubelle le soir, alors là vous nous refaites la campagne de Russie ! Mais moi, pauvre de moi, je ne suis qu'une vieille carcasse dont vous ne pouvez rien tirer. Moi, pour m'aider, pour faire quelque chose pour moi, il aurait fallu un peu de générosité. Mais la générosité, vous n'en avez plus ! Elle est morte avec le village. Quand on est tout seuls comme des idiots, comme nous autres ici maintenant, on ne sait plus rien donner. On ne sait plus que prendre.

— Parce que tu crois que moi j'y ai un intérêt dans tout ça ? se récria Juliette, faussement offusquée. Je n'en profiterai jamais !

— C'est toi la plus maligne, Juliette. Regarde autour de toi, elle fit un large geste circulaire de bras désignant l'assemblée : tu en profites déjà.

Elle se laissa choir sur le fauteuil en grimaçant. Visiblement quelque chose avait changé en elle. Elle était grise. Son regard était terne. Ils pensèrent tous qu'elle n'en avait plus pour longtemps et le dissimulèrent derrière une mine de circonstance.

— Combien il manque ? demanda-t-elle d'une voix sourde.

— Beaucoup.

— Combien ?

— 1 500 euros.

— Sans l'hôtel ! ajouta Ernest.

— 1 500 euros ? Ça fait combien ? demanda-t-elle en se tournant vers Ginette.

— Un million.

— Bon, c'est d'accord, je les donne.

— Comment ? Tout ? insista Aurélie, méfiante.

— Oui, tout. Et qu'est-ce que je vais en faire de mes économies, maintenant, hein ? Qu'est-ce que je vais en faire ? Les cacher derrière les pierres du mas, comme vous ?

Sa colère montait. Personne n'osa l'interrompre de peur qu'elle ne change d'avis.

— Je sais bien que vous vous moquez de moi, tous autant que vous êtes. Je les entends vos *bavasseries*. Vous dites : la pauvre folle, toute *trasse*[1], qui ne pense qu'à forniquer, quelle vergogne, hein ? Eh bien je m'en fous de ce que vous pensez ! Le moment venu, le Seigneur là-haut reconnaîtra les siens. Il n'y a que son jugement à lui qui compte. Moi je sais qu'Il ne m'en voudra pas d'avoir voulu ce qu'Il m'avait toujours promis et jamais donné : s'Il a créé le coït, c'est pour tout le monde, non ? Et puis, j'ai fait de mal à personne, moi !

— On le sait bien, *vaï*... dit le Pétou tout contrit.

La voix de la Taupe devient plus sourde, plus triste.

— Je ne demandais qu'une chose, une toute petite chose avant d'aller Le rejoindre. Une dernière volonté : un amant d'un quart d'heure. Ça m'aurait suffi. Juste ça ! La cigarette du condamné, en quelque sorte ! Et j'en ai fait des efforts, j'ai même appris le minitel. Ça m'a coûté une fortune aux Télécom... Et les rares fois où j'ai réussi à parler à un homme, dès que je disais mon âge, il n'y avait plus personne ! Je ne pouvais pas mentir, tout de même !

Tous approuvèrent du chef. La Taupe leur lança un œil noir :

— J'ai dépensé autant que je le pouvais pour me faire moins laide. Je suis cliente privilégiée à La Redoute, aux Trois Suisses et chez 3615 Préliminaires ! J'en ai acheté des choses pour que y en ait un qui le veuille bien, même une fois, même vite et dans le noir. Même en le payant ! Eh ben, même ça, j'ai pas trouvé...

---

1. Se dit de ce qui n'est plus bon à rien, qu'à jeter avant que ça ne pue (définition de Jean-Pierre Chabrol).

Elle les regardait, tous muets, de plus en plus gênés. Elle ouvrit les bras, exhibant une robe de chambre affriolante qui dissimulait mal son corps déformé :

— Je vous dégoûte, hein ?

Elle haussa les épaules, retrouva un peu de colère :

— Eh bien, je m'en fiche ! Maintenant je sais que les occasions perdues, on ne les rattrape jamais ! Jamais un homme ne me pénétrera...

Elle surprit Aurélie qui secouait la tête d'un air catastrophé :

— Ah ! Ne fais pas ta sainte, Aurélie, tu m'énerves ! Toi ton homme tu l'as eu, et eu, et même qu'en plus, il t'aimait. Si tu ne lui avais pas fait une vie impossible, comme l'avait fait ta mère avec son pauvre Théodore, il ne serait jamais parti pour une plus vilaine que toi ! Alors ne fais pas la bête !... Regardez-vous, tous les deux avec l'Ernest, elle ne serait pas plus vivante, la vie, si vous ne restiez pas seuls, à vos âges ?

— Qu'est-ce que tu racontes, Léonie...

— Je raconte rien ! Je dis juste que les 1 500 euros, je les donne pour le Pierrot. Pour qu'avec la petite Tatiana, ils nous fassent remonter un peu la température du village. C'est que ça gèle, ici, depuis quelques années.

5

8 : 25

Le jeudi 2 mars 2006.

Cent un ans, cinq mois et seize jours.

Juliette avait à peine regardé son calendrier. Elle avait consacré sa petite demi-heure habituelle à effectuer sa gymnastique faciale dans son cabinet de toilette, mais son esprit était ailleurs.

Aujourd'hui était un jour exceptionnel : le jour du départ.

Elle prenait son petit déjeuner assise à sa table, face à sa plaque, attendant impatiemment la visite journalière du Pierrot.

Plus vite arrivé, plus vite reparti.

Généralement, elle entendait ses pas depuis la ruelle et n'était donc jamais surprise quand il tapait discrètement à la porte puis l'ouvrait sans attendre. Il s'y prenait toujours en deux temps ; la poignée faisait d'abord demi-parcours lentement, puis restait là, bloquée deux à trois secondes, avant de s'abaisser complètement dans un mouvement plus franc. Juliette, observatrice, s'était toujours amusée de cette habitude : « Il se prépare dans sa tête à me voir morte », se disait-elle.

Comme d'habitude, une fois la porte ouverte, la tête du Pierrot entra la première, suivie aussitôt par le reste de sa lourde carcasse.

— Bonjour, madame Juliette, ça va bien aujourd'hui ?

— Ça va.

Il s'assit sans y être invité. Normalement, cela lui faisait plaisir, mais là, elle ne voulait surtout pas qu'il s'attarde. La croyant mal lunée, il chercha à lui faire plaisir :

— Moi je trouve que vous êtes mieux, depuis quelques mois.

— Ah, bon ?

— Oui, c'est sûr.

— Si tu le dis...

Un soupir douloureux démentit ces paroles. Pierrot décida ne pas s'appesantir sur le sujet.

— Dites, je ne pourrai pas vous ramener vos courses ni aujourd'hui, ni demain, parce que je dois partir deux jours à Marseille.

— Je sais.

— Ah bon ? Décidément tout le monde est au courant ! Mais samedi, je descendrai faire l'Hyper. Je vous ramènerai la grosse liste, c'est d'accord ?

— Est-ce que j'ai le choix ? Non. Alors pourquoi tu demandes ?

— Ne soyez pas fâchée, madame Juliette. Hier j'ai pris pour deux jours exprès et l'Électrocuté ramènera le journal pendant mon absence.

— Nous voilà bien ! Et qu'est-ce que tu vas faire à Marseille ? demanda-t-elle d'un air innocent.

— Ben, c'est le Boche qui m'envoie. Il me paye le voyage et tout. Je dois voir plein de magasins pour ramener des brochures pour des matériaux. Il veut construire un atelier bio.

— C'est qu'il en a de l'imagination, le Boche ! ironisa-t-elle.

Pierrot haussa les épaules :

— Bah, moi, pour tout vous dire, ça me fait plutôt plaisir. Je ne suis plus retourné à Marseille depuis des années, et puis… Ça me permet de voir un peu.

— De voir un peu quoi ?

— Pardi, Marseille ! Ce serait peut-être bien que je m'installe là-bas. C'est presque une capitale.

Juliette fit la grimace :

— À Marseille, il n'y a que des Corses et des Arabes. Ce n'est pas fréquentable.

Pierrot se retint de rire :

— Vous vous souvenez de Mohamed, celui qui avait remplacé l'Électrocuté l'été dernier ?

— Qu'est-ce que tu crois, que je suis gaga ? Bien sûr que je m'en souviens !

— Vous l'aimiez bien, non ?

— L'aimer, non. Mais il était quand même bravasse, c'est vrai. Et puis, lui au moins, il ne faisait pas tout ce barouf avec ce casque de malheur !

— Alors, il était fréquentable, lui, non ?

— Ça, oui ! Je regrette bien qu'il ne soit pas resté. Mais pour ça, il aurait fallu que quelqu'un flanque l'Électrocuté dans le ravin. Mais ça !… Elle fit un geste d'impuissance. On a raté l'occasion d'avoir un facteur présentable.

Le Pierrot secoua la tête, railleur :

— Et bien Mohamed, madame Juliette, c'était un Arabe.

Elle le toisa avec l'autorité d'une institutrice :

— Oui, mais un Arabe cévenol. Ce n'est pas pareil.

Le Pierrot était parti depuis presque deux heures.

Il faisait froid, mais le soleil fit son apparition presque en même temps que Gérard Vidal au volant de son minibus blanc tout maculé par la boue des nids-de-poule du « goudron ».

Derrière sa fenêtre, Juliette pestait contre le petit Ripolin.

Il était en retard.

En bas, sur la placette, à moitié frigorifiés, chacun attendait avec son baluchon. Finalement, devant le refus de Gérard de faire l'aller-retour dans la foulée, un petit hôtel avait été réservé pour la nuit, à la grande satisfaction d'Ernest. Mais chacun devait payer sa chambre. Sauf Ginette, qui exigea de partager celle de la Taupe pour veiller sur elle, vu son état. Celle-ci avait soudainement déclaré qu'elle voulait être du voyage et comme elle était devenue le principal bailleur de fonds de l'expédition, personne n'avait pu l'en empêcher.

En réalité, Léonie n'avait pu se résoudre à abandonner son idée fixe. Bien que pas trop en forme, elle s'était dit que, tout bien considéré, puisqu'elle n'avait aucune chance à Pouligeac, un petit voyage jusqu'à la capitale lui donnerait peut-être une dernière occasion.

Et comme ça, à tout prendre, elle aurait vu Paris.

Son accoutrement dépassait de loin tout ce que l'on avait connu jusque-là. Le Pétou, amateur de poker, fit la réflexion que cette fois, la Taupe avait « fait tapis ».

Elle portait un chapeau violet de fourrure quelque peu volumineux et son grand manteau en peau de mouton jaune bardé de sa grosse broche en faux diamants. Elle vacillait sur des escarpins roses à bouts dorés. Les bords d'une robe de satin rose dépassaient, s'accrochant aux bas résilles noirs dont les trous étaient mal colmatés par du vernis à ongles rouge sang. Ses doigts étaient couverts de bagues et un gros collier de fausses perles pendait jusqu'à la taille. Elle s'était maquillée « au maximum » : large bandeau de Zorro, fond de teint en tartines épaisses et rouge à lèvres écarlate débordant.

Elle était d'ailleurs la seule à amener une valise, usée jusqu'à la trame, qui tenait par une cordelette de chanvre élimée. Une antiquité.

Le petit Ripolin expliqua qu'il avait dû subir une mémorable scène de ménage provoquée par l'annonce de son absence de deux jours pour « accompagner sa mère passer des examens médicaux à Montpellier ».

Ginette s'épanouit de contentement.

Il y avait neuf places dans le minibus, ils étaient huit.

Ginette avait voulu s'asseoir à côté de son fils, mais celui-ci préférait avoir Franz à ses côtés comme copilote. Il l'avait laissée à l'arrière sous le prétexte de ne pas séparer le couple Branslegger. Franz et Martine étaient donc montés à l'avant, Aurélie, Ernest et Ginette était assis derrière eux, et la Taupe et le Pétou au fond, chacun à une fenêtre.

En voyant le tableau de ces deux étranges vieillards, avec entre eux deux la place vacante réservée à Tatiana, Franz se dit qu'il faudrait permuter les places le lendemain, sinon la petite Russe s'affolerait à coup sûr en se retrouvant au fond du minibus, esquichée entre l'épouvantail et le vieux lubrique.

Elle qui s'attendait à un prince charmant et à une limousine…

Juliette affronta le froid et sortit sur le balcon pour les saluer d'un large mouvement du bras, quelque peu théâtral.

Jules César envoyant ses légions au combat.

Elle rentra vite à l'intérieur dès que le minibus eut disparu dans le premier virage du « goudron ». Sa première pensée fut qu'il lui fallait absolument survivre jusqu'au lendemain pour entendre le récit du voyage et découvrir enfin la petite Tatiana. Martine Branslegger avait promis d'essayer de téléphoner de l'aéroport. Si Gérard acceptait de lui prêter son portable. Personne d'autre n'en avait.

À quoi bon un portable à Pouligeac, aucun ne « passait ». Peu importe d'ailleurs, qui en aurait eu besoin ?

Juliette, toujours persuadée que chaque seconde d'énergie lui était comptée, décida de rester couchée pour s'économiser. Si elle agissait avec prudence, « ça » tiendrait bien jusqu'au lendemain.

Moins d'une heure plus tard, elle entendit le Ripolin qui appelait Ginette à tue-tête. Juliette se leva en rouspétant. De sa fenêtre, elle vit l'ex-épicier s'égosiller, devant la porte de sa cuisine :

— Oh, Ripolin ! Qu'est-ce que tu as à crier comme ça ?

— Adieu, Juliette ! Tu n'as pas vu ma femme ?

— Et si, je l'ai vue. Elle est partie avec les autres à Paris. Il ne reste que nous deux au village. Elle reviendra demain.

— À Paris ? Et qu'est-ce qu'elle est allée faire à Paris, ma femme ?

— Elle est partie chercher la Tatiana.

— Ah, la Moustielle ?

Juliette acquiesça, rassurée : au moins ça, il s'en souvenait.

— Et le Pierrot, il est où ?

— Il reviendra demain aussi.

— Avec la Moustielle ?

— Non, de Marseille.

— Pourquoi de Marseille ?

Juliette soupira :

— Dis Marcel, si tu ne veux pas que je te meure de fatigue là maintenant, ne cherche pas à comprendre, *vaï*. Elle reviendra demain, ta Ginette.

— Dis, tu es sûre au moins ?

— Sûre !

Il parut un instant rassuré, mais au moment de rentrer dans sa cuisine, il hésita :

— Parce que... *sas*, depuis que je l'ai épousée, la Ginette, à chaque fois qu'elle s'en va, j'ai peur qu'elle ne revienne pas. Alors quand elle retourne du coiffeur, le samedi, je fais le content. Elle, elle croit que c'est à cause de la coiffure. Mais en vrai, c'est parce que je suis toujours étonné de la voir revenir et que je suis heureux.

— T'inquiète, demain elle sera là. Ils seront tous là. Elle poursuivit à voix basse : Enfin... si les plus vieux survivent au voyage.

Le Ripolin réfléchit un instant :

— Maintenant je comprends pourquoi elle m'a laissé trois repas sur la table... Dis, au fait Juliette, tu sais si elle est déjà partie ma Ginou ?

— Oh Ripolin ! *Lou vésès bé*[1] *!*

— *Pardine*, c'est même ça qui m'inquiète. Tu sais où elle est allée ?

— Ripolin ! À Paris ! Elle sera là demain, d'accord ? Moi, je rentre, il fait trop froid sur le balcon.

Il parut tranquillisé :

1. Tu le vois bien !

— … D'accord, allez, bon appétit !

— C'est ça.

Ce n'était pas du tout l'heure du repas, mais elle ne voulait surtout pas le contredire. Dès qu'elle eut refermé la fenêtre du balcon, elle l'entendit de nouveau appeler. Cette fois, c'est bien elle qu'il appelait :

— JULIETTE !!!!!

— Qu'est-ce que tu as encore ?

— Elle revient quand, Ginette ?

— Demain.

— Ah, bon…

Il fit mine de rentrer, puis, manifestement perturbé, s'immobilisa :

— Dis, mais alors, qui c'est qui va tenir la caisse ?

— S'il vient un client, appelle-moi. Je viendrai t'aider.

Il acquiesça, songeur :

— D'accord, mais je te préviens, c'est moi qui garde la clé du tiroir.

Ils avaient parcouru un long trajet à travers la montagne pour rejoindre Pont-Saint-Esprit et l'entrée de l'autoroute.

Le minibus bruyant limitait les conversations. Le fils Ripolin avait tenté d'établir un dialogue amical et viril avec Franz, mais sorti des banalités sur le paysage, celui-ci l'avait découragé. Il se montrait décalé dans ses réponses, y mêlant systématiquement sa femme. Seuls Ernest et Aurélie, assis côte à côte, échangeaient quelques impressions sur le paysage. Ils n'avaient que dix ans de différence alors parfois, un souvenir d'enfance, une anecdote resurgissaient… Comme ils ne parlaient pas suffisamment fort pour que Ginette puisse participer à leur dialogue, celle-ci se consacrait à son passe-temps préféré : la contemplation du superbe profil de son merveilleux fils.

Au troisième rang, le Pétou dormait ou chantonnait doucement en regardant le paysage, quant à la Taupe, dès que le minibus traversait un village, elle enlevait ses lunettes par coquetterie et collait son nez à la vitre. Ce qui faisait qu'elle n'en voyait presque rien.

Pourtant, malgré ce peu d'entrain, tout le monde affichait une mine réjouie. À certains moments du voyage, il y eut quelques frictions dues à des paroles malheureuses, notamment lorsque Aurélie ouvrit la fenêtre parce que « le Pétou n'en finissait pas de dégazer », mais il faisait un froid terrible et le bruit du minibus devenait alors assourdissant. Devant l'unanimité des protestations, et surtout l'insistance d'Ernest, elle dut refermer la vitre en traitant le Pétou de *tabarzille*, *pudècino* et *empestiféleur*[1].

Cet incident fit beaucoup rire Gérard qui tenta de renchérir pour amener Franz sur le sujet de la pétomanie, mais celui-ci ne se prêta guère au jeu.

Sur l'autoroute, ils firent quelques haltes, une toutes les deux heures, pour se dégourdir, se restaurer légèrement (chacun avait amené son casse-croûte) et surtout faire refroidir le moteur du minibus.

À chaque fois, la Taupe se précipitait à l'intérieur des boutiques d'autoroute. Toutes lui causaient le même ravissement. Il lui fallait bien chausser ses grosses lunettes pour ne pas se cogner aux étalages, mais, pour donner le change, elle

1. Vieilles mécaniques bruyantes, puanteur, et qui empoisonne l'air et la société (définition de Jean-Pierre Chabrol).

enlevait systématiquement son manteau dans un large geste élégant accompagné d'un même soupir alangui : « Quelle chaleur, ici... », afin que chacun puisse admirer ses efforts de toilette. Mise en scène bien inutile, car dès qu'elle paraissait, elle attirait immanquablement tous les regards. Elle y répondait le plus souvent par une sorte de sourire aguicheur copié sur les héroïnes de ses feuilletons préférés.

En dehors des Branslegger, qui n'étaient guère en manque de grosse métropole, ils avaient fait le projet de faire un « Paris by night » comme le disait Gérard. Mais lorsqu'ils arrivèrent au Confort Hôtel de Tremblay-lès-Gonesse, à presque 10 heures du soir, ils succombèrent à l'épuisement.

Seul Gérard, malgré ses six cent soixante-huit kilomètres de conduite, avait encore quelques velléités de pousser jusqu'à Paris « faire un tour », mais comme personne ne voulait le suivre, il alla seul boire une bière au troquet du coin, un quart d'heure avant sa fermeture.

L'emploi du temps du lendemain avait été établi de façon stratégique.

L'avion en provenance de Moscou devait arriver à 10 h 50 à Roissy CDG 2 Terminal C.

Le petit Ripolin, dans le rôle du chauffeur de Pierre de Pouligeac, en costume-cravate noir (celui des enterrements), irait attendre Tatiana en brandissant une pancarte, avec les prénom et nom de la jeune femme, très joliment fabriquée par Martine Branslegger. Il devrait lui expliquer que son maître avait eu « un rendez-vous capital de dernière minute » : c'est ainsi que l'avait formulé Juliette. Pendant ce temps, le reste de l'expédition aurait quartier libre dans le superbe aérogare de Roissy 2, ce qui les réjouissait presque autant que d'arpenter les Champs-Élysées. Tout le monde devrait être de retour au minibus à midi au plus tard.

Après avoir récupéré les bagages, Gérard proposerait à la jeune fille d'aller s'asseoir au café en attendant l'appel de son maître censé sauter dans un taxi dès qu'il sortirait de son rendez-vous. « Mon maître désirait tellement vous accueillir ! », devrait-il dire, et le répéter au moins trois fois, avait recommandé Juliette.

Aussitôt au bar, Gérard irait chercher une coupe de champagne, « Ah si, du champagne ! » avait insisté Juliette, devant les réticences pécuniaires de certains, « On y est, ou on n'y est pas ! », dans laquelle il verserait deux fois la dose de Flunitrazepam[1] prescrite très exceptionnellement au Ripolin quand il s'agitait trop.

« Elle est jeune, elle y survivra, *vaï*... » avait affirmé Ginette.

Il fallait ensuite compter une petite demi-heure pour qu'elle se sente mal et que Gérard puisse lui proposer de l'amener jusqu'à la limousine.

« Le temps qu'elle arrive au minibus, elle ne sera plus capable de faire la différence entre le Pétou et Brad Pitt », certifia Ginette.

— Mais c'est un enlèvement ! s'était insurgé Franz, livide.

— Mais, non ! avait répondu Juliette. Allons ! comme vous y allez ! C'est que ce sera plus facile de lui expliquer quand elle sera à Pouligeac ! Ici, elle aura bien le temps de réfléchir, elle n'aura pas le *Boïngue* juste là, derrière, avec le moteur encore

1. Somnifère puissant et rapide, appelé parfois « la drogue du violeur ».

fumant, tout prêt à la ramener chez elle ! Et puis, si après avoir bien réfléchi, elle ne veut pas rester, eh bien... Elle leva les bras dans un geste d'impuissance. Eh bien... elle repartira !

— Et ça nous aura coûté deux millions deux cent mille francs pour rien ! avait ajouté Ginette.

— *Té !* Surtout à toi ! s'écriait le Pétou, sarcastique.

Franz, abasourdi, s'était laissé tomber sur une chaise :

— Mais ce n'est pas ainsi que je voyais les choses, pas du tout ! Il secouait la tête : non, nous ne pouvons pas faire ça ! Ça va faire de nous des criminels.

— Hé ! On ne va tuer personne, tout de même ! avait riposté Aurélie. Il ne faut pas exagérer !

— C'est vrai, ça ! On l'amène jusqu'ici, mais on ne va pas la jeter dans la marmite, enfin ! ajouta Ginette.

— Mais on va la droguer ! répétait Franz...

— *Qué* drogué ? s'irrita Ginette, en écrasant consciencieusement deux cachets pour les placer dans un petit sachet. Ce médicament, mon mari en prend presque tous les soirs et il n'est pas encore mort, que je sache !

— Et surtout ça permet à tout le village de dormir. Il est très bien ce médicament ! avait ajouté le Pétou.

— M'est avis que c'est le seul moyen d'amener la petite à voir le Pierrot, avait dit Ernest, plus calme. Et même si je ne suis pas favorable à la méthode, moi je n'en vois pas d'autre. À la guerre, comme à la guerre !

Juliette intervint, conciliante :

— Allez, Franz, un peu de courage ! Ce n'est pas toujours facile de faire le bonheur des gens, vous savez.

Finalement Franz avait décidé de taire cet épisode à Martine et de tâcher de l'oublier lui-même.

Au point où ils en étaient, il leur fallait aller jusqu'au bout.

La stratégie devait être bonne, car tout se passa exactement comme prévu.

Le petit Ripolin avait adoré son rôle de chauffeur de maître et il se surpassa dans l'interprétation. Lorsque la jeune Russe se présenta à lui, il parvint même à cacher sa déception ; il s'attendait à voir arriver une superbe blonde sexy, les nattes relevées sous une chapka, emmitouflée dans un long manteau de fourrure blanche, et il découvrit une brunette un peu ronde, couverte d'un manteau de laine légèrement élimé, les cheveux relevés dans un chignon bien sage, qui se présentait avec une certaine timidité.

Il la trouva quand même sacrément mignonne.

Elle ne fit aucune remarque sur l'absence du fiancé et parut même presque soulagée.

Au lieu du champagne, elle préféra qu'il aille lui chercher un café : « Jamais alcool », dit-elle simplement. Elle le but d'un trait en dissimulant mal sa grimace de dégoût.

C'est peu dire que ce café-là avait un goût amer.

Gérard tenta d'engager la conversation, mais visiblement la jeune Russe n'avait aucune intention de faire des efforts linguistiques pour s'adresser à un subalterne.

Gérard n'insista pas, d'autant plus qu'il aperçut les Branslegger qui, il le comprit, ne l'avaient jamais quitté des yeux.

Il fallut bien moins d'une demi-heure pour que la jeune femme se sente gagnée par une lourde lassitude, puis par une insurmontable envie de dormir.

Il dut la soutenir jusqu'au minibus, garé au 2e étage du parking souterrain, à tel point qu'en sortant de l'ascenseur, il la portait littéralement tant elle dormait déjà profondément.

Il l'installa au fond du minibus, quelques minutes avant que les Branslegger ne le rejoignent.

— Qu'est-ce qu'elle a ? demanda Martine. Elle dort ?

— Oui. Elle a dit qu'elle se sentait très fatiguée et qu'elle voulait dormir. Elle répétait : « Dormir ! dormir ! », ajouta Gérard en imitant l'accent.

— Ça alors !...

— N'oublie pas qu'elle a dû se lever au moins à 4 heures du matin pour prendre l'avion de Samara à Moscou, ajouta Franz, forçant dans la mauvaise foi.

Aurélie et Ginette furent de retour à midi pile, comme prévu, suivies de peu par le Pétou et par l'Ernest, chacun venant de directions différentes.

Ils s'agglutinèrent aussitôt contre la vitre arrière du minibus pour observer la jeune femme endormie, telle une bête curieuse dans sa cage :

— C'est vrai qu'elle a tout d'une *moustielle*, dit Aurélie. Vé comme elle a le *mourre*[1] pointu.

— Elle n'est quand même pas vilaine ! ajouta Ernest.

— Bof ! En tout cas, elle est moins bien que sur les photos, répondit-elle.

— Moi je la trouve tout à fait à mon goût, dit le Pétou en rigolant.

1. Museau.

— Oh, vous, on sait bien que vous n'êtes pas regardant !

— Elle a l'air pas bien grande, non ? Elle sera pas un peu trop *péquelette* pour le Pierrot ? s'inquiéta Ginette.

— Non, affirma Gérard content de son œuvre, debout elle m'arrive quand même aux oreilles !

— *Peuchérette !* Elle dort bien, pas vrai ? Ce sommeil-là, c'est du solide, j'en sais quelque chose ! assura Ginette, pas peu fière.

À ces mots, un doute effleura l'esprit de Martine, mais Franz interrompit ses pensées en annonçant qu'il fallait s'asseoir en changeant de siège et partir aussitôt.

Le Pétou protesta vigoureusement :

— Ah, non ! C'est mauvais à nos âges de changer les habitudes. Moi, je reste à ma place, à côté de la petite. Je veillerai sur elle.

— Ne vous avisez surtout pas de la toucher, dit Aurélie, menaçante. On vous surveillera.

Il regagna sa place en maugréant :

— Bah... Je ne suis plus bien dangereux, moi, maintenant...

Franz s'énervait, l'œil sur sa montre. En réalité, la vision de la jeune Russe inconsciente, dont la tête innocente s'écroulait maintenant contre l'épaule du Pétou, agit comme un révélateur de la folie de l'acte qu'ils venaient de commettre. Il imaginait maintenant le GIGN, cagoulé et armé jusqu'aux dents, en position d'attaque derrière chaque poteau du parking souterrain. L'angoisse le pétrifia :

— Tirons-nous ! fit-il d'une autorité qui ne lui ressemblait guère.

— En voiture, Simone ! clama Gérard encore tout émoustillé par son rôle de héros.

— T'inquiète pas des signaux, mets le charbon ! claironna joyeusement l'Ernest.

Ils s'installèrent en riant. Ils étaient gais, légers, heureux.

Ils avaient réussi.

Le minibus démarra en trombe, mais pila au bout de trente mètres.

— Merde ! dit Franz.

— *Fan de... !* s'exclama Gérard accroché à son volant.

Tout le monde avait été précipité en avant, mais heureusement sans dommage. Tatiana, retenue de justesse par le Pétou, gémit un peu puis se rendormit.

— Qu'est-ce qu'il y a mon fils ?

— On a oublié la Taupe !

— *Cré Noun dé Diou !* ajouta le Pétou.

Martine se tourna vers l'arrière :

— Comment ? Mais, personne n'est resté avec elle ?

— Ben non !

— Ça alors !...

Sans attendre davantage, Franz partit comme un fou à travers l'aérogare. Il la trouva facilement, elle se remarquait de loin. Léonie, assise au Colombus Café, toute tassée devant son verre d'Evian, tenait serré son sac contre elle, sa grosse valise à ses pieds. Radieuse. Il remarqua aussitôt deux ou trois petits bouts de papier, préalablement découpés dans un cahier, sur lesquels était inscrit d'une écriture fine un peu penchée :

Léonie Prouhèze, célibataire. Pouligeac
Téléphone : 04 66 62 05 10

Elle avait tout prévu.

Coquette, elle n'avait pas chaussé ses lunettes. C'est donc avec un sourire aguicheur qu'elle accueillit la silhouette masculine qui s'asseyait à sa table.

— Je ne veux pas rentrer ! Je veux rester là. Regardez-moi ça ; le monde entier est ici.

L'enthousiasme d'une gamine. Afin de vérifier si quelqu'un accompagnait le Boche, elle s'était résolue à remettre ses lunettes-loupes ; ses énormes yeux brillaient d'émerveillement.

Elle fit un grand geste vers le panneau des arrivées et se mit à lire : « Hong Kong, New York, Shanghai, Washington, Dubaï !... »

— Vous imaginez ? Moi qui n'avais même pas été jusqu'à Marseille, me voilà tout d'un coup qui fait le tour du monde ! C'est pas formidable, ça ? J'ai vu passer toutes sortes d'étrangers, vous savez ? Même des Chinois ! Et des tas de nègres ! Presque que des hommes. C'est vous dire que des occasions, il y en a ici ! Ah, ça, l'aéroport, c'est autre chose que votre Internet !

Franz était abasourdi. Tout s'était si bien passé jusque-là. Son esprit tourmenté avait envisagé toutes les catastrophes. Sauf celle-là.

— Dites, au fait, vous l'avez récupérée la Moustielle ? s'enquit-elle d'un ton guilleret.

— Oui.

— Tant mieux ! Je suis contente pour le Pierrot. *Vaï*, il va s'en donner à cœur joie. Ça va lui faire du bien. Et puis, je suis contente aussi pour la petite. Elle a bien de la chance ; le Pierrot, y a pas meilleur, comme homme.

— Oui, on est tous contents, mais, madame Prouhèze, si on veut éviter de graves ennuis, il faut partir tout de suite.

— Oui, vous avez raison. Allez-y vite !

— Comment ça ?

— Moi, je vous l'ai déjà dit, je reste.

— Mais enfin, vous allez faire quoi ici ?

— J'irai à l'hôtel ! J'ai de l'argent !

Elle exhuma de son sac une liasse de billets de cent euros serrés dans une pince à linge en bois qu'elle agita devant son nez. Franz jeta un regard inquiet autour d'eux : il y avait de quoi susciter les plus vilaines intentions.

— Regardez-moi ces hommes, poursuivit Léonie avec le même enthousiasme, j'en ai jamais vu autant ! Il finira bien par y en avoir un qui voudra de moi. Et s'il ne se passe rien, tant pis. Je veux bien mourir ici. Ça me plaît.

— Allons, soyez raisonnable, madame Prouhèze, venez !

Une expression butée lui ferma le visage. Elle serra davantage son sac contre sa poitrine.

— Non. Je ne bougerai pas ! Vous pouvez même appeler la police, je ne bougerai pas d'ici !

Elle tenta de l'apitoyer :

— Voyez un peu... Tous ces hommes qui me regardent.

— Mais non, madame Prouhèze. Ce n'est pas « les hommes », c'est tout le monde qui vous regarde !

— Raison de plus !

Franz répliqua, impérieux :

— Il est hors de question que nous vous laissions là !

— Je vous préviens, si vous me forcez, je hurle.

Elle durcit son regard pour prouver sa détermination. Je dirai à la police que vous avez voulu me voler et même me violer !

Un comble !

Franz n'osa pas prendre le risque de déclencher un scandale dans une aérogare en cette période de plan Vigipirate orange.

Il repartit vers le minibus, au bord de la panique.

— Et si on la laissait ? suggéra Ginette.

— Vous plaisantez j'espère, dit Martine Branslegger d'un ton glacial.

Ginette préféra ne pas répondre.

— Dis, maman, il ne te reste pas des cachets ?

Cette fois il fallut bien expliquer à Martine ce qu'étaient les « cachets ». Sa réaction surprit Franz ; elle proposa elle-même d'accompagner Aurélie pour aller boire une coupe de champagne avec la Taupe sous prétexte d'un amical adieu.

Toujours aussi romantiquement naïve, la vieille ne se douta de rien.

Elles étaient maintenant deux à dormir profondément à l'arrière. Dès l'autoroute atteinte, la pression communiquée par Franz diminua et les conversations reprirent.

— Dis, mon fils, on ne va pas voir Paris du tout ? demanda Ginette.

— Pas le temps.

— C'est quand même dommage, dis ! On aurait pu juste rouler vite vite sur les Champs-Élysées, et puis repartir, non ?

— Ma femme m'attend, répondit Gérard d'un ton sans appel.

— Ah... Celle-là ! dit Ginette d'un ton aigre.

Franz se sentait tétanisé par l'angoisse ; Martine ne lui avait plus adressé la parole. Il se disait que l'urgence de la situation l'avait fait agir très vite, mais que depuis, elle avait eu tout le temps de se rendre compte qu'ils avaient drogué une jeune étrangère pour l'enlever. Cette idée lui donnait des sueurs froides. Il s'en voulait de ne pas avoir tout dit à sa femme plus tôt car, s'il l'avait fait, elle l'en aurait sûrement dissuadé, et toute cette foutue connerie n'aurait jamais eu lieu. Qu'allait-il leur arriver maintenant ? Ils avaient pourtant déjà eu leur lot de drames, non ? Qu'est-ce qu'il était allé foutre dans une pareille galère ! Ils étaient enfin, tous les deux, parvenus à trouver un équilibre, cette sérénité dont ils rêvaient depuis des années, un bonheur simple... Et voilà qu'il les avait embarqués dans ce mauvais polar franco-russe abracadabrantesque. Furieux, misérable, au bord des larmes, il culpabilisait.

Dans un geste de désespoir confus, il tenta de caresser la main de sa femme. Elle se retourna aussitôt vers lui avec un sourire tendre.

Son cœur bondit.

Il prit la main et l'embrassa avec ferveur.

Tout regret envolé.

À la première station-service, Gérard accepta de prêter son portable afin qu'Aurélie appelle Juliette. La centenaire commença par les engueuler parce que ça faisait des heures qu'elle s'impatientait à attendre leur appel et qu'à elle les minutes étaient comptées !

Elle finit par se calmer pour écouter avec avidité le récit d'Aurélie.

— Pour la Moustielle, c'est normal que tout se soit passé comme je l'avais dit, commenta-t-elle.

Un bon plan, c'est un bon plan ! Quant à la Taupe si j'avais été là, moi, je l'aurais laissée. Il y a toujours des dommages collatéraux dans une guerre…

— C'est ce que voulait Ginette.

— C'est que la Ginette, elle sait de quoi elle parle, *vaï*. Une *calu* de moins pour lui compliquer la vie… Rien qu'une journée seule au village avec son Ripolin, il me prend des envies d'aéroport à moi aussi. Et puis la Taupe, elle aurait été bien heureuse, *vaï*. C'était sa dernière occasion. Maintenant, c'est fini pour elle.

— C'est vrai, dit Aurélie avec une pointe de tristesse. Bah, on ne sait jamais…

— Va savoir, puisqu'elle croit aux miracles, elle. Quand je pense au Pierrot ! *Vé*, que le *gaminas*, on lui en a fabriqué un beau de miracle ! Il va être drôlement surpris ! ajouta-t-elle en rigolant doucement.

— La Russe aussi ! répondit Aurélie. M'est avis qu'au réveil, elle va faire une drôle de tête.

— Tu as raison. Nous avons remporté la bataille, mais pas encore la guerre. Vous arrivez à quelle heure ?

— Tard cette nuit. On se verra demain matin.

— Espérons…

L'ambiance au retour fut bien différente de l'aller.

D'abord à l'arrêt casse-croûte, Franz et Martine à qui il restait beaucoup de pain l'échangèrent avec Aurélie qui avait emporté trop de fromage, et de fil en aiguille, tous partagèrent ce qu'ils avaient emmené. Notamment la bouteille de clinton du Pétou. De toute façon, il n'était pas question de se nourrir de ces *aquellos bézougnos*[1] tout plastifiés

1. Ces choses (péjoratif).

qu'on vendait une fortune dans les boutiques d'autoroute.

De là surgirent quelques souvenirs et de vieilles blagues.

Des cachotteries du temps passé.

Des rires.

Quand ils reprirent la route, le clinton et le chauffage aidant, le Pétou s'était mis à chantonner ses vieilles rengaines à voix haute, bientôt reprises par l'Ernest, puis de moins en moins timidement par Aurélie qui se souvenait avec nostalgie de l'ancienne époque, l'heureuse époque, celle où sa mère chantait encore…

Ma blonde, entends-tu dans la ville
Siffler les fabriques et les trains
Allons au-devant de la vie
Allons au-devant du matin…

Ça sentait bon le Front populaire.

Même Ginette osa quelques refrains.

Bientôt tout le monde s'endormit. Sauf Franz et Martine, trop inquiétés par la route, mais surtout par la conduite rapide d'un Gérard à la fois fatigué et rassasié.

Les deux banquettes arrière avaient quelque chose d'un retour de noces : passagers éclectiques, épuisés, de toutes générations. Le front de l'Ernest avait glissé jusqu'à se caler contre l'opulente poitrine d'Aurélie qui ronflait doucement, Ginette souriait dans son sommeil. Au fond, la Taupe emmitouflée dans ses froufrous affriolants, à côté d'elle, la jeune Tatiana dormant comme un bébé, la tête affalée contre l'épaule du vieux Pétou qui sifflait à chaque aspiration.

Les époux Branslegger échangèrent un regard complice exprimant un attendrissement paternel pour cette portée de vieux paysans qu'ils jugeaient bourrus, insupportables mais si émouvants entourant ainsi leur Belle au bois dormant.

Il était tard dans la nuit lorsque Juliette entendit le moteur du minibus arpenter la dernière côte qui menait à Pouligeac. Malgré sa curiosité, elle décida de ne pas se lever afin de ne pas amoindrir ses chances d'être en vie le lendemain matin et de pouvoir mettre au pas la petite Russe. En réalité elle ne se faisait pas beaucoup de soucis tant elle était sûre de la convaincre que l'authentique Pierre de Pouligeac valait très largement le vautour parisien poltron et indisponible dont elle se croyait aimée. C'était l'évidence même. Il leur faudrait tout de même aller réveiller la petite pas trop tard, pour prendre bien le temps de lui expliquer que l'homme de sa vie, le vrai, leur *péquélet* à eux, arriverait de Marseille à midi dans sa vieille Clio brinquebalante.

Elle mit un bon moment à se rendormir car leur arrivée fut plutôt longue et bruyante. Dès que le minibus pénétra sur la placette, elle entendit la porte du Ripolin s'ouvrir violemment et celui-ci s'écrier d'une voix où perçait le sanglot : « Ma Ginou ! C'est toi ! T'es là ! »

Ensuite elle décela distinctement les manœuvres des deux hommes, le Boche et l'Ernest, pour porter dans leurs maisons respectives, d'abord la Taupe, ensuite la Moustielle, puis une série de vifs glissements et de claquements de portières avant le départ du minibus.

Il y eut encore quelques voix ensommeillées, qu'elle identifia, qui se souhaitaient une courte et bonne nuit, puis de nouveau le silence de la nuit.

Celui-ci avait quelque chose de particulier, un silence qu'elle n'a pas entendu depuis longtemps, un vrai silence.

Il neigeait.

À l'aube, elle fut réveillée par des sanglots.

Cette fois, Juliette se précipita à la fenêtre du balcon.

La petite Russe était là, toute seule, sa valise à la main, totalement perdue au milieu de la placette entièrement recouverte d'un tapis épais de neige.

« *Aqui i sian*[1] », pensa Juliette en jaugeant l'épaisseur de la neige. « Au moins, la petite Russe ne sera pas trop dépaysée. »

Dès qu'elle vit la lumière s'allumer et une très vieille dame inoffensive approcher la fenêtre du balcon, Tatiana s'avança en criant :

— Madame, au secours, je kidnappe ! Au secours ! Madame ! S'il vous plaît !

Elle pleurait à chaudes larmes.

Juliette entrouvrit la fenêtre et glissa un bras pour lui faire signe de monter.

— Entre...

Tatiana se calma en découvrant l'intérieur du vieux mas.

— Assieds-toi. Je vais te faire une chicorée. Le pain est encore bon, mais il y en aura du meilleur tout à l'heure.

La jeune femme ne pleurait plus, elle paraissait terrorisée. Elle eut un haut-le-corps en apercevant la plaque de marbre rose.

— C'est la mienne. Elle est jolie, hein ?

Tatiana médusée, acquiesça. Incapable de parler.

Juliette souriait.

— Tu dois te demander où tu es, hein ?

Tatiana opina de nouveau.

— Tu es à Pouligeac. C'est ici que vit Pierre de Pouligeac. Le vrai ! Le Pierrot ! C'est un bon gar-

1. Là, nous y sommes.

çon, tu as de la chance, tu sais ? Alors comme il veut se marier... Se marier, tu entends ? C'est du sérieux, là ! Et qu'ici, des jolies jeunes filles célibataires, il n'y en a plus une seule, alors, nous avons voulu lui rendre service et l'on t'a fait venir. Et vous avez eu de la chance ! Tu as vu cette neige ? Ils seraient partis aujourd'hui, les autres, la camionnette ne passait plus ! Enfin, tu es là, c'est l'essentiel ! Donc ton Pierre de Pouligeac, il va arriver tout à l'heure avec le pain frais et tu vas faire sa connaissance. Bon, il est vrai que ce n'est pas celui de la photo, mais crois-moi, le nôtre il est autrement *mahousse*, et puis il n'est pas trop mal de sa personne quand même. Tu comprends ?

Cette fois Tatiana secoua la tête.

— Attends...

Juliette décrocha le téléphone :

— C'est vous ? La petite est là, toute *trassette* et toute muette, qui ne comprend pas ce que je lui dis.

Lorsque Franz arriva, avec l'Ernest, rencontré devant son jardin en train de maudire la neige, Tatiana n'avait toujours pas prononcé un mot. Par contre, elle avait dévoré le pain sec de Juliette.

À l'apparition d'Ernest, elle fit un bond en arrière et cria :

— *мой бог*[1] !

Elle se remit à sangloter en désignant Ernest d'un doigt accusateur :

— Vous Albanais ! Au secours !

Ernest, entré avec son plus aimable sourire, fut stoppé dans son élan.

— Et qu'est-ce qui lui prend, à la Moustielle, de me traiter d'Albanais ?

1. Mon Dieu !

Franz entra à son tour en faisant de grands gestes d'apaisement :

— Mais non ! Ne vous inquiétez pas, Tatiana, tout va bien ! Pas de prostitution, rien que de la... Il cherchait ses mots... Rien que des amis !

Il se tourna vers Ernest :

— En Russie, beaucoup de jeunes filles se font attirer en Europe de l'Ouest sous divers prétextes et tombent ainsi dans des circuits de prostitution. On dit que beaucoup sont dirigés par des Albanais. Alors la petite a eu peur.

Ernest se rasséréna.

— Et voilà où ils en sont !... Ils ont abandonné le Parti et voilà ce qui leur arrive à présent, soupira Ernest. Quelle misère...

Il tenta d'approcher d'elle, les bras ouverts :

— *Tovaritcheu*...

Tatiana recula, toujours aussi paniquée.

Franz intervint :

— Je crois que là, elle va finir par nous prendre pour des fous.

— Tu parles le russe, toi maintenant ? se moqua Juliette.

Ernest haussa les épaules :

— Hé ! C'est qu'en quarante ans de PCF, j'ai bien appris quelques mots quand même !

— Dis-moi, Ernest, parce que moi ça me travaille : si je me souviens bien, ça fait belle lurette que tu n'y es plus au Parti, non ? Alors pourquoi tu n'arrêtes pas d'en parler !

— C'est que le Parti, madame Juliette, on ne le quitte jamais complètement. Quand on l'a aimé comme ça, avec autant de confiance, d'ardeur et de foi, et bien il en reste toujours quelque chose là-dedans.

Il montrait son ventre.

— Qu'est-ce que vous voulez, c'est comme un prêtre défroqué : il ne croit plus à l'Église, mais il croit toujours en Dieu. Moi, je crois toujours en la justice sociale !

Tatiana hoquetait. Toujours affolée.

Juliette soupira en regardant son horloge :

08 : 02

— C'est pas gagné notre affaire.

— Il faut la comprendre, vous savez, analysa Franz, on ne lui a pas donné beaucoup d'explications.

— Si, moi, je lui en ai donné ! protesta Juliette. Mais elle ne veut pas comprendre.

— Je crois que ma femme saura mieux lui parler. Elle finit de se préparer et elle arrive.

— Ça alors... marmonna Juliette, vexée.

Une demi-heure plus tard, tous les compagnons de route étaient là, à l'exception de la Taupe que personne n'avait encore aperçue.

Ils saluèrent Tatiana, chaleureusement, respectueusement, la mine réjouie et fière, un peu comme on salue un trophée.

Ginette l'observa avec curiosité :

— Ah tiens ! Moi aussi j'avais pleuré en arrivant ici. C'est bon signe.

Juliette se régala des anecdotes et commentaires qui fusaient de toutes parts.

Elle remarqua bientôt que quelque chose s'était passé, quelque chose d'heureux, de miraculeux ; non pas l'arrivée de la jeune Russe, non, quelque chose de bien plus extraordinaire : la renaissance de ce lien fort qui avait été grignoté au fil du temps, puis anéanti par la désertification, la solitude et l'isolement : la complicité. La centenaire fut gagnée par une légitime fierté. Pour elle, sans aucun doute, ce miracle était son œuvre. Elle pensa à *Regain*, le roman de Giono qu'elle n'avait pas lu, mais qu'elle avait vu dans le temps à la télévision : « Nous y voilà, se dit-elle en contemplant son petit monde, j'aurai laissé mon empreinte à la postérité. Bientôt ici aussi on pétrira de nouveau le pain. »

Juliette était certes bien optimiste, mais force était de constater qu'il s'était réellement créé entre eux une sorte de connivence de comploteurs, que savouraient tant Franz que Martine. Les Boches avaient manifestement réussi avec brio leur examen d'admission à la citoyenneté de Pouligeacois. Ils plaisantaient avec les autres et tous formaient ce qui aurait pu rappeler l'image d'une bande de joyeux maquisards cévenols de retour d'une mission périlleuse. Accomplie.

Pendant ce temps, Tatiana, hébétée, s'était recroquevillée sur sa chaise, immobile. Seuls ses yeux, encore rougis par les larmes à présent séchées, couraient nerveusement de l'un à l'autre, cherchant visiblement à comprendre où elle était, ce qui lui arrivait, à évaluer le danger, à repérer une possible fuite.

Le moment des retrouvailles passé, Franz se mit en quête de rassurer la petite. En bon professeur d'espagnol de collège, il savait s'y prendre pour se faire comprendre dans une langue étrangère mal maîtrisée. Il fit à Tatiana un exposé franc et honnête de la situation, sans sortir de la formule « sujet, verbe, complément », en se limitant strictement à un vocabulaire « français langue étrangère, niveau sixième, troisième trimestre ».

Quand il eut fini, le regard de la jeune Russe avait changé.

— Tu vois ? Tu cherchais un mari, tu l'as trouvé, conclut Juliette.

Cette fois, Tatiana avait compris.

Soudain elle se mit à débiter un flot de paroles maladroites et hésitantes, qu'ils ne comprenaient qu'en partie, mais dont la signification paraissait évidente :

— Je pas mari, je pas fiancé, je voir Paris, Galeries Lafayette, moi mentir avec Internet... voudre voyage Paris et achète choses, jolies choses, après je vendue à Samara et gagné argent, comprendez, vous ? Moi pas Tatiana dans Internet, moi pas argent, je seule avec fils et maman, moi et pas bon travail, comprendez ? Moi juste voir homme gentil une semaine dans Paris et lui acheter robes et parfums Champs-Élysées, Vuitton, Chanel, et Galeries Lafayette. Je mentir ! Tu comprendre ? Moi pas mariage, juste voyage et acheter... après semaine dans Paris, et beaucoup cadeaux, dire non au homme et que ça va pas, que lui trouver autre fiancée et reviendre Samara. Tu comprendre ? Je fais déjà ça avant, pas problème, beaucoup acheter et vendre cadeaux. Argent pour mon fils, mon maman. Je petit travaille Samara, pas argent... je excuse, mais moi voudre partir. Maintenant partir...

Un long silence. Tout le monde réalisait la méprise. Juliette vit ses rêves de postérité s'envoler, mais pour se ménager elle s'empêcha d'en être affectée : « Après tout, je m'en fous. »

Tatiana se remit à pleurer, cette fois plus doucement. Ses sanglots-là sonnaient moins authentiques.

Le Pétou brisa le silence d'une voix rude :

— C'est une pute.

— Quoi est pute ? demanda Tatiana, soudain sur la défensive.

— *Courva*, lâcha Ernest.

— Tiens, ça aussi tu l'as appris à l'école du Parti ? lui susurra Juliette.

Tatiana eut un haut-le-cœur :

— Non ! Je pas prostitution, pas vérité ! Je pas « poute ». Non moi, pas vérité ! Moi amener argent et cadeaux et vendre dans Samara pour famille. Mon fils, il est sept ans ! Beaucoup femmes russes elles fassent ça. Mais je pas coucher. Moi pas dans lit. Jamais.

— Je vous avais dit de prendre une Chinoise, continua le Pétou. Avec une Chinoise, on ne peut pas se tromper.

Ginette s'assit sur une chaise et toisa la jeune femme avec sévérité :

— Dis-moi, tu l'as fait combien de fois ton import-export, là ? Combien ça te rapporte d'habitude ?

Elle se reprit, Tatiana n'ayant pas compris :

— Combien de voyages, de... fiancés ?

— Maintenant c'est six. Gilles Bruxelles, Peter Stockholm, Genève... je connais plus nom de lui, Amsterdam il est Jan, et dernier novembre Londres Niels. Mais je jamais couché.

— Menteuse ! lâcha Aurélie.

— Vous avez remarqué, dit Ginette à Franz, il n'y en a pas en Allemagne, c'est pourtant plus près.

— Va savoir, répondit Ernest, peut-être que son grand-père est mort à Stalingrad.

— Avec son museau de *moustielle*, on aurait dû se méfier, ajouta Ginette.

Tatiana se leva timidement :

— Je partir... je excuse, je partir...

Le Pétou soupira :

— On s'est payé une pute à 3 000 euros ! Et en plus on s'est fait avoir, parce que normalement, moi je vous le dis, à ce prix-là, elles couchent !

— Je pas « poute » ! s'écria Tatiana, secouée de colère.

Il s'ensuivit une tirade en russe que personne ne comprit, même pas l'Ernest, mais qui sembla la remettre tout à fait d'aplomb. Elle enfila prestement son manteau, attrapa sa valise et se dirigea vers la porte :

— до свидания ! Elle prit le soin de traduire : Au revoir !

Elle claqua la porte derrière elle et dévala l'escalier.

Personne ne tenta de la retenir.

Tous savaient que, toute russe qu'elle était, elle n'irait pas bien loin dans cette neige.

— Quand je pense qu'on l'a installée dans le mas du Mauricet pour qu'il n'y ait qu'une seule porte entre les deux amoureux ! dit Ernest, abattu.

— Et moi, quand je pense que j'ai pris la clé en cachette du Pierrot ! Il va rentrer et voir qu'on a installé une pute dans la chambre de ses grands-parents. Il va être *fougasse*.

— Une « poute », singea Juliette d'un air goguenard.

— C'est un coup à le faire partir encore plus vite, notre Pierrot ! ajouta Ginette, désespérée.

Franz cachait sa consternation en se frottant le front d'un mouvement saccadé.

— Vous n'avez pas l'air aussi affectée que nous le sommes, fit-il remarquer à Juliette.

— Bah... fit Juliette, avec cette neige, il va lui falloir attendre quelques jours avant de nous quitter. Il peut s'en passer des choses d'ici là.

Ernest s'inquiéta :

— Dites, madame Juliette, le Pierrot il a beau être seul, on va quand même pas lui fourguer une pute !

— Oh comme vous y allez ! Elle a raison, la petite, ce n'est pas vraiment de la prostitution. Je connais des femmes mariées, bien sous tous rapports, qui toute l'année se font payer des cadeaux sans coucher, comme Tatiana, et ça n'en fait pas pour autant des prostituées.

— Là, madame Juliette, vous y allez un peu fort, quand même ! s'indigna Aurélie. Moi, en tout cas, je ne veux pas d'elle à Pouligeac.

— Et si le Pierrot il en veut, lui ? Qu'est-ce que tu diras ?

— Parce que vous croyez que le Pierrot la voudra ?

— Qu'est-ce que j'en sais, moi... répondit la centenaire d'un ton désabusé, s'il a le choix qu'entre ça et rien, peut-être qu'il verra les choses différemment.

Ginette fit la grimace :

— *Boun Diou ! Caou sa quand lo mandarèn aquello*[1]...

— De toute façon, répondit Martine sans avoir compris, c'est elle qui ne voudra jamais rester. Je vous l'avais dit, il fallait quelqu'un qui cherche à vivre à la campagne, qui aspire à une existence proche de la nature.

Franz préféra ignorer les propos de sa femme.

— Je me demande ce que va dire Pierrot quand il va comprendre ce qu'on a fait...

— Il va bien se moquer de nous ! répondit Aurélie.

— Mais d'ailleurs comment va-t-il faire pour rentrer ? demanda Martine. Si vous dites que la route est bloquée...

1. Qui sait quand on le mariera...

— Le Pierrot, il se débrouille toujours. Il passe, dit Ernest. S'il le faut, il prend les raquettes dans le coffre et rentre à pied en laissant la Clio sur la départementale. Et puis quand le chasse-neige est passé, il va la rechercher.

— Ah... Tant mieux ! Franz songeait à sa documentation marseillaise.

Ginette calculait :

— Comme on est dimanche, le chasse-neige ne passera pas avant lundi maintenant. Ou peut-être mardi... Avec Petrosac, nous, on n'est jamais prioritaires !

Cela sembla rassurer Franz.

— Bon, alors Pierrot pourra la ramener au train mardi en descendant faire la grosse liste.

— Bien, intervint Juliette. Nous verrons. Moi, elle me plaît bien en définitive. Elle a du tempérament, cette petite...

— Vous trouvez ?

— Oui.

— Parce qu'elle s'est mise en colère ?

— Non. Parce qu'elle a pris mon Laguiole.

À l'exception des Branslegger, cela les mit tous en gaieté.

6

Ils n'y croyaient plus.

De nouveau happés par leurs occupations quotidiennes, consistant principalement à sortir les réserves de bougies, astiquer les lampes à pétrole et dépoussiérer celles à gaz, les Pouligeacois étaient ressortis de chez Juliette sans plus se préoccuper du sort de la jeune Russe partie seule dans la nature.

Puisqu'elle ne faisait pas l'affaire, dorénavant elle ne comptait plus guère pour eux.

Chacun était rentré chez soi, déçu.

Une fois rassurés sur le fait que la seule chose que l'on pouvait réellement attaquer avec un Laguiole, c'était le pelardon, les Branslegger étaient rentrés ensemble, mais sans se tenir la main, au bord de la scène de ménage. Le Pétou, lui, exaspéré par « cet argent foutu en l'air », était sorti de chez Juliette en claquant la porte quand Ginette avait déclaré qu'elle en avait marre de l'entendre *roumeguer*[1]. Aurélie, quant à elle, avait été chargée d'aller voir si la Taupe avait survécu au voyage, au somnifère de cheval du Ripolin et, surtout, à la déception. On craignait le suicide. Et si la fille de la Vivette avait accepté cette mission

1. Ronchonner dans sa barbe, la bouche pleine de crachats en formation (définition de Jean-Pierre Chabrol).

sans rechigner c'est uniquement parce qu'elle retardait le moment d'apprendre la nouvelle de leur échec à sa mère. « Dieu seul sait comment elle va réagir ! » avait-elle lancé à la cantonade.

— Tous aux abris ! avait raillé Ginette.

— Pourvu que le courant tienne ! espérait Ernest en pensant à la télévision, seul véritable garde-fou de la Vivette.

Il était certain que personne n'aurait aimé être à la place d'Aurélie, ni pour affronter l'une, ni pour affronter l'autre. Ernest avait proposé de l'accompagner. C'était de toute façon son chemin. Mais il s'était débiné avant d'arriver à la porte de la Taupe.

Juliette se prépara au retour du Pierrot, considérant qu'il lui incombait de tout lui dire. À moins, espérait-elle sans oser vraiment le souhaiter, qu'un sanglier ou qu'un taureau rendu furieux par toute cette satanée neige n'ait la bonne idée de régler définitivement le problème en envoyant la Moustielle valser dans un ravin. Dans ce cas, on éviterait d'avoir à expliquer au Pierrot cette histoire qui n'allait certainement pas lui plaire.

Du tout.

Après avoir frappé, Aurélie attendit longtemps devant la porte de Léonie Prouhèze en maudissant d'avance le spectacle qu'elle allait découvrir. Il faisait vraiment froid, mais elle n'osait pas entrer, bien qu'elle ait le double des clés dans sa poche. Elle imaginait la Taupe n'ayant pas survécu à son sommeil artificiel, ou bien suicidée, les veines tranchées toute peinturlurée dans son bain, ou alors pire : devenue totalement sénile et courant toute nue dans sa cuisine...

— Qu'est-ce que tu veux ?

Elle sursauta tant elle ne s'attendait pas à ce que la Taupe ouvre la porte d'elle-même.

Elle était là, bien vivante, en robe de chambre Damart, les cheveux ramassés en un minuscule chignon, pas maquillée... Méconnaissable.

— Je venais voir comment ça allait.

— Ah...

Léonie Prouhèze s'écarta, laissant le passage à Aurélie. La télévision était éteinte, mais il y avait les restes du petit déjeuner sur la table, ce qui rassura la visiteuse.

— Bon, ben... je venais voir comment ça allait.

— Tu me l'as déjà dit.

Aurélie ne savait plus qu'ajouter tant elle redoutait de faire la moindre allusion au voyage de la veille. La Taupe accusait un teint grisâtre et se déplaçait avec une lenteur pesante qu'on ne lui connaissait pas. Aurélie mit ça sur le compte de la déception.

— Vous avez vu, il a drôlement neigé...

— J'ai vu.

— Ça n'annonce rien de bon.

— Non.

— Bon, ben alors, je m'en vais. Ma mère m'attend. Si vous avez besoin de quelque chose, vous n'avez qu'à traverser...

— Je sais où est ta maison.

Aurélie se fendit d'un sourire idiot :

— Bien sûr !...

Elle allait sortir lorsque la Taupe l'interpella :

— Dis, et la Moustielle ? Ils se sont vus avec le Pierrot ?

— Non, pas encore, le Pierrot ne rentrera que vers midi. Mais...

— Mais... quoi ?

— Eh ben, je ne sais pas comment vous le dire, vu que vous y avez mis plus d'argent que nous tous, mais...

— Mais quoi ? Parle !

— Eh bien, voilà : on s'est trompé.

— Comment ça ?

— Eh bien, heu... voilà : en gros, c'est une pute.

— Sainte Vierge ! fit la Taupe dans un cri.

Un large sourire illumina bientôt son visage :

— Une pute... une vraie ?

— Il semblerait que oui.

La Taupe se mit à rire en se frottant les mains :

— *Pamèn*... voilà enfin une bonne nouvelle !

10 : 26

La neige tombait à nouveau.

Juliette attendait Aurélie avec impatience. Celle-ci n'était pas venue faire le ménage depuis deux jours, mais ce qui lui importait c'est qu'elle lui donne des nouvelles de la Taupe, morte ou vivante, et de la Vivette, morte si possible. Elle se plaisait également à l'imaginer enragée en train de mordre à plein dentier dans les écouteurs de sa télévision.

Elle avait sorti les chandelles des tiroirs du buffet et deux de ses lampes à pétrole qui trônaient sur les poutres des cheminées du salon et de sa chambre à coucher où ne brûlaient plus aujourd'hui que des radiateurs au fioul. Elle entra dans la chambre du père pour récupérer la troisième et dernière lampe qu'elle possédait. Elle marqua un temps, désemparée : le « centre opérationnel » semblait d'autant plus à l'abandon qu'il s'avérait aujourd'hui n'avoir pas atteint son but. L'Internet, par sa redoutable nouveauté technologique et l'extraordinaire enthousiasme qu'il avait suscité, était parvenu à totalement éclipser les reliques d'un passé douloureux qui maintenant s'imposait de nouveau : l'austère lit d'agonie de son père, avec son haut cadre de chêne où se devinait encore le contour de cette tête dont la sueur acide avait rongé le vernis, la table de chevet au marbre incrusté de divers liquides renversés. Derrière elle, la poignée du déambulateur que par fierté il refusait d'utiliser devant sa fille, et dessous, la tablette du « vase à bite », comme il l'appelait à l'époque où il n'y avait plus ni fierté, ni pudeur. Juste de la souffrance.

Juliette se dit qu'il lui fallait absolument trouver une idée pour que cette pièce redevienne au plus vite le laboratoire stratégique du futur Pouligeac.

Le Boche n'était pas près de récupérer son matériel.

Elle refermait la porte de la chambre lorsque, grâce à son exceptionnelle ouïe, elle entendit au loin des pas crisser sur la neige. Elle se précipita à la vitre du balcon.

La placette avait disparu sous la neige. Les deux maisons, celle du Ripolin et celle du Pétou, de part et d'autre de la sienne, étaient entièrement revêtues de pied en cap d'une épaisse couche immaculée qui donnait l'impression d'être installée là pour toujours. Elle ne vit personne. Même pas une trace de pas.

Elle attendit.

Le crissement se faisait de plus en plus distinct. Elle parvint à identifier qu'il venait du « goudron » complètement tapissé de blanc au point que l'on ne distinguait plus la chaussée des accotements fragiles qui bordaient le vide d'un côté et les buissons de l'autre.

Elle s'amusa de ce suspens, distinguant le bruit des pas d'au moins deux personnes qui se taisaient.

Tatiana apparut la première, la bouche pincée, le regard noir, emmitouflée dans son manteau autant saupoudré de neige que son chignon. Les mains au fond des poches...

— Eh bien ! Elle n'aura pas été bien loin la Moustielle, se dit Juliette. Elle n'a prévu ni gants, ni chapeau ! C'est sûr qu'elle a dû penser qu'en mars à Paris, c'était inutile !

Elle en rit.

C'est alors qu'elle remarqua que si Tatiana avançait adroitement, mais sans grâce aucune, c'est parce qu'elle avait les pieds chaussés de raquettes.

Elle jeta un regard à la pendule : il n'était pas midi...

Pourtant, c'était bien le Pierrot qui suivait, au ralenti, ses godillots s'enfonçant profondément à chaque pas, portant la valise de Tatiana sous son bras.

— Bah... elle ne doit pas être bien lourde, quand même, vu ce qu'elle comptait ramener des Champs-Élysées !

Elle vit qu'il portait également un sac à dos qui pendait bas sous le poids de toute la « paperasserie » commandée par le Boche. En bon « Cévenol de Pouligeac connaissant son printemps », le Pierrot s'était chaudement habillé d'une canadienne doublée de mouton, d'un bonnet de peau, de moufles de fourrure, et de chaussures de montagne, lui.

Dès qu'il déboucha sur la placette, il lança un regard lourd de signification vers la fenêtre du balcon.

Juliette se dit qu'il ne tarderait pas à monter chez elle. On pouvait s'attendre à du vilain.

Elle se précipita sur le téléphone pour appeler le Boche.

Après tout, l'idée de la faire venir était de lui.

Le Pierrot prit tout de même le temps de raccompagner Tatiana dans la cuisine du mas de son père, de lui faire un bon feu et du thé avant de se rendre chez Juliette.

Lorsqu'il monta les escaliers de la centenaire, une telle cacophonie parvenait à ses oreilles qu'il se demanda un moment si, à force de n'avoir jamais servi, le volume de la télévision n'avait pas fini par se révolter et péter définitivement les plombs en se bloquant au maximum.

Interdit, il découvrit la totalité de la population de Pouligeac esquichée dans la cuisine de la centenaire.

Le Boche, qui s'était refusé à affronter seul la réaction du Pierrot, n'avait pas entièrement perdu ses talents d'ancien syndicaliste de l'Éducation nationale puisqu'il était parvenu à rameuter tout le monde, y compris les indésirables : la Vivette et le Ripolin.

Dès que Pierrot ouvrit la porte, toutes les conversations cessèrent. Quelques timides « Adieu Pierrot, ça va ? » fusèrent, mais assez discrètement.

En guise de réponse, Pierrot referma la porte en marmonnant, la mine renfrognée. Il posa le sac à dos sur la table et sortit les liasses de prospectus ramenés de Marseille. Franz s'avança prudemment :

— Ah ! Merci Pierrot.

Il ne répondit pas, referma tranquillement le sac à dos sans regarder personne, puis le posa à terre.

Alors, seulement il se tourna vers Juliette :

— Il y a une femme dans la cuisine de mon père.

— Tiens donc ! répondit Juliette en ouvrant de grands yeux hypocrites.

— C'est une Russe.

— Ah ?…

— Elle m'a dit que vous l'aviez kidnappée…

La réflexion de Ginette siffla comme un serpent :

— Elle est quand même gonflée, cette garce ! Elle venait te voler !

— Me voler ? dit Pierrot en cherchant à rester calme. Et me voler quoi ?

Cela déclencha l'ouverture des vannes à paroles :

— Tu sais combien ça nous a coûté de vouloir te trouver une femme ? dit la Vivette encore essoufflée par sa marche, et qui, sous l'émotion, s'adressait à un homme pour la première fois depuis des lustres.

— Nous ne voulions que votre bonheur… osa Martine Branslegger.

— Ben, surtout, on ne voulait pas que tu partes, quoi… renchérit le Pétou.

— Si tu savais ce qu'ils m'ont fait, à moi ! disait la Taupe.

— Elle t'a dit aussi comment elle gagnait sa vie, la Russe ? demanda Aurélie.

— Et encore… c'est même pas une vraie pute ! ajouta le Pétou.

— C'est vrai. Elle est même moins que ça.

— Tais-toi, dit la Vivette à sa fille, ne parle pas à n'importe qui.

La Vivette était douée d'un don réel pour semer la zizanie et générer les bagarres. Curieusement sa surdité ajoutait à la chose car elle ne lui permettait de se mêler à la conversation que lorsque le ton montait, terrain de prédilection pour balancer ses pleins seaux d'huile sur le feu. Le plus souvent, lorsqu'elle était là, chacun s'efforçait, l'air de rien, de parler le moins fort possible. Mais la nature pouligeacoise ne permettait que rarement une telle réserve.

— Il faudra qu'elle nous rembourse, la Moustielle ! cria Ginette.

— *Pardine !* approuva la Vivette d'un grand coup de menton.

— C'est qui la Moustielle ? demanda le Ripolin à sa femme.

— T'occupe ! Je t'ai dit de rester au magasin, allez *vaï*, mon Ripolin, qu'il n'y a personne à la caisse.

— Mais tout le monde est là ! Qui veux-tu qu'il vienne ? répondit-il dans un de ses rares éclairs de lucidité.

L'Ernest et Franz étaient côte à côte, immobiles, désolés.

— Ah, Pierrot ! C'est vrai que là, je crois bien qu'on a fait une belle connerie..., soupira Ernest.

— Mais c'est qu'on croyait bien faire !

La Vivette se tourna vers sa fille :

— Je t'ai dit de ne pas causer à...

— Ah maman, arrête maintenant ! Tu n'entends même pas ce qui se dit ! Aurélie criait presque.

— Soi-disant, c'était une fiancée idéale pour toi ! Une jeune Russe... Nous, on y a tous cru ! ajouta l'Ernest. On ne pensait pas qu'elle était une...

Pierrot secouait la tête d'un air affligé.

— Parce que toi, tu crois peut-être que c'est une sainte ? persifla Ginette.

Pierrot lui répondit :

— Non. Elle m'a tout raconté.

Aussitôt les esprits s'apaisèrent, le flot de paroles aussi.

— Tout ? questionna Juliette qui jusque-là s'était tue.

— Tout. Londres, Amsterdam... et je ne sais où encore. J'ai pas tout compris, mais j'ai quand même saisi l'essentiel.

— *Pamèn*... soupira la Taupe. Moi je veux la connaître cette *drolette* ! Je veux qu'elle me raconte à moi aussi.

Pierrot montrait des signes de fatigue. Il prit une grande inspiration, tirant dangereusement sur les boutons de sa canadienne :

— Alors, qu'est-ce que vous allez faire maintenant ?

— Elle ne te plaît pas un peu ? demanda la Taupe d'une voix douce. Rien qu'un peu ?

— Madame Léonie, même si j'étais fou amoureux d'elle, on ne kidnappe pas les gens !

— Ben pourquoi pas ? Moi j'aurais bien aimé qu'on me kidnappe pour m'épouser.

Pierrot haussa les épaules.

Juliette tenta de retrouver son rôle de doyenne à la sagesse acquise :

— Tu sais, Pierrot, dans la littérature, il y a plein de jolies histoires d'amour qui commencent par un bel enlèvement.

— Qu'est-ce qu'elle a dit ? s'enquit la Vivette à sa fille.

— Rien.

La Vivette la fusilla du regard.

Franz et Martine Branslegger échangèrent un coup d'œil. Finalement, le Pierrot avait plutôt bien réagi à la situation. Ils avaient échappé au pire : non seulement une colère du Pierrot aurait pu les mettre dans le désastre de ne pas finir l'essentiel des travaux avant l'été, mais ils avaient aussi failli perdre leur unique véritable « copain » à Pouligeac. La connivence du regard échangé mettait un terme à leur friction conjugale. Plus jamais Martine ne lui rappellerait qu'elle l'avait mis en garde, plus jamais Franz ne reviendrait sur le fait qu'il l'avait ignorée. Leurs trente-trois années de vie commune permettaient à un simple regard d'exprimer tout cela.

— De toute façon, elle veut rentrer chez elle, reprit Pierrot. Elle a un fils, une mère dont elle s'occupe. Ce n'est pas une mauvaise fille.

— Et bien sûr, que ce n'en est pas une, *peuchérette*… approuva la Taupe.

Ernest tenta lui aussi d'abonder dans ce sens :

— Quand on pense à ce qu'est devenue l'Union soviétique, on peut même la considérer comme une victime.

— Et moi je dis : dehors la bolchevique ! lança le Pétou, tentant une nouvelle provocation.

Ernest se contenta de lever les yeux au ciel. Personne n'avait plus envie de batailler.

Pierrot reprit d'une voix posée :

— Dès qu'on ouvrira la route, je l'accompagnerai à la gare de Petrosac.

— Qui va payer le billet ?

La question de Ginette surprit tout le monde. Il y eut un moment de flottement rompu par le ton tranchant du Pierrot.

— Vous avez payé l'aller ? Et bien vous payerez le retour.

— Jamais ! dit Ginette.

— Je te ferai rappeler, Ginette, qu'à toi, cela ne t'a encore rien coûté ! dit le Pétou.

Ginette haussa la voix :

— Mon Gérard était ma participation ! Prêter son fils, quand on est une mère, ce n'est pas rien ! Elle le fixa en intensifiant un regard de tragédienne, puis laissa échapper dans un souffle : Mais toi, évidemment…

— Quoi, moi ? dit le Pétou en serrant les dents.

— Je me comprends.

La Vivette, qui cette fois avait saisi le propos, se tourna vers Martine qui elle, n'avait rien demandé à personne :

— Elle veut dire que lui, il ne sait même pas où ils sont, ses bâtards.

Le Pétou se tourna vers Aurélie.

— Aurélie, dépêche-toi d'aller ranger ta mère devant sa télé avant que je le prenne mal.

— OHHHHH ! ! ! ! !

La grosse voix sortant de l'imposante cage thoracique du Pierrot les fit tous taire :

— Moi, je me fous de qui paie, il faut la remettre au train, c'est tout. Mardi, je pense que ce sera bon. Il y a la micheline de 16 heures qui croise le train de Paris à Génolhac.

La Ripoline risqua un pas en avant.

— Moi, Pierrot, je ne suis pas d'accord. Elle nous a menti la Moustielle ! Qu'elle reparte en stop !

— C'est qui la Moustielle ? redemanda le Ripolin à sa femme.

— Ouais ! Dehors la bolchevique ! répéta le Pétou.

Le Pierrot haussa les épaules :

— Débrouillez-vous ! Cette pauvre fille repartira par le train et même que vous lui payerez la couchette. Quand je pense à ce que vous avez fait, moi ça me donne des envies de reprendre mes raquettes et de vous laisser tous en plan, là, maintenant, et de suite.

Il s'ensuivit un silence complexe.

Franz toussota avant de prendre à nouveau la parole :

— Je pense que vous avez parfaitement raison, Pierrot. J'admets, pour avoir été l'un des promoteurs de cette stupide aventure, que nous avons eu tout à fait tort et que nous vous devons non seulement des excuses, mais également de ramener cette jeune fille chez elle dans les meilleures conditions. Cependant…

— Qu'est-ce qu'il raconte le Boche ? demanda la Vivette à sa fille.

— Il dit qu'il faut qu'on s'excuse, lui répéta Aurélie sachant très bien ce que cette traduction allait provoquer.

Le large visage de la Vivette se contracta. Elle prit à témoin la gent féminine :

— Mais enfin, qui c'est celui-là ? Il se croit le maire du village pour parler en notre nom à tous ? Vous allez vous laisser commander par un Boche ?

Ils firent tous comme s'ils ne l'avaient pas entendue.

— Cependant ? reprit Pierrot.

— Eh bien, expliqua Franz, on ne peut pas changer le billet d'avion que nous avons acheté. C'est le vol le moins cher que l'on ait trouvé mais il n'est ni remboursable, ni modifiable. Elle ne pourra pas repartir avant dimanche prochain. À moins que l'on débourse encore 1 200 euros pour un aller simple jusqu'à Moscou.

— Fichtre ! lâcha Ernest.

Un frémissement d'effroi parcourut la pièce. Même Pierrot se rangea de leur avis, c'était vraiment une sacrée somme.

Franz reprit :

— Et puis si nous la ramenons à Paris maintenant, où ira-t-elle en attendant ? Elle n'y connaît personne.

— Vous êtes sûr ?

— Sûr, dit Juliette. Elle l'avait raconté dans l'Internet.

— Mais elle n'a fait que mentir sur Internet ! s'écria Ginette.

— Non, je crois vraiment qu'elle ne connaît personne là-haut.

Pour tenter de contrôler sa mère, Aurélie lui résumait à l'oreille ce qui se disait :

— Elle n'a qu'à aller coucher sous les ponts ! Ça lui servira de leçon, lança la Vivette.

Martine s'adressa à Pierrot.

— Le mieux est qu'elle reste ici jusqu'au train de samedi. Elle ira prendre son avion dimanche et toute cette aventure stupide sera terminée.

Le Pierrot acquiesça :

— Bon. Alors il faut la garder ici jusque-là. Mais il est hors de question qu'elle habite dans le mas de mon père. Et puis d'abord, cette fille, c'est votre problème, pas le mien.

Franz s'adressa à sa femme.

— Moi je la recevrais volontiers, n'est-ce pas, chérie ? Mais on n'a toujours pas le chauffage dans la chambre d'amis, n'est-ce pas Pierrot ? Alors ce n'est pas possible.

— Chez nous non plus ! dit Ginette en désignant son mari avec insistance.

— De quoi ? demanda ce dernier.

— Chez nous encore moins ! continua Aurélie avec un regard significatif sur sa mère.

Celle-ci ne put s'empêcher de renchérir :

— Et comment ! Jamais une pute n'entrera chez moi !

— Moi j'en veux bien, proposa la Taupe d'une voix humble.

Il y eut de nouveau un temps de flottement.

— Moi aussi ! dit le Pétou, gouailleur.

Juliette se tourna vers Léonie :

— Et pourquoi tu la veux chez toi ?

— Parce que comme ça j'aurai un peu de compagnie. Elle se tourna vers Franz : Je vous avais demandé de me laisser là-bas. J'étais heureuse moi, là-bas à l'aéroport ! Mais non, il a fallu que moi aussi vous me fassiez un kidnapping. C'est une manie chez vous ou quoi ? Alors, maintenant, vous me devez bien quelque chose, non ? Et puis au moins, chez moi, elle ne risquera rien, cette petite ! ajouta-t-elle en visant le Pétou.

Franz se tourna vers Juliette :

— Bon. Pourquoi pas ?

Juliette fit la moue :

— De toute façon, on n'a pas grand choix : chez moi la chambre est déjà occupée par l'Internet et chez l'Ernest, ce ne serait pas correct.

Aurélie acquiesça avec énergie.

Juliette conclut avec lassitude :

— Faisons un essai. Faute de mieux.

La Vivette se leva avec difficulté, accrochée au bras de sa fille :

— Allons, viens ma fille, on rentre. Dorénavant on fermera bien la porte à clé. Avant, la maison d'en face n'était habitée que par une nymphomane, maintenant en plus, il y aura une pute.

Elle se retourna vers les Branslegger en levant un poing menaçant :

— Tout ça, c'est de votre faute ! Regardez ce que vous avez fait de notre village ! Personne ne vous dit rien, à vous, mais moi je suis d'ici et je sais ce que chacun pense : on était tranquilles avant que vous arriviez ! La voilà la vérité ! Seulement, moi, je vous préviens, non seulement je ne donnerai plus un sou, mais je veux être remboursée ! Ou alors qu'il reste, l'autre là, ajouta-t-elle en désignant Pierrot d'un coup de menton.

Tout le monde attendait patiemment qu'elle fût partie. La présence de la Vivette finissait toujours par épaissir l'atmosphère jusqu'à l'irrespirable.

Une bouffée de soulagement s'engouffra dans la pièce dès que la porte se referma sur elle.

Ginette se tourna vers son mari :

— Allez, viens mon Ripolin. On rentre nous aussi.

Elle se tourna vers Pierrot :

— Tu sais, Pierrot, nous on croyait vraiment que tu serais content.

— Bah, je le sais bien, *vaï*...

— On se disait que comme ça, tu n'aurais pas à chercher ailleurs.

Il ne put s'empêcher de sourire :

— Je me doutais bien que vous alliez essayer quelque chose, mais ça ! Ça alors ! J'aurais jamais pensé !

Une ombre de tristesse embruma l'Ernest :

— Moi je m'amusais déjà à imaginer que d'ici peu on rouvrirait l'école !

— Et moi qu'on repétrirait le pain ! ajouta Juliette.

Le Pierrot eut alors une sorte d'attendrissement qui sembla définitivement sceller le pardon :

— *Pamèn !*...

Juliette, toute fière, alla ouvrir la porte de la chambre du père :

— Tiens, viens un peu visiter l'installation !

Pierrot siffla en découvrant le poste de combat, partagé entre le rire et l'émotion :

— Dites, c'est que ça ne rigole pas, là, hein ?

Tant d'investissements, d'initiative, d'esprit combattant !

Franz, pris au jeu, se mit à lui raconter comment l'Électrocuté avait ramené le matériel, comment tout le monde se rencontrait dès que la Clio avait passé le premier virage du « goudron », les veillées autour de l'écran, les lettres de Juliette, Pierre de Pouligeac et le voyage.

Chacun rajouta un détail, une anecdote, une phrase, embellissant un peu plus ici, rajoutant à son propre rôle là... le tout contait une sorte de grandiose épopée.

Le Pierrot n'était pas naïf, il connaissait trop bien les Pouligeacois pour ne pas faire la part des choses, mais il perçut les liens qui s'étaient noués, la complicité active de chacun, la solidarité ressuscitée dans la nécessité d'empêcher son départ.

Il en fut remué :

— C'est vrai que ça me fâche pour cette pauvre fille et encore plus pour les risques que vous avez pris. Et puis tout ce gaspillage, aussi. Mais en même temps, ça me fait quand même un peu plaisir.

Juliette usa de tout son charme de *mamée* hors d'âge :

— C'est qu'on tenait à se le garder, notre Pétoulet pas vrai ?... Et pourtant, tu sais bien que moi je n'y avais aucun intérêt. Aucun ! Mais je suis quand même contente d'avoir survécu jusque-là pour avoir vu tout ça.

Elle fit le geste de les chasser :

— Bon, maintenant il faut amener la *moustielle* chez la Taupe en espérant qu'elle n'en partira pas en courant. Et puis, pour la suite, j'espère que vous vous débrouillerez pour la renvoyer entière chez elle, je vous fais confiance, les enfants. Moi d'ici là... elle fit un geste vague.

L'évocation du périple avait laissé le Pétou avec un certain vague à l'âme. Il n'y avait plus aucune agressivité chez lui. Il était sorti de son rôle de vieil anticommuniste primaire, coureur de jupon et provocateur. Il restait assis sur sa chaise, les épaules voûtées. Au moment où le Pierrot franchissait la porte, il s'adressa à lui avec des yeux d'enfant :

— Dis, Pierrot, tu vas quand même partir ?

Une demi-heure plus tard, Juliette, après un déjeuner succinct, jeta un œil à l'horloge. Au moment où celle-ci affichait « *clap !* » **12 : 43** elle la vit s'éteindre.

Ça y était : l'électricité était coupée.

Elle alla décrocher le téléphone : muet lui aussi.

Et voilà. C'était reparti pour un tour.

Elle soupira, alla s'installer dans son fauteuil et se dit qu'après tout si elle pouvait mourir maintenant, là, tout de suite, ce n'était pas plus mal. Elle se figea en composant une de ses « figures », celle que dans son catalogue personnel elle nommait « sereine » : paupières délicatement fermées, traits paisibles, fleuries d'un léger contentement. Une de ses préférées.

Dès que l'électricité cessa, un frisson d'effroi traversa le village, chacun se disant que, en plus de tous les problèmes inhérents au manque d'énergie, ça y était, on allait lâcher la Vivette.

Sans même attendre que l'on vienne le chercher, Pierrot s'était précipité chez Aurélie pour y brancher le petit groupe électrogène qui permettait de remettre la télévision en route. La jeune Russe avait déjà vécu suffisamment d'épreuves, il était hors de question de prendre le risque qu'elle tombe sur la Vivette.

Pendant ce temps, Martine Branslegger s'était rendue chez la Taupe l'aider à préparer l'arrivée de Tatiana. Elle s'était chargée de déblayer et dépoussiérer au mieux l'ancienne chambre de sa sœur devenue une énorme armoire à vêtements, chaussures et accessoires divers. Tandis que la Taupe, radieuse, avait concocté une bonne soupe cévenole grâce aux légumes du jardin que l'Ernest avait sortis de son congélateur.

Tatiana suivit Pierrot sans bien comprendre chez qui il la conduisait. Il avait tenté de lui fournir quelques explications que sa timidité rendait confuses et son accent quasiment incompréhensibles. Elle n'avait d'ailleurs pas cherché à comprendre et en avait simplement déduit que les paysans attardés, mais nantis, de ce hameau sauvage s'étaient laissé entraîner par un professeur diabolique à chercher sur Internet une épouse-vache laitière (une Russe, car elles sont belles et vulnérables) pour le bouseux quelque peu primitif qui leur assurait la voiture des courses.

Elle avait également compris que sous peu, elle rentrerait à Paris, qui sans doute n'était pas si loin de là, puis, saine et sauve à Samara, où dorénavant, elle vérifierait un peu plus attentivement l'identité de ses « fiancés », comme elle les appelait elle-même. Elle se sentait tant soulagée de n'être pas tombée sous la coupe d'une horrible mafia de proxénètes qu'elle s'amusait presque maintenant de cette aventure qu'elle comptait abréger au plus tôt. Ce n'était déjà pas facile de s'absenter une semaine, à cause de son travail de vendeuse (elle n'avait pas menti sur ce point), alors si en plus c'était pour ne rien rapporter à la maison ! Chaque jour représentait du temps et de l'argent perdus. Elle avait décidé de ne rien raconter à sa mère, toujours angoissée par ses escapades à l'étranger bien qu'elle ne s'y opposât jamais. Par contre, elle se régalerait de tout dire dans les moindres détails à Svetlana, sa meilleure amie, qui avait actuellement « en ligne » un fiancé norvégien, chirurgien divorcé, à Oslo. Enfin !… à moins qu'il ne soit en réalité grutier à Petaouchnok.

Elle regardait autour d'elle et n'en revenait pas qu'en France, même dans un patelin paumé, il n'y ait plus ni route, ni téléphone, ni électricité à la moindre petite chute de neige. Même à Samara où l'on atteignait les 40 degrés l'été et les moins 40 l'hiver, elle ne se souvenait pas d'avoir vu l'électricité ou le téléphone coupés. Et encore moins en même temps ! Chemin faisant, elle examinait à la dérobée le gros balourd qui lui portait sa valise et se disait qu'après tout, il était plus costaud que gros et que, bien rasé et coiffé dans un costume Calvin Klein ou Kenzo, il n'aurait pas été si mal... Non, pensa-t-elle rigolarde, plutôt en Armani avec une Porsche Carrera coupé noire garée devant Vuitton...

Ça, pour avoir raté son coup, elle avait raté son coup !

Le soleil qui pointait maintenant sur les couches de neige rendait le hameau pittoresque et charmant, mais ce n'est certes pas ainsi que Tatiana s'était imaginé la province française. Elle en venait même à douter qu'elle fût réellement en France, ce pays qu'on dit moderne et civilisé, flambeau de la culture européenne du luxe et de l'élégance... alors qu'ici on en était encore aux raquettes et aux lampes à pétrole. Même au fin fond de la Sibérie on avait dépassé cela ! Enfin !... Elle ne savait pas trop chez qui elle allait loger en attendant l'ouverture de la route, mais elle ne voulait surtout pas rester chez ce gros Pierre-là, dont elle ne savait pas de quoi il serait capable une fois la nuit tombée et les bougies soufflées. De plus, la maison où elle s'était réveillée et qu'elle croyait être plus ou moins la sienne était sombre, vide et froide... Elle l'effrayait. On aurait dit un musée à l'abandon.

Rester avec une bonne vieille paysanne serait plus sûr, en attendant que la route lui permette de se sauver.

Après... Paris !

C'est avec effroi que Tatiana découvrit la Taupe : celle-ci s'était spécialement apprêtée pour elle. Le résultat fit qu'elle regretta immédiatement d'avoir accepté de cohabiter avec cette chose qui avait tout de l'épouvantail. De plus, en découvrant l'aspect de la cuisine avec son vieil évier de pierre et ses murs de chaux, elle se dit encore que du fin fond du Kirghizistan jusqu'au nord de la Sibérie, on ne devait plus trouver ce genre de décor que dans les studios de cinéma. Elle se rassura en reconnaissant Martine Branslegger qui elle paraissait normale, ou du moins contemporaine.

Le Pierrot, prétextant un gros travail de déblayage devant les maisons, s'éclipsa aussitôt, laissant les trois femmes seules.

Avec beaucoup de douceur, Martine prit Tatiana par la main pour lui montrer la petite chambre qu'elle avait joliment préparée à son intention. Elle lui expliqua de façon bien plus claire, avec des mots tout simples prononcés sans accent, que Léonie, qui est une « très gentille dame », quoique extravagante dans son habillement, la logerait jusqu'à son départ pour Paris.

— Quand route OK ?

— Oui.

— Quand ?

Martine fit une petite mimique qui lui permit à la fois de faire comprendre qu'il était impossible de le savoir et de ne pas lui avouer que de toute façon ce ne serait pas avant la fin de la semaine, route dégagée ou pas.

Par politesse et pour la mettre à l'aise, elle posa quelques questions à Tatiana sur Samara, son fils, sa mère, mais sans trop s'étendre, de façon à ne pas engager une vraie conversation. Elle n'y tenait pas.

Depuis la mort de son fils, elle avait mis au point une technique très sûre pour orienter une curiosité courtoise de manière à ce qu'on ne puisse lui demander en retour si elle aussi avait des enfants.

Tatiana observa l'étrange babouchka aux énormes lunettes s'agiter dans la cuisine, la figure couverte d'épaisses plaques de fond de teint, là où ne débordaient pas l'eye-liner et le rouge à lèvres écarlate, la tête enveloppée d'un bandana rose à fleurs bleues, le corps boudiné dans une robe en lamé d'argent qui lui tombait sur les charentaises. Elle la trouva clownesque et regretta de ne pas avoir d'appareil photo pour montrer « ça » à Svetlana... Peut-être Martine pourrait-elle lui prêter un appareil numérique ?

Enfin ! si ça existait dans ce patelin du bout du monde...

Martine était repartie « pour déjeuner avec son mari », au grand désarroi de Tatiana qui l'avait d'abord prise pour la fille de la maison et espéré qu'elle lui tiendrait compagnie. Pour la réconforter, Martine prit soin de lui désigner l'emplacement de sa maison en lui expliquant qu'elle pouvait venir quand elle le voulait et si elle avait besoin de quoi que ce soit...

Le souper terminé, Tatiana proposa d'aider la Taupe à débarrasser, mais celle-ci protesta, dispensant mille égards pour la jeune fille.

« Elle me prend pour une princesse... »

La vieille dame étrange prépara un thé puis alla précipitamment chercher un gros catalogue qu'elle étala sur la table.

Tatiana, absente, s'efforçait de donner à la vieille dame l'illusion de l'écouter. De toute façon, un accent à couper au couteau doublé d'une prononciation rendue difficile par la mâchoire édentée l'empêchaient de comprendre la quasi-totalité du discours.

La Taupe, elle, était ravie.

Elle avait patiemment attendu le départ de l'Estabouzite pour aborder enfin avec Tatiana le sujet qui lui tenait à cœur.

— Tu vois, moi, ici, je ne peux demander ça à personne. Déjà qu'ils me prennent pour une folle... Et puis qui saurait me répondre, ici ? Personne. Alors c'est une chance pour moi de voir arriver une spécialiste. Alors, attends...

Léonie se plongea dans son catalogue, feuilletant rapidement les pages en les faisant claquer.

Elle leva les yeux vers Tatiana en désignant le gros catalogue :

— Dis, vous avez ça, vous, en Russie ? C'est bien pratique pour nous ici. La Redoute, il y a de tout là-dedans. J'ai d'autres catalogues, où il y a de tout, mais là, pour ce truc-là, c'est celui où j'ai trouvé le plus de choix... Tu connais ?

Tatiana semblait approuver, avec une amabilité de circonstance. En réalité elle se demandait comment éviter dorénavant ce genre de piège ; réclamer davantage de photos, un justificatif de domicile, une photocopie du passeport peut-être...

La Taupe feuilletait son catalogue, humectant ses doigts à grand coup de langue.

— Ah ! Voilà ! Elle aplatit bien la page. Alors... elle avait presque le nez collé à la feuille. C'est écrit tout petit là-dedans, alors j'ai du mal à bien comprendre. Je suis très myope, voyez-vous ? dit-elle sur un ton mondain, en tapotant ses gros verres, oubliant le tutoiement qu'elle avait déjà adopté.

Tatiana paraissait toujours aussi affable bien qu'ailleurs : après tout, ce qu'elle faisait était peut-être péché, sa mère avait peut-être raison. Cette aventure était-elle une mise en garde du Dieu ? Pourtant, tout bien considéré, elle n'avait ni volé, ni blessé, ni tué personne, non ? Un peu menti, peut-être... Était-ce donc un si gros péché ?...

— J'ai d'abord pensé à celui-là, poursuivit la Taupe. Le rotatif double plaisir à 79,99 euros. Les vibrations et les rotations se règlent séparément. Il faut mettre deux piles.

Elle montra la page en riant :

— *Vé !* on dirait un cactus !

Tatiana regarda à peine. La Taupe se replongea dans le catalogue.

— Après il y a aussi celui-là : le nervuré à 59,99 euros, et puis il y a aussi le rechargeable, et le design G (elle prononçait *deusigne*), mais je ne sais pas ce que ça veut dire, moi, *deusigne* G. Et puis le luxe... C'est pas qu'il est cher celui-là, non, mais regardez-moi ça : on dirait un obus ! Alors quand même, dites !... fit-elle avec une grimace de crainte.

Elle leva la tête vers Tatiana :

— Dites voir, j'ai remarqué que toutes les longueurs ont dix-huit centimètres. C'est la norme, ça, chez les hommes ?

Tatiana souriait toujours. La Taupe l'interpréta comme une approbation.

— Ah bon. Parce que ça fait long quand même, reprit-elle. J'ai mesuré avec mon centimètre, dites, c'est pas rien, hein ? Je ne pensais pas qu'on avait un creux pareil à l'intérieur, nous. Alors...

Elle mouilla bruyamment son doigt pour tourner la page.

— Il y a le dauphin à 59,99, utilisable sous la douche. Et pourquoi sous la douche, hein ? Allez comprendre... Ah ! et puis il y avait aussi le Laya avec trois programmes.

Elle secoua la tête :

— Mais moi, quand je vois le temps que ça m'a demandé rien que pour me servir du Minitel, alors un machin pareil avec trois programmes, pensez donc !...

Elle ajouta sur le ton de la confidence :

— Je ne suis pas très douée pour la technique.

Puis elle se replongea dans la lecture du catalogue :

— Il y avait aussi le mini chenille et puis *vé* ! celui-là, dit-elle en montrant la page : le Pingouin. Tous les deux à 39,99 euros. Le Pingouin !... j'ai jamais compris ce qu'un pingouin venait faire là-dedans. Enfin !...

Devant le manque de réaction de Tatiana, elle poursuivit :

— Alors, comme je ne savais pas trop, en fin de compte, j'ai choisi le « Première fois » à 23,99, en me disant que pour moi c'est celui qui me conviendrait le mieux. Attendez...

La Taupe referma le catalogue et se leva pour ouvrir le tiroir du buffet. Elle en sortit une enveloppe d'expédition de La Redoute qu'elle déposa sur la table.

— Mais dites, je l'ai pas encore essayé, hein ! J'ai pas osé. Et puis je ne savais pas trop comment m'y prendre. D'ailleurs, quand je l'ai vue, cette chose-là, ça m'a rappelé l'outil du docteur Bertac, le gynécologue d'Alès. J'ai consulté quand j'étais jeune. Rien qu'une fois. Et ça n'avait rien d'agréable, croyez-moi ! Je me suis dit qu'on ne m'y reprendrait plus ! Quelle horreur !... Ah, ce que c'est que d'être une femme, quand même, dites !...

Elle dégagea précautionneusement la boîte de son emballage.

— Alors je me demandais si vous pouviez me conseiller. Je peux encore le changer. J'ai pas encore placé les piles, précisa-t-elle en ouvrant la boîte devant Tatiana.

Elle tendit l'objet en déclarant :

— Voilà ! Qu'est-ce que vous en dites ?

Tatiana saisit l'objet machinalement et le lâcha sur la table dès qu'elle comprit de quoi il s'agissait.

— GRN ?

— Comment ?

Elle se mit à crier d'un air dégoûté.

— Quoi c'est ?

— C'est le « Première fois » à 23,99, répondit calmement la Taupe, tout étonnée de la réaction de la jeune femme.

— Moi je dis pour vous, je pas « poute » ! Pourquoi vous méchant ? Je pas « poute » ! Moi je jamais je couche ! Vous compris ?

La Taupe s'immobilisa, interdite :

— Comment, vous voulez dire que vous ne couchez vraiment pas avec vos fiancés, partout là sur la planète ?

Tatiana releva la tête, le visage cramoisi et le regard farouche :

— Je pas coucher !

La Taupe soupira en refermant la boîte :

— Eh bien, laissez-moi vous dire que vous êtes bien sotte, mon enfant.

Bizarrement au lieu d'enclencher un froid, cet échange détendit l'atmosphère.

Une fois le malentendu dissipé, Tatiana était tant étonnée qu'une vieille dame d'un autre « âge » – au sens historique du terme – puisse s'intéresser à ce genre d'accessoire qu'elle trouva drôle d'en savoir davantage. Après tout, il fallait bien tuer le temps. Il n'y avait même plus de télévision ! Le dialogue entre elles était difficile, mais s'aidant de mimiques, de quelques mots, et de gestes facilement déchiffrables, elles finirent par échanger ; la Taupe parvint à lui faire plus ou moins comprendre comment elle en était arrivée à acheter « l'objet » et Tatiana parla un peu de son fils, de sa mère et de Samara, sa ville natale.

— Dis, Tatiana, je voulais quand même savoir...

Tatiana la regarda, attentive cette fois.

— Une chose, que je me demande si c'est bien vrai. Je peux te poser une question sexuelle quand même, même si tu n'es pas vraiment une spécialiste ?

— OK. Vous demander.

— Quand on s'embrasse... tu comprends s'embrasser ?

Tatiana acquiesça.

— C'est vrai qu'on met la langue ?

Elle montra sa langue avec son doigt.

Tatiana pouffa :

— Oui ! Langue toucher langue.

La déception se lisait sur le visage de Léonie :

— Mais pourquoi ?

Ébahie, Tatiana essaya d'expliquer :

— Pourquoi ? Ça est... elle chercha le mot... Ah !... Ça est agréable.

Léonie eut une grimace de dégoût :

— Beurk !...

Tatiana éclata de rire.

Lorsque Martine revint, en soucis pour cette pauvre Russe abandonnée dans cet univers pour le moins étrange qu'était la maison de la Taupe, elle retrouva les deux femmes habillées d'une façon qui n'aurait pas déplu à John Galliano, en train de pouffer au milieu d'un impressionnant étalage vestimentaire.

Comme des gamines.

Malgré l'utilisation limitée qu'elle en faisait, Juliette souffrait quand même du manque d'électricité, ceci pour deux raisons principales : la première était que les lampadaires du hameau ne fonctionnaient plus et que sa principale activité, épier derrière ses fenêtres, s'en trouvait considérablement réduite d'autant qu'en ce mois de mars, à Pouligeac, le jour déclinait encore avant dix-huit heures. L'autre raison était qu'elle n'entendait plus l'horrible « *clap !* » de l'horloge du Pierrot qui rythmait habituellement sa vie. Elle en ressentait un manque.

En entendant le pas d'Aurélie dans l'escalier, elle eut encore le réflexe de regarder l'horloge, toute noire et muette.

— Tiens ! s'exclama-t-elle en forçant sur la surprise.

Jamais Aurélie ne venait à cette heure.

— Tu fais bien de passer. Tu pourras me remonter la pendule, dis ?

La haute horloge comtoise ancestrale était stoppée depuis la fin de la dernière panne d'électricité, ce qui datait déjà de plusieurs mois.

Aurélie alla décrocher le remontoir.

La remise en marche provoquait tout un concert de grincements qui chaque fois emportaient Juliette loin dans ses souvenirs. Le couinement aigu de la porte vitrée faisait peine à entendre. Ce n'était pourtant pas faute de graissage, puisque Juliette se souvenait de ce bruit, enfant, pelotonnée dans son lit, lorsqu'au jour naissant, son grand-père, Saturnin Vialas, l'ouvrait pour remonter le mécanisme avant d'aller nourrir les bêtes pendant que son fils Sylvain, devenu l'homme de la maison, se rendait au jardin. Et Dieu sait qu'en ce temps-là elle était entretenue, cette sacrée pendule ! Mais elle grinçait quand même.

Aurélie enclencha le remontoir. Il s'ensuivit une longue série de cliquetis graves qui permettait de distinguer chaque dent du rouage. Juliette eut la pénible vision de son père, vieux et grabataire, immobile là-bas dans sa chambre qui lui criait de sa voix rauque : « Juliette ! T'as remonté la pendule ? »

Et pourquoi ? se disait-elle, puisqu'il avait un réveil à piles sur sa table de chevet ? Mais bon, le pauvre, il tenait à l'entendre son tic-tac. Alors... pas la peine de le contrarier, puisqu'il y tenait tant...

Aurélie décrocha le remontoir.

Et le tic-tac se mit en route. Sinistre.

Tic-tac. Tic-tac.

Cent années de sa vie, ce tic-tac.

Juliette jeta un œil noir à la pendule en marmonnant : « Saloperie de neige... »

La raison de la visite d'Aurélie restait assez confuse malgré quelques vagues explications. Il en ressortait qu'elle s'inquiétait pour Juliette et que, puisque la télévision de la Vivette fonctionnait de nouveau, elle avait pu sortir afin de vérifier que toutes les lampes de la centenaire avaient de quoi tenir jusqu'au lendemain.

— Vous ne voulez pas une lampe à gaz de plus ? J'en ai une de trop à la maison.

— Non ça fait une lumière que je me crois dans le frigidaire. Et puis ça fait du bruit aussi.

Juliette était toujours intriguée : c'était l'heure de *Des Chiffres et des Lettres*, or Aurélie était ce jour-là la seule à avoir une télévision qui marche. Bizarre...

Bien qu'elle ne les regardât jamais, Juliette était assez bien renseignée sur les programmes des trois principales chaînes. Les seules que Pouligeac pouvait capter (et encore, la Trois pas très bien...). De quoi parler d'autre entre Pouligeacois, hein ? Rien ne se passait jamais au village. Et puis, pour le peu qu'on se parlait, personne n'avait le temps d'aborder des sujets importants, pas vrai ?... Alors on se faisait des réflexions sur les programmes de télévision... Enfin ! Ça c'était avant que le Pierrot ne se prenne la folie de vouloir partir, conclut-elle in petto.

Cinq minutes plus tard, Ernest arriva et Juliette comprit que tout ce mouvement n'était pas le fait du hasard.

Il apportait des légumes :

— Adieu, madame Juliette ! Je me suis dit que comme le Pierrot ne pouvait pas descendre et qu'il me fallait vider le congélateur... Tiens, salut Aurélie !

— Ça va Ernest ?

— Bah... Quand ça va pas, on le pousse !...

Le ton était bien guilleret...

Juliette prit place dans son fauteuil.

— *Vé,* on dirait que vous vous êtes donné le mot, tous les deux. Ça doit être la première fois que j'ai une visite à une heure pareille, depuis... douze ou treize ans. Alors deux en même temps, vous pensez !

— Bahh... fit Ernest, un peu penaud. Comme j'ai vu l'Aurélie sortir pour aller par chez vous, je me suis dit que je pouvais venir aussi. Et puis comme il faut que je vide le congélateur...

Juliette s'égaillait. Il avait l'air d'un adolescent. Un adolescent de soixante-treize années.

— La nuit tombe. On ne voit rien sans les lampadaires. Tu pourras la raccompagner, pas vrai ?

— Eh bien sûr ! Si elle le veut...

Juliette se tourna vers Aurélie :

— Et tu le veux ?

— Ben, pourquoi pas ? C'est vrai qu'il fait déjà presque nuit.

La centenaire ne put s'empêcher de se moquer :

— Fais bien attention que ta mère ne te voie pas ! Elle aurait une attaque !...

— Oh, ça ne risque pas, c'est l'heure de *Des Chiffres et des Lettres*.

— Je sais ! D'ailleurs... Ça explique tout.

Aurélie se redressa avec un grand air innocent :

— Et c'est quoi que vous dites que ça explique ?

— *Vaï*, je comprends que ce n'est pas un hasard si vous êtes venus au même moment. C'est un petit rendez-vous, en quelque sorte...

Ernest et Aurélie s'insurgèrent en chœur.

— Mais pas du tout ! s'exclama Ernest.

— Mais qu'est-ce que vous allez imaginer !

Taquine, Juliette continua :

— *Icou lou diraï pas à la mère, vaï*[1]*... !*

— Vous savez bien ce que je pense des hommes, non ?

— Oui. Mais lui, l'Ernest, tu l'aimes bien, non ?

— Je n'ai rien contre lui. Ce n'est pas pareil ! Elle se tourna vers Ernest. C'est vrai, ça, après tout toi aussi tu as été abandonné par une salope, non ?

Ernest se tint coi. Ce n'est pas ainsi qu'il qualifiait son ex-épouse, même à l'époque où il avait encore du ressentiment. Afin de tourner court à la conversation, il déballa ses légumes pour les montrer aux deux femmes :

— Je les mettrai dans le couloir pour les tenir au frais, ils dégèleront doucement.

Aurélie s'approcha pour détailler les légumes :

— Ah madame Juliette, il y a des beaux poireaux, des patates et des navets : demain, je vous fais la soupe !

Juliette émit un petit ricanement railleur.

Ernest et Aurélie échangèrent aussitôt un regard dans lequel Juliette vit la fameuse petite lueur

1. Je le dirai pas à ta mère.

inquiète qu'elle reconnaissait à coup sûr et qu'elle traduisait ainsi : « Ça y est, la vieille dérape. »

Elle les toisa un long moment :

— Vous savez pourquoi je ris ? Vous me rajeunissez. Vous me rajeunissez d'au moins une bonne cinquantaine d'années. Je te revois Aurélie, quand tu avais quatorze ou quinze ans, tu étais jolie, tu sais ? Toute finette, *vaï* qu'à l'époque personne ne t'appelait la Gonflette ! À cet âge-là, tu regardais déjà les hommes comme une femme. Avec des yeux qui brillent. Certains, ça les rendait nerveux, je te le dis !

Aurélie secoua la tête, de guerre lasse.

— Quant à toi, Ernest, continua-t-elle, au même âge, on t'appelait le Miston. Je ne sais plus pourquoi. Et d'ailleurs, ajouta-t-elle en ricanant de nouveau, tu avais la figure tellement en éruption que le Roure, le père du Pétou, t'appelait le Miston de la Fournaise. Tu t'en es bien sorti, *vaï*, il ne te reste plus que quelques cratères.

Ernest ne put s'empêcher de rire :

— C'est vrai. Ça me posait problème ! Ma mère inventait toutes les semaines de nouvelles mixtures pour faire passer les boutons. Des vertes, des rouges, des jaunes, toutes plus terribles les unes que les autres. Et moi je devais me coller ça sur la figure pendant des heures ! Mais à force, elle a réussi !

Ils s'ébaudirent ensemble.

Après quoi Juliette reprit un visage sévère :

— C'est bien joli tout ça, mais c'est fini pour vous l'adolescence ! Alors maintenant que vous avez la carte Vermeil, vous allez vous renifler le derrière encore longtemps ? Vous croyez que vous allez arriver centenaires vous aussi pour imaginer qu'à votre âge, vous avez encore du temps à perdre ?

Aurélie ne souriait plus :

— Excusez-moi, madame Juliette, mais des fois, vous dites vraiment n'importe quoi.

Elle s'empressa de remettre son manteau :

— À demain ! Je ferai quand même la soupe, *vaï*.

Elle sortit précipitamment sans regarder Ernest, démontrant ainsi qu'elle n'avait aucune intention de l'attendre.

Dès qu'elle eut fermé la porte, Juliette s'adressa à l'ancien postier.

— Allez, vas-y grand *couilloun*, rattrape-la.

L'Ernest prit un air penaud et sortit à son tour. Sans rien dire.

Juliette ricana jusqu'à ce que son regard accroche le sac sur la table :

— *Vé*, le Merdouzet ! Il a oublié de sortir les légumes...

Puis elle rit de plus belle.

Il neigea encore toute la nuit.

Le lendemain matin, le soleil brillait sur un hameau superbe, pittoresquement revêtu de blanc. S'il n'y avait eu le groupe électrogène de la Vivette dont le barouf ôtait tout l'aspect bucolique, Pouligeac aurait pu inspirer un joli conte de Noël ou une carte du Nouvel an.

Bien que l'on soit en mars.

La Vivette venait d'avaler son petit déjeuner.

La télé était déjà allumée, mais tant qu'elle n'avait pas encore mis son casque, elle était comme d'autres qui n'ont pas encore pris leur premier café : de mauvaise humeur.

Les coups tapés à la porte étaient si impératifs qu'elle les entendit. Elle souleva son énorme masse en maugréant, puis ouvrit.

La jeune Russe se tenait là, hirsute, emmitouflée dans le grand manteau de mouton jaune qui laissait voir le bas d'une chemise de nuit de satin rose fuchsia à dentelles.

La Vivette fit la grimace.

Tatiana, rendue muette par l'accueil de la Vivette, aurait presque pu évoquer une apparition de la Taupe jeune si elle n'avait paru tant secouée par la panique.

La Vivette la toisa avec mépris puis se tourna vers Aurélie, qui, à peine réveillée, accourait vers elles.

Elle lui désigna la Russe d'un coup de menton :

— Jette-moi ça dehors.

Sur quoi elle tourna les talons de façon théâtrale, pour aller vite se brancher à son casque.

Bien qu'encore en robe de chambre, Aurélie sortit et referma la porte derrière elles.

Tatiana était complètement agitée :

— La Lainonie madame est maison pas bom, pas Lainonie bom ! Lainonie нем хорошо ! toi viendre Lainonie de maison, toi viendre maintenant !

Aurélie, qui commençait à trembler de froid, fronça les sourcils :

— Vous pouvez répéter doucement, s'il vous plaît ? Il y a un problème ?

— Da !!!! Oui, oui, oui ! Toi viendre ! La Lainonie... Elle montra de la main la maison de la Taupe en face : La Lainonie, elle *kaput* !

Aurélie blêmit. Cette fois elle avait compris.

Elle traversa la ruelle en courant.

Tatiana la suivit en pleurant.

La chambre de la Taupe ressemblait à une bonbonnière. Tout y était rose acidulé, à la limite de l'indigeste. Léonie reposait dans son lit de draps roses en satin, livide, inerte, les yeux grands ouverts, vitreux.

— Merde.

Ce fut tout ce qu'Aurélie trouva à dire le temps de reprendre ses esprits et de constater que Léonie respirait encore. Elle essaya de lui parler, de la toucher, et même, pour finir, de la secouer. Mais rien n'y fit. Elle partit en courant frapper à la maison voisine, celle d'Ernest. Tatiana, terrifiée à l'idée de rester seule dans le mas, la suivait comme son ombre.

Ernest courut à son tour chercher le Pierrot qui, déjà dehors, déblayait la rue gauche.

Celui-ci se précipita chausser ses raquettes et partit sur le goudron enseveli par la neige pour prévenir le docteur.

Ce remue-ménage alerta Ginette, puis les Branslegger.

Bientôt tout ce petit monde se retrouva autour du lit de Léonie.

Ils étaient un peu gênés d'être là, dans l'intimité d'un personnage aussi sulfureux que la Taupe, devant son corps immobile qui respirait à peine. Du coup, alors que l'aspect extérieur du personnage avait toujours éveillé la curiosité sur ce que pouvait être sa réelle intimité, personne n'osa manifester sa surprise.

Ils s'étaient imaginé Sodome et Gomorrhe, ils se retrouvaient chez Barbie.

Seule Martine s'approcha vraiment. Elle se pencha vers Léonie, lui prit la main, essaya de lui parler, de la bouger, mais rien n'y fit.

Juliette en position de guet derrière la fenêtre de son cabinet de toilette, celle qui lui permettait de « couvrir » toute la rue droite, regretta vraiment de ne plus être en état d'affronter les hautes marches de pierre de son escalier extérieur. Elle aurait aimé être là-bas, parmi eux. Elle aussi était curieuse de savoir à quoi pouvait ressembler la chambre de la Taupe, mais avant tout, elle aurait voulu voir sa tête. Ginette avait bien fait un aller-retour pour lui décrire les yeux ouverts, la bouche pincée, et le teint blafard, mais elle aurait préféré l'observer de ses propres yeux.

Ç'aurait pu lui être utile pour ses exercices matinaux.

Deux heures plus tard, il se passa quelque chose qu'aucun Pouligeacois vivant ou mort n'avait jamais vécu dans toute l'histoire du hameau : un hélicoptère vint se poser sur l'unique terrain d'atterrissage : la placette devant chez Juliette.

Pierrot était rentré un peu plus tôt pour prévenir les habitants et déblayer la neige afin d'aménager une aire de posage. De son côté, Martine, aidée de Tatiana, avait préparé une petite valise. Il leur fallut un long moment avant de découvrir la garde-robe d'« avant », digne d'un séjour à l'hôpital, datant de l'époque maintenant lointaine où la Taupe se cantonnait sagement aux pages troisième âge des catalogues. Pendant ce temps, Aurélie veillait Léonie, épiant le moindre signe de réveil.

Martine venait régulièrement jeter un œil :

— Rien de nouveau, finit par lui dire Aurélie dans un soupir. Elle marqua un temps puis ajouta, songeuse :

— Remarquez, d'une certaine manière, ça vaut mieux ! Parce que maintenant qu'on a alerté les hélicoptères et tout le branle-bas de combat, on aurait l'air fin...

Martine préféra ne pas relever.

À part la Vivette (au grand soulagement de tous), et Martine, seule volontaire pour rester auprès de la Taupe et manquer l'événement, la population pouligeacoise au grand complet se tenait au garde-à-vous sur la placette pour assister à l'arrivée de l'hélicoptère.

Y compris Juliette de son balcon.

Ils avaient tous le nez en l'air à guetter l'engin volant.

— Dites, c'est pas bien large, comme terrain d'atterrissage, il ne faudrait pas qu'il vienne s'encastrer dans ma cuisine, dit Ginette.

— Ou qu'il se prenne un fil électrique, ajouta le Ripolin et qu'il nous explose à la figure. Comme dans les films.

Le Pétou, qui avec son statut d'ancien marin avait la conviction d'être quasiment de la partie, secoua la tête :

— Non, quand on fait ce type d'opération, on ne prend aucun risque. Ces gars-là, ils pourraient se poser sur un dé à coudre.

Ernest ne put s'empêcher de l'asticoter.

— Tu m'as l'air de t'y connaître...

— Tu oublies que j'étais dans la marine.

— Et alors ? Ils volaient, tes bateaux ?

Le Pétou haussa les épaules :

— Dans l'armée, il y a la mer, l'air et la terre. Tout ça c'est la même chose. On t'a pas appris ça à ton école de cancres du Parti ?

— On m'a surtout appris qu'un bateau océanographique n'a rien à voir avec l'armée.

— *Vaï* que tu me fatigues avec tes galéjades. *Escouto pitchot*, ne parle pas de ce que tu ne connais pas, tu vas encore faire figure de couillon.

— Parce que c'est moi qui galèje, maintenant ?

Aurélie jugea prudent de se glisser entre eux deux :

— Dites, quand même, Ginette a raison, vous imaginez qu'il s'écrase ici ! Ils se tueraient à coup sûr, ceux qui sont dedans. Pour le coup, on ne saurait plus qui appeler.

— S'il s'écrase ici, on y passe tous, affirma Franz.

Ils se retournèrent vers lui, abandonnant un instant l'horizon, convaincus que décidément, pour dire des choses pareilles, il fallait bien être un peu boche.

Le Pétou scruta de nouveau le ciel :

— Quand elle se réveillera, elle sera toute ravie, la Taupe, d'être montée dans un hélicoptère.

— Ah, tu crois ? s'étonna Aurélie.

— *Pardine*, elle qui aime tant les aéroports…

C'est Juliette qui la première prévint de l'arrivée de l'hélicoptère : son ouïe infaillible. Comme il faisait froid, elle se contenta de taper vivement au carreau.

Ils n'aperçurent l'appareil qu'un bon moment plus tard.

Plus l'hélicoptère approchait, plus ils reculaient. Le vacarme était maintenant assourdissant, menaçant. Personne ne pouvait plus s'entendre. Quand il se posa, il souleva une telle quantité de neige qu'ils coururent tous se réfugier dans la ruelle.

Du coup, ils ne virent plus grand-chose de l'atterrissage.

Seule Juliette, bien à l'abri derrière sa fenêtre, ne perdit rien de l'événement. « Trop bruyant », jugea-t-elle.

Le Pierrot se précipita dès que les portes de l'hélicoptère s'ouvrirent. Un médecin du SAMU sortit en courant, suivi par un infirmier qui portait un énorme sac à dos.

Pierrot les guida jusqu'au mas.

Dès que les pales de l'hélico cessèrent de tourner, les Pouligeacois sortirent de la ruelle et s'approchèrent avec circonspection. Méfiants.

Moins d'une heure plus tard, la Taupe était emmenée sur une civière jusqu'à l'appareil. Le médecin n'avait pas dit grand-chose : « Sans doute un accident vasculaire. » Il ne pouvait faire aucun pronostic, mais il allégua cependant qu'elle pouvait aussi « très bien se remettre ».

Bien que Léonie soit toujours inconsciente, chacun s'approcha pour la saluer, pour lui dire au revoir.

Y compris Tatiana.

Quand les portes de l'engin se refermèrent et que le moteur rugit, ils s'écartèrent à nouveau, mais pas trop loin cette fois pour assister au décollage.

L'hélico avait totalement disparu, on n'entendait même plus le moteur, mais ils se tenaient encore là. Immobiles. Ébouriffés. Émus.

— Et voilà. Elle est partie, dit le Ripolin d'un air grave.

— La Taupe… Elle ne peut rien faire comme les autres, celle-là ! commenta Aurélie, le nez en l'air.

— Tu ne vois pas qu'elle nous ramène un vieux de l'hôpital ? ajouta Ginette, troublée.

— Bah ! Qui sait ? Elle en serait bien capable, la Taupe ! appuya l'Ernest avec un engouement qui cachait mal son émotion grandissante.

— Autant, avec ce nouvel accident vasculaire, elle va nous revenir comme elle était avant : toute bigote, suggéra Ginette.

— Dieu nous en préserve ! lâcha joyeusement le Pétou qui avait les larmes aux yeux.

— *Vaï*, que quoi qu'il arrive, quand elle reviendra, elle va se la raconter, avec son voyage en hélicoptère ! renchérit Aurélie en secouant la tête.

— D'autant plus qu'ils vont nous la regonfler à bloc ! renifla l'Ernest.

— On n'entendra plus qu'elle ! conclut Ginette dans un souffle.

Ils rirent. Tristement.

Aucun d'eux ne croyait au retour de la Taupe.

De son observatoire, Juliette les regardait en hochant la tête :

— Et voilà. On est plus que huit maintenant.

Les Branslegger n'étaient toujours pas inclus dans son recensement. En regardant l'hélicoptère s'envoler, elle n'avait pu s'empêcher de penser que pour quelqu'un qui rêvait de s'envoyer en l'air, la Taupe avait vraiment choisi les grands moyens.

Mais ça ne l'avait même pas amusée. Elle n'avait pas le cœur à ça.

Elle observait les autres en pleine discussion et n'avait aucun besoin d'être parmi eux pour savoir qu'ils étaient en train de se moquer de la Taupe pour ne pas « s'émotionner ».

Cent ans qu'elle les fréquentait, les Pouligeacois, ils ne pouvaient plus la tromper.

Elle soupira.

C'est alors qu'elle réalisa que les seuls à ne pas parler, à rester côte à côte, silencieux, c'était le Pierrot et sa Tatiana.

Cette vision lui remonta immédiatement le moral.

Tout n'était pas perdu.

7

Aurélie et Martine avaient proposé à Tatiana de continuer à loger chez la Taupe le temps qu'il lui faudrait rester encore à Pouligeac. Curieusement, elle avait accepté. La moribonde partie, la jeune Russe n'avait plus peur. Elle s'était familiarisée avec la maison, elle y serait tranquille :

— OK. Je fais maison OK. La Lainonie, elle reviendre, elle contente moi faire maison. Cadeau pour elle de Tatiana. Moi aimer Mme Lainonie. Mme Lainonie gentille.

Les deux femmes hochèrent la tête, peu convaincues.

De toute façon, on n'avait pas le choix.

17 : 52

Le « *clap !* » métallique de l'horloge fit sursauter Juliette.

À la même seconde, On aurait pu entendre un Ahhhh ! expiré avec un égal niveau de soulagement et de délivrance dans chacune des maisons du hameau.

L'électricité était revenue.

Juliette alla décrocher le téléphone.

Lui aussi fonctionnait.

Le lendemain matin, dès l'aube (cent un ans, cinq mois, vingt-six jours), le chasse-neige vint déblayer la route.

La neige commençait à fondre, le hameau pataugeait dans la gadoue.

8 : 10

La première voiture à emprunter « le goudron » fut celle de Pierrot qui partait faire la grosse liste à Alès.

9 : 12

La seconde fut celle de Gérard.

Juliette grimaça.

L'année dernière, lorsque Pouligeac avait été bloqué, bien plus longtemps que cette fois-ci, le petit Ripolin n'avait pas jugé bon de rappliquer dare-dare pour vérifier l'état de ses parents. Il s'était contenté d'attendre le dernier samedi du mois, comme d'habitude, pour emmener sa mère chez le coiffeur.

Elle se tint aux aguets.

Une demi-heure plus tard, elle le vit ressortir et prendre la rue droite.

Pas besoin de se précipiter, elle savait où il allait.

Le temps qu'elle gagne tranquillement la fenêtre de son cabinet de toilette, elle l'aperçut, en effet, qui tapait à la porte de la Taupe.

Tatiana ouvrit. Il y eut une conversation, durant laquelle, pariait Juliette, il se dépeignait comme son sauveur. Elle l'observait qui faisait certainement son *kakou* en se trémoussant, de grands gestes à l'appui.

Tatiana le laissa entrer.

Un peu plus tôt, Martine et Franz Branslegger, en délégation, étaient venus faire comprendre à

Tatiana, en s'excusant platement, que bien que la route soit enfin dégagée, elle devait rester à Pouligeac jusqu'au samedi suivant, faute de ne pouvoir lui payer ni un nouveau billet d'avion, ni l'hôtel à Paris. Franz avait téléphoné à Juliette pour lui dire que la jeune fille avait « plutôt bien réagi vu les circonstances ». Juliette avait décelé là une nouvelle occasion de se réjouir. Si la Moustielle acceptait sans rechigner, c'est qu'elle trouvait bien un petit intérêt à rester, non ? Et voilà maintenant que le petit Ripolin risquait de tout fiche en l'air. Elle fulminait.

Elle téléphona à Aurélie :

— C'est moi. Va chez la Taupe, il y a le petit Ripolin qui nous *escanasse*[1]. Dépêche-toi. File.

Elle repartit se poster devant la fenêtre du cabinet de toilette.

Il lui sembla que la Gonflette mettait des heures à sortir de chez elle et à mouvoir sa lourde personne pour traverser la ruelle.

À nouveau Tatiana vint ouvrir. Aurélie entra puis ressortit un quart d'heure plus tard. Seule. Elle regarda en direction du mas de Juliette et fit signe qu'elle allait appeler.

Juliette courut au téléphone.

Il sonna peu après.

— Alors ?

— Alors il lui a dit qu'il la ramènerait à Paris dans sa voiture pour qu'elle prenne son avion. Il a dit aussi qu'avant, ils visiteraient Nîmes, et puis qu'ils s'arrêteraient à Lyon et je ne sais où après.

— Et elle ? Elle est d'accord ?

— Ben, je ne sais pas trop ce qu'elle a compris. Je crois qu'elle est tentée de visiter un peu la France. Il a insisté qu'il était marié, qu'ils iraient à

1. Escroque.

l'hôtel, qu'il y aurait deux chambres et qu'il ne lui proposait ça que pour qu'elle pardonne au village et à ses parents.

— Que *blaguaïrè*[1] !... Et toi tu n'as rien dit ?

— Qu'est-ce que vous voulez que je dise, devant lui ?

— Tu crois qu'elle va le suivre ?

— Ben quand je suis partie, elle ramassait déjà ses affaires. Il a dit qu'il l'attendait chez ses parents.

— Va me la chercher.

Aurélie était hésitante.

— Mais pourquoi ? Après tout, c'est une solution, non ? Comme ça, elle s'en va et puis nous on est débarrassés. Et on ne paye pas le train.

— Non.

— Mais enfin, madame Juliette, réfléchissez, c'est peut-être mieux comme ça.

— Aurélie, va me la chercher avant que je m'énerve et que mon cœur ne lâche. Dis-lui que la centenaire veut lui dire au revoir. Et qu'on ne refuse rien à une dame qui n'a plus que quelques heures à vivre.

— Bon, d'accord.

11 : 00

Tatiana tapa timidement à la porte.

— Entre, dit Juliette d'une voix chevrotante. Elle s'était installée dans son fauteuil, une couverture sur ses genoux, la tête légèrement en arrière, comme quelqu'un qui n'a plus la force de la retenir.

— Bonjour, madame.

Juliette l'accueillit avec une aimable bienveillance qu'une grimace douloureuse atténuait. Sa voix était affaiblie, rauque.

1. Grand parleur.

— Ah, mon petit ! Viens Tatiana, viens près de moi.

La jeune Russe s'approcha hésitante, intimidée, bouleversée à la vue de cette centenaire apparemment moribonde qu'elle avait connue si vive deux jours auparavant.

Juliette la fit asseoir à côté d'elle, prit sa main.

Tatiana éprouvait la crainte que de nouveau « une vieille lui claque entre les doigts ». C'est à peine si elle osait respirer.

Juliette parlait très lentement, le plus distinctement possible :

— Tu es bien gentille, Tatiana. Tu as été gentille avec la Tau... avec Léonie. C'est bien. Tu es très gentille.

Tatiana avait compris.

— Merci madame.

— Alors tu vas nous quitter ?

Tatiana la regarda en hochant la tête. Juliette vit dans ses yeux qu'elle n'avait pas compris.

— Toi partir ? fit-elle en s'aidant avec effort d'un geste du bras.

Tatiana hocha la tête.

— Ah ! Tu vas nous manquer, tu sais.

Tatiana n'avait pas compris. Juliette lui adressa le plus tendre et le plus gentil sourire qu'elle pouvait prodiguer pour contenir son énervement grandissant : ça n'allait pas être facile...

Elle se reprit :

— On t'aime bien ici à Pouligeac. On aime bien Tatiana. Toi partie, nous tristes. Gentille, Tatiana.

— Merci madame, répondit Tatiana en rougissant. Moi aussi aimer personnes ici. Gentils.

— Tu vas prendre train ? Toi aller train ?

Tatiana secoua la tête.

— Mier. Monsieur Gérard, il a voiture, moi visiter France. Très gentil. Je être content visiter aussi Paris, après je aller avion, pfiittt ! (elle fit le geste avec sa main de décoller) Moscou et Samara !

— Oui, Gérard est très gentil. Gentil vieux monsieur.

— Vieux ?

— Pour moi il est jeune ! Mais il a plus de soixante ans, quand même.

Juliette retira sa main de celle de Tatiana pour afficher six de ses doigts.

— Ah… fit Tatiana. Je crois il plus… elle cherchait le mot.

— … jeune.

Tatiana approuva en souriant.

— Jeune !

— C'est à cause des cheveux. Juliette montrait ses cheveux. La teinture. C'est un grand amateur de coiffeur. Il aime plaire aux femmes, alors… Elle se reprit : Lui aime femmes.

Tatiana se mit à rire.

— Ah… les Français ! Les Français adorent les femmes !

C'était sans doute une phrase de son manuel de langue française, car elle la prononça sans faute.

— Oh, fit Juliette d'un air faussement offusqué, Gérard est un monsieur très sérieux, pas de danger !

— Je sais. Moi pas peur. Je voir Gérard gentil vieux monsieur. Moi contente visite Paris. Gérard très gentil invitation.

Juliette approuva avec de grands balancements de tête :

— Oui. C'est bien ! Surtout qu'il n'a pas d'argent du tout, lui pauvre ! Une petite retraite de rien du tout !… Alors c'est un gros cadeau qu'il fait à toi. Cadeau !

Elle sombra soudain dans l'affliction :

— Il a eu tant de problèmes, le pauvre.

— Problèmes ?

— Oui, il est resté longtemps en prison, le pauvre.

— En prison ?

Juliette l'observa pour être sûr qu'elle avait compris :

— Tu sais ce que c'est « prison » ?

Tatiana mit ses mains derrière le dos, puis mima la fermeture d'une serrure :

— Prison !

Juliette opina du chef, compatissante :

— C'était il y a longtemps. Lui plus jeune.

— Lui... Elle cherchait le mot... bandit ?

Juliette se mit à rire :

— Oh non ! Gérard n'est pas un bandit. C'était pour autre chose, le pauvre.

— Autre chose ?

— Oui... Il aimait trop les enfants, tu comprends ?

Tatiana plissa les yeux :

— Les enfants ?

Juliette approuva :

— Oui, les enfants. Les petits garçons surtout. Gérard... Juliette fit semblant de tripoter sa culotte... aux petits garçons.

Une surprise horrifiée ravagea le visage de Tatiana.

Juliette mit son index devant la bouche :

— Mais chut !... Le pauvre...

Puis aussitôt, elle entreprit de la rassurer :

— Et puis c'était il y a très longtemps ! Maintenant c'est fini. Il est guéri ! Gérard est un monsieur très gentil, maintenant, insista-t-elle. Surtout avec les femmes !

Atterrée, la jeune Russe croisait avec force les bras sur sa poitrine.

Juliette sembla retrouver une surprenante vitalité ; elle rejeta la couverture de ses genoux et montra le buffet.

— Tu veux un apéritif ? Un apéritif de départ ? Vous allez faire une longue route avec Gérard. Tu connais le porto ? J'ai un très bon porto. Un vieux bon porto.

Tatiana se perdait dans la perplexité. Juliette se leva, sans trop de difficulté, alla ouvrir le buffet :

— Allons, allons ! Oublions ces vieilles histoires et parlons d'autre chose… Alors c'est comment la vie à Samara ? Tu as un fils, je crois ?

Lorsque Tatiana repartit, sans boire son apéritif, Juliette téléphona à Ginette.

— C'est moi. Tu peux dire à ton fils que pour faire du tourisme, ce sera pour une autre fois. Je crois que la Moustielle a décidé de rester encore un peu à Pouligeac.

— Oh tu connais mon fils, répondit Ginette avec l'admiration qu'elle avait chaque fois qu'elle évoquait son rejeton, il est toujours prêt à rendre service à la terre entière !

De retour chez la Taupe, Tatiana se reprocha, cette fois encore, d'avoir accordé sa confiance trop vite. Si la vieille centenaire ne l'avait pas mise en garde, elle serait partie à l'aventure avec un pédophile !

Tout cela la faisait réfléchir. Peut-être était-elle décidément trop naïve pour continuer ce petit jeu des fiancés de l'Ouest. Sa mère avait raison, ce monde occidental était un monde de tarés, de malades mentaux et de fous dangereux. Au moins, à Samara, elle ne risquait rien. Mais d'un autre côté, ça rapportait bien et c'était distrayant. Et puis ça lui permettait de voyager.

Mais...

Trop de facilité, trop de plaisir ne pouvaient durer.

Peut-être avait-elle eu de la chance jusqu'à ce Pierre de Pouligeac ? Cette fois, en quelques jours elle s'était fait enlever et avait échappé à un pédophile. Certes ses kidnappeurs n'étaient pas bien méchants et le pédophile était sorti de prison depuis des lustres, mais quand même... peut-être bien que Dieu avait voulu ainsi la mettre en garde.

Il lui vint l'envie d'aller prier Martine de lui permettre l'accès à Internet pour envoyer un mail à sa mère, et puis aussi à Svetlana.

Mais pour leur dire quoi ? Pourquoi les inquiéter inutilement ? Elle y renonça.

Elle n'avait plus qu'une envie : rentrer chez elle.

Mais puisqu'elle se trouvait bloquée dans ce village de fous jusqu'au samedi, alors autant en profiter...

Franz était passé chez Juliette avec l'intention de reprendre son matériel. Il en avait besoin.

— Mais dites, l'Internet, il ne marche pas de chez vous là-haut ?

— Non, pas encore, avait-il répondu.

— Alors laissez-le là. Vous pouvez venir quand vous voulez et puis, maintenant qu'il est tout installé ici, ce serait bête de tout casser. Bientôt il faudra s'en servir sans doute de nouveau, puisque vous n'avez pas encore trouvé de solution. Moi ça ne me dérange pas. Et puis, de toute façon, vous le récupérerez à ma mort.

Elle grimaça douloureusement :

— Cela ne va pas tarder, ne vous inquiétez pas.

Franz n'avait pu refuser.

Juliette s'était bien gardée de parler de l'épisode « Gérard » à quiconque. Lorsque Aurélie lui avait demandé si Tatiana partait toujours avec Gérard, elle avait juste répondu : « Non, elle y a renoncé. » Sans plus de précisions.

Elle attendit que le Pierrot lui montât ses courses, pour lui reparler de Tatiana.

— Moi je trouve cette petite bien sympathique. Tu sais qu'elle est venue voir comment je me portais ? On a beaucoup causé, tu sais ? Si on parle lentement avec des mots faciles, sans patois, on arrive à se comprendre avec elle. Elle est jolie, tu ne trouves pas ? Elle doit s'ennuyer chez la Taupe, dans ce grand mas vide, tout bizarre, là. Pourquoi tu ne vas pas lui parler un peu ? Elle est là toute *seulette,* toute *pauvrette,* avec personne à qui parler.

— Et j'irais lui dire quoi, par exemple ?

— Tu peux l'emmener se promener. Au moins qu'elle voie un peu des environs.

— Je crois que les Boches lui ont proposé déjà. Elle n'a pas voulu.

— Mais toi, ce n'est pas pareil. Tu es d'ici.

— Je n'ai pas trop le temps, il y a plein de choses à faire au village.

Juliette fit mine de se mettre en colère :

— Dis, Pierrot, on t'amène de Russie une jeune femme toute jolie et gentillette et toi tu fais la fine bouche ?

— Je ne fais pas la fine bouche. C'est juste que cette femme-là, elle ne voudra jamais de moi.

— Et pourquoi tu dis ça ?

Sans attendre la réponse, elle enchaîna :

— Et puis d'ailleurs ce n'est pas vrai ! Elle m'a dit une chose très gentille sur toi.

— Ah bon ? Et qu'est-ce qu'elle a dit ? répondit Pierrot, méfiant.

Juliette prit son temps pour répondre, comme si elle hésitait à faire une confidence.

— Elle m'a dit que... tu étais gentil et que... Elle cherchait : Que tu avais de larges épaules.

— Et vous trouvez que ça veut dire que je lui plais ?

Juliette haussa les épaules :

— Tu ne connais décidément rien aux femmes, mon garçon.

Elle s'avança vers lui, complice :

— Dis, Pierrot, tu veux que je lui parle un peu, à la Moustielle ? Qu'est-ce que tu voudrais que je lui dise ?

Pierrot était un pudique. Il n'aimait pas la tournure que prenait la conversation.

— Madame Juliette, s'il vous plaît...

— Moi ce que j'en dis, mon Pierrot, c'est pour toi. Tu veux partir à la grande ville pour trouver une épouse ? Eh bien il va te falloir apprendre un peu à « draguer » les demoiselles, mon garçon. Elles ne vont pas te tomber toutes cuites dans la casserole. Alors, maintenant qu'elle est là, la Moustielle, qu'elle n'a rien d'autre à faire que de t'écouter, tu pourrais au moins en profiter pour te faire un peu d'entraînement. Ça ne mange pas de pain !

Pierrot choisit d'en rire. Il l'avait quittée en lui promettant de « faire un effort ».

À la grande satisfaction de Juliette.

La route de nouveau ouverte, les Pouligeacois avaient retrouvé leurs habitués : l'Électrocuté pour le courrier et le Mourniflet pour le renouvellement des ordonnances et la livraison des médicaments. Dès que le jeune facteur avait su, par Franz, qui était réellement la jeune femme découverte sur Internet, il s'empressa d'aller en moto jusqu'à chez la Taupe. Il tendit le courrier à Tatiana, en pouffant et sans ôter ses écouteurs, lui adressa un clin d'œil coquin puis se dépêcha d'enfourcher sa moto en tentant de faire rugir au maximum son moteur nasillard.

Tatiana referma la porte en s'interrogeant sur l'étrangeté des facteurs français.

Aurélie débarqua chez Juliette avec de bonnes nouvelles relayées par le Morniflet venu faire sa visite. Il lui avait annoncé que la Taupe s'était réveillée « presque comme neuve » et qu'elle était sortie des soins intensifs. Elle avait une chambre en neurologie où l'on pouvait lui téléphoner.

— C'est toi ?

— Adieu Juliette ! Comment ça va au village ?

La Taupe avait une bonne voix.

— C'est à toi qu'il faut demander ça.

— Eh bien, tu as vu ? J'ai le cerveau qui a sauté en même temps que l'électricité et que le téléphone.

— Tiens, c'est vrai ça. Et on dirait aussi qu'il s'est remis en marche en même temps.

— Presque. Mais pas tout à fait. Je n'arrive plus à bouger le côté gauche. Le pied, la jambe, le bras et je rigole de travers. Heureusement qu'on ne rigole pas beaucoup ici, parce que c'est plutôt moche à voir... Enfin ! Déjà que je ne présentais pas comme une top model, ça ne va pas arranger les choses.

— Et dis-moi Léonie, tu veux toujours... batifoler ?

— *Pardine !* Il faut croire que le choc n'aura pas été assez fort pour me remettre à l'endroit.

La Taupe lui signala qu'elle devait être transférée dans les prochains jours dans une maison de repos en attendant « qu'elle se remette ». Juliette fit la grimace. Jusque-là tous ceux qui avaient fait ce chemin : hôpital, maison de repos, maison de retraite, n'en étaient jamais revenus.

Aurélie promit de lui rendre visite. La Taupe lui communiqua une liste de petites choses qu'elle souhaitait qu'on lui amenât : son chapeau de dentelles noires, sa grande chemise de satin rose, son énorme trousse à maquillage…

Une fois qu'elle eut raccroché, Aurélie s'adressa à Juliette :

— Elle s'est vite remise !

— Oui. Mais on ne va pas la revoir de sitôt.

La centenaire parlait d'expérience.

Aurélie acquiesça lentement :

— Elle va nous manquer avec ses turpitudes.

— Elle nous manque déjà.

— Bon, elle n'est pas encore morte tout de même ! fit Aurélie d'un ton qui se voulait enjoué.

— Non, répondit gravement Juliette, c'est pire.

Tatiana avait déjeuné chez Martine et Franz qui souhaitaient la distraire de ce séjour forcé à Pouligeac pour lequel ils ne cessaient de culpabiliser. Le repas fut long et ennuyeux. Le dialogue laborieux et les sujets rares. Tatiana n'avait aucun intérêt pour la politique ou l'environnement et le seul sujet qui la rendait prolixe se rapportait à son fils. Ça tombait mal.

Comme elle n'avait préparé aucune liste pour les courses, ne sachant même pas de quoi il s'agissait, Martine lui avait donné une grosse part de tarte au soja et aux carottes, garantie sans OGM avait-elle insisté, ainsi que du pain complet et deux yaourts « faits maison ».

Tatiana les avait vivement remerciés. Sincèrement touchée.

Le Pierrot, toujours attentif aux autres, avait supposé que Tatiana, pas encore au courant des pratiques pouligeacoises, se retrouverait sans victuailles. Il avait pris en charge quelques achats à son intention, sans aucune arrière-pensée, étant totalement convaincu, à juste raison d'ailleurs, que cette Russe était à des années-lumière de s'intéresser à un paysan cévenol quinquagénaire et désargenté. De surcroît pouligeacois.

C'est donc sans appréhension ni timidité, malgré le discours d'entremetteuse de Juliette, qu'il était venu taper à sa porte lui apporter du pelardon, du pain, du jambon, du saucisson et une bonne bouteille de clinton. De quoi assurer une joyeuse survie à n'importe quel Cévenol.

Tatiana en ouvrant la porte se montra si ravie que Pierrot n'hésita pas à entrer à son invitation. Il fut surpris en pénétrant dans cette cuisine qu'il connaissait pourtant bien : Tatiana avait branché une radio musicale. Un grand feu flambait dans la cheminée. Elle avait briqué la maison et elle était parvenue à donner un petit air cosy à cet intérieur si fruste. Chez la Taupe, seule la chambre à coucher relevait du délirant, le reste de la maison était semblable à tous les vieux mas cévenols de la région. On y retrouvait les mêmes antiques meubles de bois sombres patinés acquis au fil des héritages par des générations de laborieux paysans.

Elle ouvrit aussitôt la bouteille de clinton et confectionna en un temps record de minuscules tartines soit avec du fromage, soit avec du saucisson ou un petit carré de jambon.

— *Na Zdarovie !* dit-elle en brandissant son verre.

— Santé ! répondit un Pierrot agréablement surpris.

La nuit tombait. Malgré l'électricité revenue, Tatiana alluma des bougies.

Ils ne parlèrent de rien en particulier : le village, les habitants... mais les réflexions pertinentes de Tatiana sur les Pouligeacois, notamment sur la Taupe, compliquées de son français improvisé, firent que Pierrot s'esclaffa plus d'une fois. Il en fut étonné et se demanda depuis quand il n'avait pas tant ri. Il ne trouva pas la réponse. Tatiana pouffait de bon cœur elle aussi, la pression s'était relâchée.

Il tenta de lui expliquer avec des mots simples, prononcés avec l'accent le plus pointu possible, son désir de partir. De vivre ailleurs. Moins seul. Depuis que le dernier conducteur du village était parti, Pierrot n'avait jamais pris de vraies vacances. Deux jours par-ci, par-là, lui dit-il, jusqu'à Montpellier ou Marseille.

Comprenant qu'il se sentait coupable de les abandonner, Tatiana entreprit de l'encourager.

Elle avait une façon de s'exprimer bien à elle, s'interrompant sans arrêt pour chercher ses mots tout en s'expliquant par de grands gestes. Lorsqu'elle ne trouvait pas la parole appropriée, elle cherchait une autre façon de dire les choses. Cela devenait une sorte de jeu. Elle balançait alors des mots incertains comme des petits cris tout en sautillant. Pierrot se délectait de cette jeunesse, de cette fraîcheur, de cette spontanéité délicieuse.

Elle remplissait maintenant leurs deux verres machinalement, sans plus demander, et avait négligé les petits canapés pour de grosses tranches de pain, de bons morceaux de saucisson et de vraies portions de fromage. La bouteille se vidait. Pourtant ni l'un, ni l'autre n'étaient éméchés. Juste joyeux.

— Toi, mariage... famille ! Happy ! Bravo toi ! Bravo grande ville ! Toi fais bien. Toi bravo !

Elle ponctua d'un petit rire cristallin. Pierrot mimait l'homme soucieux.

— Moi, peut-être tout seul, grande ville – il s'était rapidement adapté au français de Tatiana. Moi peut-être pas de travail, pas de femme, rater tout et laisser Pouligeac mourir pour rien.

Tatiana le regarda en penchant la tête de côté. Gracieuse, enfantine.

— Non. Toi... gagner ! Attends...

Elle sortit précipitamment de la cuisine et revint avec un petit livre en main. Elle approcha une chaise tout près de lui et feuilleta l'ouvrage.

— Donne main.

Il hésita puis se pencha et vit que chaque page contenait le dessin d'une paume encadrée de commentaires en russe.

Il lui tendit la droite.

Elle la repoussa d'un geste vif.

— Нйет !

Elle lui saisit d'autorité la gauche et la posa dans la sienne.

Pierrot tressaillit au contact doux et chaud des mains de Tatiana sur ses larges pognes rugueuses.

Elle passa un long moment à scruter attentivement la paume, écartant les gros doigts calleux du bout de ses doigts fins et délicats parfaitement manucurés. Elle tournait fébrilement les pages du livret. Visiblement cet exercice la passionnait. Il observait sa tête penchée, son regard concentré tour à tour sur la main, puis sur les pages, ses cheveux noirs soyeux qui bordaient un profil de poupée et sentit monter en lui une sorte de bien-être, de langueur, et l'envie irrésistible de saisir ce visage pour défier son regard.

— Ah... ! fit-elle soudain.

Il sursauta.

— Toi, voir... là, ça être... chance de toi !

L'effleurant de son ongle verni, elle dessina le contour de la ligne transversale sur la paume de Pierrot. Il en eut la chair de poule.

Pourtant Pierrot n'était pas puceau. Ni prude.

« Jeune de village » comme les autres, durant les nombreux étés de sa jeunesse, en compagnie de ses copains de Petrosac, il n'avait raté aucune des fêtes paroissiales du canton, celles qui se terminent immanquablement par un bal installé devant la mairie, le centre sportif ou la place centrale. Là, la coutume voulait que l'on restât entre mâles au bar à siroter des whisky-Coca jusqu'à ce que l'on ait enfin le courage d'aller inviter une fille, si possible une touriste, si possible jolie, à glissoter langoureusement sur la piste en béton au rythme d'un slow chanté généralement en anglais. Au bout du premier refrain, on la questionnait : d'où venait-elle, était-elle en vacances, etc. Jusqu'à ce que quelque chose d'elle vous permette, l'air de rien, d'abaisser votre main de quelques centimètres le long de son dos, un peu accidentellement d'abord, puis, si aucun signe de rejet n'apparaissait, de balader sa main ostensiblement, et finalement, s'il n'y avait toujours pas de résistance ou mieux, si la main de la jeune fille frémissait sur votre épaule, de resserrer son étreinte jusqu'à obtenir, enfin, que les bouches se touchent.

De l'intuitif pur, mais une technique pourtant maintes fois éprouvée.

La seconde étape réclamait une tactique plus osée.

La chanson sirupeuse achevée, on proposait à la fille d'aller marcher un peu. Traditionnellement on sortait du bal, l'air de rien, en bons camarades, sans se toucher, pas vraiment côte à côte, pour que les adultes, surtout les familles, ne s'aperçoivent de rien, ou du moins n'aient pas de preuve tangible. Seuls les copains appréciaient. Dès qu'on atteignait une distance minimum, on s'adossait à une voiture garée dans l'ombre et là, toujours un peu fébrilement, comme si on avait attendu ça un temps infini, les bouches se cognaient, les lèvres s'ouvraient, les langues se battaient. On s'embrassait goulûment, crescendo, jusqu'à presque s'en racler les amygdales. Une fois atteint ce palier enfiévré, si la fille n'était toujours pas contre, on l'emmenait dans sa voiture, hors du village, pour « faire une balade ». On finissait alors, quelques kilomètres plus loin, par garer la voiture sur un chemin bien dissimulé, puis, but ultime, par descendre son pantalon pendant qu'elle ôtait sa culotte.

Presque tous les villageois ont connu ça. Pierrot, quant à lui, privé les longs mois d'hiver de ces opportunités, en avait très largement profité chaque été de sa longue jeunesse. Une grande partie de sa vie érotique, il l'avait passée esquiché entre le volant et la boîte de vitesses de sa R5 de l'époque.

Il était aussi tombé un peu amoureux. Une fois ou deux. Mais les touristes repartaient. Et les autres filles savaient ce qu'était Pouligeac. Alors...

— здесь[1] !...

Tatiana appuya son doigt sur le creux de la main et le fit glisser le long d'une ligne :

— Toi, Pierre de Pouligeac... amour avec femme. Vie long, beaucoup chance. Vie... Elle souleva la lourde pogne. Voyez... ici, toi bébé... elle dessinait avec son doigt : ici... toi... vie autre. Vie... heureux. Vie très très très très long !

1. Ici !

Elle leva vers lui un regard taquin :

— Comme la madame Juliette ! Cent ans !

Il eut une grimace dubitative.

Elle entama aussitôt la lecture, en russe, d'un long paragraphe du livre.

Pierrot se sentait heureux. Lorsqu'elle eut terminé, il questionna :

— Alors je vais partir ? Grande ville ?

Elle replongea la tête dans la main.

— Vous attend... main toi, là...

Elle entreprit de lui traduire dans son français à elle le long paragraphe.

Pierrot n'écoutait plus. Il n'avait plus aucune envie de rentrer bêtement tout seul dans son mas vide, de regarder un énième polar sur son magnétoscope en faisant réchauffer son ragoût de la veille. Pas ce soir. Il avait envie de rester là, avec elle. Il sentait que Tatiana était en train de s'amuser comme on s'amuse avec un ami, un copain d'école : elle n'essayait pas de le séduire. Elle ne lui faisait pas « un plan », il en était certain. Il se dit qu'il allait probablement faire une connerie s'il tentait quelque chose. Peut-être même se prendre une gifle. Cette fille avait quand même un sacré tempérament ! Une gifle de plus... Un râteau dans la gueule. De plus. Mais, tout compte fait, l'enjeu en valait la peine ! Tout plutôt que repartir vers le ragoût et le magnétoscope. Et puis... Depuis quand n'avait-il pas fait l'amour ?... Oh ! Et alors, quelle importance, hein ? Ça ne lui manquait pas ! S'il voulait s'envoyer en l'air, il y avait Nanou à Saint-Seurac... Une sorte de copine de lit, copine de son âge, copine de célibat, vieille fille comme lui, sympa, un peu pénible parfois avec ses théories sur tout, mais accueillante. Pourtant, tiens... Ça faisait un bon moment qu'il ne lui avait pas rendu visite. Plus envie. Elle l'avait rappelé, plusieurs fois, un coup fâchée, un coup gentille, un coup revendicative, un coup complice, un coup triste, un coup joyeuse et puis de moins en moins. Mais il savait bien qu'il pouvait se repointer là quand il le voudrait. Elle tenait à lui. C'était bien ça le problème...

Mais Tatiana ? Qu'est-ce qu'une fille comme Tatiana pouvait penser d'un sauvage comme lui, hein ? Non. Ça aussi il s'en foutait. Samedi elle repartait. Elle pouvait bien penser ce qu'il lui plaisait.

Bon... y allait-il ou n'y allait-il pas ? Il eut la pensée furtive de ces filles qu'on pelotait avec fougue derrière les voitures garées, la braguette près d'exploser. Il n'avait plus envie de ça non plus... Mais non, là c'était différent. Il fut soudain assailli par la crainte de profiter de cette fille, cette pauvre Russe échouée malgré elle à Pouligeac et que c'était peut-être abuser d'elle que d'essayer de la faire flancher ? Mais non ! Il allait oublier qu'elle était une « pro ». Que cette garce arnaquait les pauvres célibataires en souffrance comme lui. Il se demanda même si tout ça ne méritait pas justice. Se ferait-il l'ange vengeur de tous ses frères solitaires qui rêvaient dans leurs tristes vies de la femme idéale, asservie et donc plutôt étrangère ? Ces pauvres esseulés qui finalement tombaient sur des aventurières russes venues remplir leurs cabas... Ah, les garces !... Quoique... Après tout... Que cherchaient-ils aussi, ces cons ? L'héroïne des contes de leur enfance ? La pauvre Cendrillon ou autre Blanche-Neige rejetée et maltraitée, en adoration devant le prince charmant qui viendra la sauver et qui, en échange, lui garantirait l'infaillible pronostic : *Ils vécurent heureux à jamais et eurent beaucoup d'enfants.*

Conneries !

Toutes ces pensées tourbillonnèrent dans un maelström éperdu. Il regarda de nouveau le joli profil de Tatiana qui continuait à traduire avec animation le texte de façon totalement incompréhensible, tout en précisant de son index pointu chaque marque de sa paume.

Il la trouvait touchante.

Il se dit avec humour que si elle devait continuer d'explorer chaque détail de ses grosses mains calleuses, elle n'en aurait pas fini de sitôt, vu la multitude de mini cicatrices dues au défrichage, à l'arrachage, au bricolage, au jardinage, au déblayage...

Bon ! Il était temps de réagir.

Et puisque c'est souvent avec les vieilles recettes qu'on fait les meilleurs plats, il fit mine de se redresser un peu sur sa chaise et passa sa main dans le dos de Tatiana.

Elle s'interrompit net.

Il y eut quatre secondes d'immobilité et de silence complet pendant lesquelles le Pierrot n'en menait pas large. Au bout de ce temps qui lui parut très, très long, elle referma ses mains autour de la grosse pogne qui avait servi d'objet d'étude. Le souffle court, encouragé mais prudent, encore incrédule, le Pierrot caressa de sa main libre la nuque fine de la jeune femme. Elle ne redressa toujours pas son visage vers lui, mais elle releva la large main du colosse qu'elle tenait enserrée pour y déposer un petit baiser.

Il fit alors ce qui le hantait depuis au moins une heure, il lui prit délicatement le menton et tourna vers lui le joli visage.

Elle souriait des yeux et de la bouche.

Il l'embrassa de toute sa grosse tendresse.

Ils avaient fait l'amour sans fougue, doucement, lentement, langoureusement, affectueusement, dans les draps de satin rouge écarlate à grosses étoiles noires du pseudo-lupanar de Léonie Prouhèze.

On n'était plus à un contraste près.

À l'aube naissante, le Pierrot s'était éveillé, étonné de se trouver là, à côté de ce beau brin d'étrangère.

Il la regarda dormir.

Au bout d'un long moment, les yeux toujours fermés, elle dit :

— Moi vérité, Pierre de Pouligeac. Moi pas coucher avec autres fiancés Internet. Jamais. C'est vérité. Pas coucher. Toi premier.

Il l'étreignit et lui caressa la joue.

— Ce n'est pas important.

— Quoi ?

— Rien. Pas grave, pas important.

— Toi premier, répéta-t-elle les yeux toujours fermés.

« C'est vrai, j'avais complètement oublié que moi aussi j'étais un fiancé Internet. »

— Toi aussi première fois, blagua-t-il. Première fiancée Internet.

Elle ouvrit les yeux.

Puis éclata de ce petit rire cristallin qu'il adorait.

7 : 35

Cent un ans, cinq mois, vingt-sept jours.

« Toujours là. Entière, point encore gâteuse et même passablement en forme, devrais-je dire ! »

Juliette, ragaillardie par ce bon constat quotidien, s'appliquait à sa gymnastique faciale dans son cabinet de toilette lorsqu'elle entendit Lénine aboyer puis la porte de la Léonie claquer.

Elle se dépêcha vers la fenêtre.

— *Couquïn dé sort !*

C'était le Pierrot qui sortait de chez la Taupe !

Elle s'appuya au chambranle pour ne pas vaciller de joie : tomber et se tuer là maintenant, franchement, ce serait trop bête ! Du calme, se dit-elle en allant prudemment s'installer sur le fauteuil face à la plaque.

— À cette heure-là, il n'est pas venu lui réparer le frigidaire, quand même !

Elle rit sans retenue.

Décidément, personne ne la mettait en gaieté autant qu'elle-même.

Vivement 9 heures !

9 : 04

Le Pierrot vint comme à l'accoutumée porter le pain et le journal.

— Adieu, madame Juliette. Ça va comment ce matin ?

C'était sa phrase rituelle, inchangée depuis des lustres.

— Bien. Très bien.

— Ah ! Tant mieux.

— Toi aussi tu m'as l'air en forme, dis !

— Ça va. Il vous faut quelque chose à Petrosac ?

— Alors, tu as été voir la petite ?

— Tatiana ?

— Oui, Tatiana. Tu en vois d'autres des petites, à Pouligeac ?

— Oui. Je l'ai vue.

— Et alors ?

— Elle est gentille.

— *Pardine !* Vous êtes allés vous promener un peu ? Tu lui as montré du pays ?

— Non. Vous voulez quelque chose à Petrosac ? Je n'ai pas beaucoup de temps... il faut que j'y aille.

Juliette prit une mine songeuse.

— Je me demandais... En allant au Super Market de la voleuse, regarde si tu ne trouverais pas un petit quelque chose pour la Moustielle.

Pierrot la regarda, incrédule.

— Vous voulez lui faire un cadeau ?

— Moi, non ! Mais toi, ce serait bien. Un petit souvenir cévenol pour s'excuser de l'avoir enlevée.

— Mais je n'y suis pour rien, moi !

— Oui, je sais. Mais enfin tout ça c'est un peu à cause de toi quand même. Et puis ça lui fera plaisir, la pauvrette toute seule là-bas chez la Taupe. Va que la soirée d'hier a dû lui paraître longue !

Pierrot eut un instant de doute. Il savait que Juliette voyait et entendait tout. Il préféra ne pas insister.

— Je vais voir ce qu'il y a.

— C'est ça.

Après son départ, elle se frotta les mains.

Investie d'une mission quasiment divine. Plus que quatre jours. Elle seule pouvait réussir à sauver l'entreprise.

« Ah !!!... Je ne devrais pas me donner tous ces soucis... C'est moi que je vais faire partir, avec tous ces suspens. Il peut bien s'en aller à l'été, le Pierrot, après tout, il l'aura bien gagnée, sa liberté ! De toute façon, moi je ne serai plus là pour en pâtir... »

Mais voilà, c'était plus fort qu'elle. Elle décida de profiter de son providentiel sursis pour apporter à la fois le bonheur au Pétoulet et la sauvegarde du village.

Elle se sentait l'âme d'une héroïne.

11 : 10

Juliette frétillait dans l'attente de l'arrivée d'Aurélie.

Celle-ci déboula essoufflée, légèrement en retard. Ce qui n'était guère dans ses habitudes :

— Dites madame Juliette, vous semblez bien guillerette, ce matin.

— Il y a de quoi, je suis encore là.

— Mais hier aussi vous étiez encore là. Et pourtant vous n'aviez pas l'air si gai.

— Mais si, mais si...

Aurélie enleva son bonnet et le gros manteau qui couvrait son tablier.

— Excusez-moi d'arriver si tard, madame Juliette, mais on est en train de s'organiser pour aller voir la Taupe demain.

— À Nîmes ?

— Non, à Alès. Ils l'ont mise dans la maison de repos.

Juliette fit la grimace. Aurélie fit de même, puis alla chercher le balai pour commencer son ménage.

— Qui y va ?

— Il y a moi, l'Ernest et le Pétou.

— Quoi ? ! Le Pétou ? Il veut y aller ?

— Eh oui, même qu'il a insisté.

— Celui-là ! marmonna Juliette. Ça fait quatre-vingt-treize ans que je l'ai sous le nez et il continue de m'étonner.

Aurélie leva la tête par-dessus son balai :

— Moi, je vous dis que le départ de la Taupe, ça l'a tout *retourneboulé*.

— Il devrait y être habitué pourtant, à son âge ! J'ai vu partir tant de monde, moi, en plus d'un siècle, que c'est quand je revois une connaissance, que je suis tout étonnée. Et dis un peu, c'est le Pierrot qui vous emmène ?

— Et qui d'autre ? répondit Aurélie en balayant de plus belle.

Elle avait des gestes brusques et efficaces, semblables à sa façon de s'exprimer. Toujours un peu abrupte. Quand elle faisait la vaisselle, ça s'entrechoquait, se cognait, et fait incroyable, la vaisselle n'était jamais ni cassée ou ébréchée. Lorsqu'elle balayait, le balai tapait le sol et, lorsqu'elle versait de l'eau, le broc frappait le verre. Avec les mots, c'était pareil. Aurélie les lançait violemment, même les plus banals, comme si elle ne cessait de les revendiquer avec agressivité, même pour un simple bonjour. Comme si elle vivait perpétuellement avec une colère sourde. Mal contenue. Prête à exploser.

À Pouligeac, personne n'y prêtait plus vraiment attention, on s'y était habitué.

— Et il est d'accord, le Pierrot, pour descendre à Alès un jeudi ? Parce que tu sais... il est très occupé ces derniers temps...

Juliette avait dit ça avec tant d'insinuation qu'Aurélie posa son balai et revint se planter devant elle.

— Ah bon ?

— Mais oui...

— Dites ! insista Aurélie.

— Il batifole.

— Non ! Avec la Moustielle ?

— Et avec qui veux-tu qu'il batifole à Pouligeac ? Avec ta mère ?

— Ça alors !... dit Aurélie en s'écroulant sur la chaise.

— Tiens, tu t'y mets, toi aussi ? Je ne la savais pas contagieuse, l'Estabouzite.

Sous le choc de la révélation, Aurélie se tut un moment, puis :

— Dites, mais alors, on a réussi ?

— Tu vas vite en besogne. Non, pas encore. Mais j'ai bon espoir. Il est moins balourd avec les femmes que je le croyais, notre Pierrot. Maintenant qu'il a accroché sa proie il n'a plus que jusqu'à samedi pour planter définitivement les crocs. D'ici là, si j'arrive à me maintenir en vie, je vais tout faire pour aider un peu le destin. Et si Dieu est avec nous, reprit-elle sentencieusement, et il serait temps qu'Il vienne faire un tour par ici, on économisera en plus un billet de train !

Aurélie se leva, reprit son balai.

— C'est quand même une sacrée bonne nouvelle. On aura peut-être pas fait tout ça pour rien, finalement !

— Qui sait... J'espère que vous n'oublierez pas de parler de mon rôle essentiel dans cette affaire au pasteur.

— Au pasteur ?

— À mes funérailles. Dis, à propos, et toi avec l'Ernest ?

Aurélie s'immobilisa puis se retourna vers elle, le regard noir :

— Quoi, moi ?

— Ah ! Ne fais pas l'idiote avec moi, Aurélie, mon cœur n'y résisterait pas !

Aurélie haussa les épaules :

— Y a rien à dire. C'est un copain.

Juliette appuya sur elle un long regard.

Provocateur.

Pierrot acheta un cendrier en châtaignier gravé d'un « Souvenir des Cévennes ». Lorsque Juliette lui fit remarquer que Tatiana ne fumait pas, il rétorqua d'un ton bourru que « c'était ça ou des pelardons ». Il est vrai qu'il n'y avait pas grand choix au Super Market de Petrosac. Surtout en hiver.

La centenaire n'avait pu s'empêcher d'être un peu déçue en apprenant que le Pierrot avait accepté de conduire la petite délégation pouligeacoise à Alès. Certes, c'était gentil pour la Taupe, mais on allait perdre du temps.

Elle passa l'après-midi à le surveiller, faisant la navette entre les trois fenêtres constituant les trois points stratégiques sur Pouligeac : celle du salon, pour la placette et les passages de voitures, celle de sa chambre pour la rue gauche où se trouvait le mas du Pierrot et celle du cabinet de toilette qui lui donnait une vue imprenable sur la rue droite et le mas de la Taupe. Ainsi elle put contrôler son emploi du temps avec exactitude. À la tombée de la nuit, à 6 heures, il descendit de chez les Boches où il continuait à occuper ses après-midi à leurs travaux interminables. Il ne s'arrêta pas devant le mas de la Taupe, ce qui inquiéta Juliette, d'autant plus qu'elle le vit rentrer chez lui. À son grand soulagement, une demiheure plus tard, il en réapparut, changé et coiffé, chargé de sacs en plastique du Super Market de Petrosac. Il avait à peine tapé à la porte du mas de la Taupe qu'un joli bras dodu l'attira vers l'intérieur.

La porte claqua.

Juliette applaudissait lorsque la porte de la maison d'en face s'ouvrit à son tour. Aurélie, qui elle aussi avait guetté patiemment derrière ses rideaux, se montra brièvement, juste le temps d'adresser un signe de victoire en direction de la chambre de Juliette.

Au même moment, un peu plus haut, Juliette aperçut le volet de la cuisine de l'Ernest se refermer.

Lui non plus n'avait rien perdu du rendez-vous galant.

Après tout, concéda Juliette, tout le monde avait droit à l'information.

Ginette décrocha à la première sonnerie.

— C'est moi.

— Ah…

Ginette répondait toujours avec regret. Tout appel qui n'était pas de son fils provoquait la même déception.

— Ça ne va pas, Juliette ?

— Bah, je tiens encore.

— Alors qu'est-ce que tu veux ?

— Je voulais juste te dire que cette nuit et pour la deuxième fois, le Pierrot découchait.

— Oui, je sais. Il est chez la Moustielle. Aurélie vient de m'appeler. Même le Pétou est au courant, je viens de voir la lumière de sa magnanerie s'éteindre.

— Alors tout le monde est au courant, maintenant.

— À part les Boches, peut-être.

— Bah… ils le seront bien assez tôt. Je crois que cette fois, j'ai réussi.

— Ah bon ? Et c'est quoi que tu as réussi ?

— *Vaï* que sans moi, le Pierrot n'aurait jamais osé la toucher, la petite, même pas avec le regard. Je l'ai poussé de toute ma dernière énergie. Sans ça…

Ginette semblait peu convaincue.

— Moi, je crois que de toute façon la chair fraîche se faisant rare, ça devait bien le démanger un peu quand même.

— Non, pas le Pierrot. Il n'y a que la chasse, la pêche et la bricole qui le démangent. Le reste… Et puis sache en tout cas que je t'ai évité un drame familial. Si je n'avais pas fait quelque chose, ton fiston se la prenait.

— Mais non ! Il voulait juste rendre service, je te dis !

— Ben voyons !...

— Juliette, si tu m'appelles juste pour me parler mal de mon fils, économise ton téléphone.

— Tu as tort de le prendre comme ça. N'oublie pas que ce sont peut-être mes dernières paroles, Ginette !

— Justement ! Trouve vite autre chose à me raconter, parce que je doute que tu reposes en paix, après une méchanceté pareille sur mon Gérard. Parce que s'il n'y avait pas eu mon fils, personne ne serait allé la chercher, ta Moustielle !

Il y eut un court silence. Juliette se fit plus conciliante.

— Moi je voulais juste que tu saches que nous n'avions pas fait tout ça pour rien.

L'incident était clos. Ginette reprit d'une voix apaisée :

— Tant mieux. Mais entre nous, moi ça ne me fait pas trop plaisir de savoir cette Russe-là habiter à Pouligeac. Va savoir qui elle va nous amener ? Avec tous ses fiancés, là, elle a peut-être bien un peu le feu au derrière, non ? Il va y avoir du barouf dans le canton.

— *Vaï* que le Pierrot saura garder son bien ! Personne ne viendra s'y frotter.

— Ça, c'est vrai. Mais... si elle nous l'emmène ailleurs ?

— Comment ça ?

— Eh bien maintenant qu'elle s'est trouvé un Français avec de beaux papiers en règle, une jolie nationalité... Tu n'écoutes pas les nouvelles à la télé ? Il paraît que tous les étrangers de la planète veulent la nationalité française ! De plus, elle s'en est trouvé un bien costaud, gentil comme c'est pas possible, alors tu vois pas qu'elle nous l'emmène en ville ? C'est ce que j'aurais fait, moi, si mon Ripolin n'avait pas été tant accroché à l'épicerie de son père.

— Aïe ! Ça je n'y avais pas pensé !

— *Pardine !*

Lorsque Juliette raccrocha, elle se dit que si Dieu lui prêtait vie jusqu'au lendemain, elle reconvoquerait la Moustielle pour vérifier ses intentions.

La résidence « Les châtaigniers » se situait à une vingtaine de kilomètres d'Alès, près de la nationale qui rejoignait Nîmes. C'était un édifice en béton blanc d'une banalité déconcertante, construit en U au milieu d'une pelouse parfaitement tondue, parsemée de quelques bosquets maigrelets.

Aurélie laissa échapper une exclamation désabusée en découvrant la maison de repos :

— *Vé*, ils ont dû prendre le même architecte que pour le transformateur électrique de Pouligeac.

Le Pétou approuva du chef :

— C'est moche, la plaine. Je n'ai jamais aimé la plaine. En été, il ne doit pas y avoir un coin d'ombre.

— Quand je pense à Léonie qui aime tant son jardin, ajouta Ernest. *Macarel !...* Regardez-moi cette herbe maigrichonne.

Le Pierrot paraissait assez consterné lui aussi. Il essaya d'ouvrir le portail vert pomme, sans succès.

Aurélie sonna. Une voix s'enquit :

— C'est pour quoi ?

— On vient de Pouligeac, répondit Ernest.

Pierrot ajouta poliment :

— Nous venons voir Léonie Prouhèze.

— Qui ?

— Léonie Prouhèze.

Il n'y eut pas de réponse. Ils échangeaient un regard circonspect lorsqu'un bruit grésillant se fit entendre. La porte s'ouvrit toute seule après un claquement sec.

— C'est des feignasses là-dedans ! Même pas capables d'ouvrir la porte eux-mêmes ! maugréa le Pétou.

Pierrot était content que le Pétou, l'Ernest et l'Aurélie l'aient accompagné. Cela faisait longtemps qu'il n'avait pas emmené l'un d'entre eux en voiture. Une dizaine d'années auparavant il y avait toujours quelqu'un, quand ce n'était pas sa propre mère, qui allait avec lui pour boire un verre au bar de la gare à Petrosac pendant qu'il faisait les courses. Ou bien son passager en profitait pour aller visiter des cousins ou des amis, pour choisir seul ses pelardons ou son vin au Super Market et les jours de grosse liste, faire un peu de lèche-vitrines à Alès. La voiture était souvent au complet. Parfois il fallait même refuser du monde pour réserver la place des achats. Et puis, petit à petit, au fur et à mesure de la disparition des habitants, des maisons qui se vidaient, de l'âge qui avançait, les envies de s'échapper ont diminué. De moins en moins de personnes « profitaient de la voiture ». Paradoxalement, l'isolement et la solitude faisaient que les gens s'enfermaient davantage. On ne sortait plus de Pouligeac, sauf pour des raisons impérieuses, et on finissait par ne plus sortir tellement des maisons non plus. Certains même, maintenant, quittaient à peine leurs chambres. Le Pierrot avait dû s'habituer à partir seul, du coup les sorties le tentaient moins. Il se faisait même prier pour rejoindre des copains pour la belote et sentait venir, lui aussi, que bientôt il finirait enfermé seul avec lui-même entre les murs épais de son mas ancestral. Cette crainte-là avait largement contribué à sa décision de quitter le village. Avant qu'il ne soit trop tard. Que cette envie-là aussi ne disparaisse.

Le Pétou avait longtemps été un assidu de ces escapades. Mais depuis quatre ou cinq ans il n'était plus monté dans sa voiture. Il avait même eu du mal tout à l'heure à s'asseoir à l'avant, ne sachant plus très bien comment s'y prendre. Ils en avaient ri.

Maintenant ils n'avaient plus du tout envie de rire.

Ils marchaient silencieusement sur l'allée de gravier qui menait au bâtiment central. Le Pierrot en tête, portant la valise de la Taupe, Aurélie avec un carton de pâtisseries, l'Ernest et le Pétou fermant la marche. Sur la pelouse verdoyante qui bordait l'allée, ils virent l'inscription « Interdit de marcher sur la pelouse ». Ce petit écriteau acheva de ravager le moral des Pouligeacois à l'idée qu'un endroit pareil puisse être la dernière demeure du vivant de leur « Taupe ».

Pour rejoindre la chambre, il leur fallut traverser le hall d'entrée et monter un étage. Ils aperçurent quelques vieillards abandonnés ici ou là dont les regards vides les terrifiaient. Heureusement, juste avant qu'ils ne tapent à la porte de la Taupe, une petite vieille toute maigrelette leur adressa un timide bonjour amical. Ils en eurent le cœur plus serein.

Avec ses grosses lunettes, sans chapeau ni habits affriolants, la Taupe paraissait tout autre. Elle avait le teint gris et, sur son lit, semblait aussi étalée que la couverture qui la bordait. Un demi-sourire tordu illumina la moitié de son visage à la vue de la petite délégation pouligeacoise venue lui rendre visite.

— *Vé,* vous n'aviez donc rien de mieux à faire que de venir tous me voir, là ?

— *Pardine !* C'est qu'il fallait bien amener ta valise, non ? Si tu crois qu'on a que ça à faire ! répondit le Pétou.

Cette façon bourrue de ne pas en avoir l'air, de cacher sa joie et son émotion sous un ton proche de l'engueulade, c'était de l'amitié. Personne ne s'y trompait.

Léonie se trouvait seule dans une chambre à deux lits. Dans cette pièce impersonnelle aux murs blancs, on s'était contenté d'une piètre tentative de décoration avec un poster encadré de dorures montrant des chevaux camarguais au galop. Deux petites tables de nuit métalliques, deux chaises en formica blanc, deux armoires en contreplaqué crème ainsi que deux tablettes roulantes constituaient le reste du mobilier. La fenêtre, quadrillée de barreaux minces, donnait sur l'arrière des cuisines et le parking du personnel.

C'est sûrement pour empêcher de sauter, se dit le Pétou.

Plus triste que les ruines de Pouligeac en hiver, pensa Aurélie.

Ils s'empressèrent de donner des nouvelles du village, s'esclaffèrent beaucoup durant le récit, chacun amenant sa surenchère d'exagération et d'humour, de la venue de la Tatiana affolée reçue par une Vivette furibarde au petit matin de « l'accident ». Jusqu'au départ hollywoodien de la Taupe en hélicoptère. Aurélie insista largement sur le fait que Tatiana s'était bien occupée de sa maison, qu'elle était propre comme un sou neuf et rangée comme une mercerie et surtout qu'elle avait tenu à préparer elle-même la petite valise à son intention.

Aurélie rapprocha la valise du lit.

La Taupe tâtonna de sa seule main valide, soulevant le contenu. Il y avait toutes sortes de maquillage, trousse de toilette, chemise de nuit coquine, la fameuse robe de chambre rose froufroutante, divers foulards... et le petit colis de La Redoute.

La Taupe s'en émut.

— Ah, ça ! C'est une brave fille, tu sais Pierrot ?

Ainsi elle aussi, elle savait.

Elle tenta d'ouvrir une des trousses sans y parvenir.

Aurélie se proposa de l'aider.

— Non, laisse, va.

Elle referma d'un geste nonchalant le couvercle de la valise :

— À quoi ça va me servir maintenant tout ça ? J'avais déjà pas beaucoup d'atouts en ma faveur, mais alors, maintenant que je ne suis plus qu'une moitié...

— Je suis sûre que ce n'est pas ça qui t'arrêtera, dit le Pétou en lui faisant un clin d'œil.

— Tu as raison !

Elle reprit sur le ton de la confidence :

— Tu sais, ils m'ont descendue manger au restaurant, là en bas. C'est bien organisé quand même, ils mettent les plus valides avec les moins valides pour ne pas déranger le personnel. Et puis tous les aliments sont déjà coupés en petits morceaux ou moulus, moi qui me demandais comment j'allais me débrouiller avec une seule main. Non, ça vraiment... ils sont organisés ! Bref, j'ai demandé au jeune, là, celui qui poussait la chaise roulante, d'être assise avec des vieux encore capables de parler, pas trop gâteux. J'ai essayé de lier un peu la conversation. Ce n'était pas facile. Il a fallu attendre le dessert…

Elle s'interrompit pour se tourner vers Pierrot :

— Tu sais, c'était une compote aux pommes comme celles du Super Market de Petrosac.

Le Pierrot opina.

La Taupe poursuivit :

— Au moment de la compote, on a pu parler un petit peu. Ils étaient là à dire qu'ils crèvent d'être seuls, et ils se plaignent et ils se plaignent… mais ils se tiennent chacun de leur côté ! Y en a deux qui pleuraient presque qu'ils étaient veufs et que depuis qu'ils étaient là, personne ne venait plus les voir, que les journées étaient longues… Eh bien, quand je leur ai dit que moi j'étais d'accord pour leur faire des câlins et même que j'étais plus que d'accord, ils ont pris un air offusqué de sainte-nitouche, comme si j'avais dit quelque chose de sale ! Et ils m'ont traitée de folle.

Elle secouait la tête :

— C'est eux les fous !

Elle repoussa de nouveau la valise :

— Je crois que je ne réaliserai jamais mon rêve. J'emporterai ma dernière volonté dans la tombe. Je mourrai pucelle. Comme Jeanne d'Arc. Tant pis. Bah… je ne serai certainement pas la seule, *vaï*. Il faut juste l'accepter, voilà tout. Ce n'est plus si grave maintenant. Y en a bien qui n'ont jamais vu d'aéroport… Moi au moins j'aurai vu Roissy !

Elle leur adressa un clin d'œil déformé par son hémiplégie.

— Non, moi ce qui me chagrine le plus maintenant, reprit-elle après un instant de silence, c'est de savoir que je ne remonterai plus à Pouligeac.

C'est fini. Ce village, même si personne ne l'aime, moi pas plus que les autres remarquez bien, c'est tout de même le nôtre. Alors, on y est un peu attaché quand même. Ça me fera peine de ne plus le voir.

— Et pourquoi vous dites ça, Léonie ? lui reprocha Aurélie.

— Parce qu'il y a une assistante sociale qui est passée hier, elle m'a dit des tas de choses qu'elle voulait gentilles, rassurantes. *Aquella mounine*... Mais au milieu de tout ce blabla, moi ce que j'ai compris c'est qu'elle disait en gros que je n'étais plus capable de vivre seule dans mon trop grand mas, vieux, vide et froid, dans mon petit hameau perdu dans les hautes montagnes où il n'y avait plus rien, ni personne, et *patïn et coufin*... tout ça pour décider que maintenant que j'avais une moitié en panne, je serais bien mieux ici. « C'est votre nouvelle maison ! », qu'elle m'a dit. « Vous verrez, vous allez vous plaire, il y a tout le confort moderne, vous aurez des visites, vous vous ferez des copines, et puis tous les mardis, il y a une animation ! Et pour tout ça c'est même pas vous qui payez, c'est votre retraite ! » Elle avait l'air toute contente, l'assistante sociale. Je lui ai demandé quand je pourrais rentrer chez moi. Elle ne m'a pas répondu. Elle a juste dit qu'ici je ne manquerais de rien, qu'il y avait des gens pour me soigner, ici, pour veiller sur moi, ici. Et qu'ici il me suffisait de sonner pour qu'une aide-soignante accoure au moindre petit besoin.

Elle haussa l'épaule droite :

— J'ai essayé de sonner ce matin pour avoir un peu d'eau. M'est avis qu'elle devait accourir de Marseille, l'aide-soignante, parce qu'elle n'est toujours pas arrivée.

Aurélie se précipita pour remplir un verre d'eau, puis revint près d'elle. Le Pétou et l'Ernest étaient assis sur le lit vacant, dos voûté et tête basse. Le Pierrot était près de la porte, assis droit comme un I sur l'autre chaise. Ils étaient tous silencieux, cherchant une contenance, le visage fermé. Mal à l'aise. Tristes.

Finalement, Aurélie posa la valise à terre.

— Vous savez Léonie, on viendra vous voir toutes les semaines, hein, Pierrot ?

— Sûr, répondit-il de sa voix grave.

Léonie secoua la tête.

— Je le sais bien, *vaï*. Mais ma maison, dis, qu'est-ce qu'elle va devenir ?

Le Pétou protesta :

— Mais arrête, Léonie, tu es encore bien vivante ! Ta maison, on veillera dessus en attendant que tu te remettes.

Léonie fit comme si elle n'avait pas entendu.

— J'ai un petit-neveu à Metz, le petit-fils de mon cousin Jean-Pierre *sas*, celui de Clerguemort, qui était monté à Paris après la guerre. Maintenant il vit à Metz, je crois. Enfin, c'était le cas la dernière fois qu'il m'a envoyé une carte de vœux, en 2000. Et puis j'ai une petite cousine du côté de Valence, Mireille, mais je ne crois pas qu'elle héritera. De toute façon, il leur faudra vendre la maison, ce sera trop cher de payer les notaires. Qui va l'acheter ? Qui voudra vivre à Pouligeac ? C'est que des Boches, on en rencontre pas tous les jours !... Et mes meubles ? Ils les vendront aussi sans doute. Dans une foire ou sur un marché. Oui, ça, ils pourront les vendre. Ils ont une petite valeur, ils me viennent de mon arrière-grand-père. La commode de ma chambre a même connu l'Empire. Mais mes affaires ? Qui en aura quelque chose à faire, de mes affaires ? Elles ne valent pas un sou. La photo de ma mère, par exemple, qui la regardera ? Qui saura qui était ma mère ? Qu'elle s'appelait Lucienne, qu'elle avait les cheveux blonds et les yeux bleus ?

— Je vous apporterai la photo la prochaine fois, si vous voulez, proposa Aurélie.

La Taupe eut une sorte de moue triste :

— Non. Ma mère doit rester à Pouligeac. Elle n'a rien à faire ici, elle.

— Allons, Léonie, tu te laisses aller… On n'en est pas encore à ouvrir le testament.

— À l'ouvrir, non. Mais à le chercher, oui.

Elle prit la main d'Aurélie :

— Écoute bien Aurélie, dans l'armoire à linge du couloir du haut, il y a une boîte en fer de biscuits bretons. Dedans tu trouveras mon testament. Je veux que tu le prennes pour vérifier que Maître Dentirota ne se trompe pas en lisant son exemplaire à lui.

Elle se tourna vers les autres :

— Parce que le Dentirota, des fois, il se trompe, pas vrai ?

Tous acquiescèrent d'un même mouvement de tête.

— Ne vous inquiétez pas, Léonie, je m'en occuperai. Mais le Robert a raison, on n'en est pas encore là !

— Pas encore, mais presque. Je ne veux pas faire ma Juliette, mais quand même…

Elle releva la tête vers eux, faisant de visibles efforts pour cacher son désespoir.

— Mais vous êtes venus là et je ne vous raconte que des choses tristes. Parlons plutôt de choses drôles : comment va ta mère, Aurélie ?

C'est Ernest qui répondit :

— Mon père disait : « Il n'y a que trois fléaux capables de détruire Pouligeac : la peste, le choléra et la Vivette. »

Il se tourna vers Aurélie, en mettant la main sur sa bouche comme si cette énormité lui avait échappé.

— Désolée, Aurélie, mais c'était une citation !

Aurélie haussa les épaules :

— Ça ne fait rien, *vaï*, j'ai l'habitude...

Ils pouffèrent tous très fort. C'était un peu disproportionné, mais ça leur faisait tellement de bien...

Il s'ensuivit une sorte de silence gêné, on attendait qu'un autre enchaîne, lâche une connerie, n'importe laquelle, vite.

Malheureusement personne ne fut assez rapide.

— Mes rideaux ! dit soudain Léonie avec un regard angoissé, tragique.

— Quels rideaux ? demanda Aurélie.

— Ceux que j'avais cousus avec ma sœur. À chaque fois que je les vois, je pense à elle. Qui pensera à elle, maintenant ?

— Ceux de la cuisine ?

— Oui, ceux-là.

— Je les prendrai et les mettrai dans ma chambre, Léonie. Je les ai toujours trouvés jolis, ça me fera bien plaisir. Et puis comme ça, à chaque fois que je me lèverai et que je me coucherai, je penserai à elle.

La Taupe souffla, réconfortée. Rassurée.

— Merci Aurélie. Tu es une gentille fille. Ne fais pas comme moi, ne reste pas seulette comme une idiote. Arrête d'en vouloir à tous les hommes. Regarde, par exemple, Jésus-Christ, même s'il était le fils de Dieu, c'était quand même un homme. Et il était plutôt bien, non ? Ne fais pas comme ta mère, ne les condamne pas tous. Et puis pour toi il n'est pas trop tard. Tu mérites d'être heureuse.

Léonie surprit alors le bref regard qui échappa à Aurélie en direction de l'Ernest. Un soupçon de joie l'éclaira :

— Enfin ! dit-elle en lui tapotant la main, je te fais confiance...

Ils se dirent au revoir gaiement, bruyamment, en se promettant de revenir la semaine suivante.

La porte refermée, les visages redevinrent graves.

Ils descendirent les escaliers d'un pas lourd.

Dans le hall d'entrée, ils s'adressèrent à une infirmière pour demander quelques explications supplémentaires sur la santé de Mlle Prouhèze. La jeune femme, totalement à l'aise après avoir compris qu'ils n'étaient que du village et non de la famille, leur asséna sans ménagement qu'une nouvelle crise pouvait arriver à n'importe quel moment et que chacune d'elles pouvait être fatale.

— S'il vous plaît, demanda Aurélie, les larmes aux yeux. Occupez-vous bien d'elle.

— Mais bien sûr, madame ! répondit la jeune femme avec une insupportable inflexion paternaliste, nous nous occupons au mieux de chacun de nos patients.

Au moment de passer la porte d'entrée, ils se rendirent compte que le Pétou était resté en arrière, immobile au milieu du corridor, à l'endroit même où s'était produit le court échange avec l'infirmière.

Pierrot revint vers lui.

— Ça ne va pas ?

Le Pétou s'extirpa de ses pensées avec difficulté.

— Si, ça va. J'ai oublié de dire quelque chose à Léonie. Je remonte. Attendez-moi dans la voiture.

— Tu as oublié quelque chose ? dit Léonie lorsque le Pétou rouvrit la porte de sa chambre.

— Non.

Il vint s'asseoir sur la chaise au bord du lit.

Il baissait la tête, balançant ses épaules maladroitement, comme quelqu'un qui ne sait pas « comment le dire ».

Elle attendait, se demandant quelle terrible révélation le Pétou avait à faire.

Après un long moment, il s'éclaircit la gorge, puis :

— Tu sais, Léonie, je ne sais plus trop ce que je suis encore capable de faire...

Elle le fixa, incrédule. Elle avait compris.

Il releva enfin la tête vers elle.

Elle avait un regard plein de tendresse et de reconnaissance. Une petite larme coulait le long de sa joue :

— Bah... tu sais Robert, vu mon âge et mon état, c'est l'intention qui compte.

Dans la Clio, ils l'attendirent une heure.

À son retour, personne ne posa la moindre question.

Mais tous avaient constaté que le visage du Robert avait une expression nouvelle, moins triste, comme apaisée. Alors ils se sentirent tous plus légers.

Le retour fut presque gai.

16 : 58

Tandis que la délégation pouligeacoise repartait vers le hameau, Tatiana entrait dans le salon de Juliette.

La jeune Russe visitait « la mourante », comme elle l'appelait, avec beaucoup d'appréhension. Jamais de sa vie elle n'avait connu de personne si vieille et si décharnée. La vue de ces mains et de ces bras flasques striés de tendons comme le manche d'une guitare, recouverts d'une peau fripée quasi transparente, la fascinait autant qu'elle la rebutait. Être en présence de cette vieillarde prête à passer l'arme à gauche à chaque seconde lui provoquait une angoisse terrible. Mais Tatiana ne pouvait refuser de se rendre à la convocation de la doyenne de Pouligeac, l'idée qu'une quelconque contrariété pouvait éventuellement éteindre son dernier souffle créait en elle un sentiment de culpabilité très pesant.

La centenaire était installée dans son fauteuil, son plaid sur les genoux, la tête légèrement affaissée, dans sa posture parfaitement contrôlée et largement exagérée de semi-agonisante.

Elle attaqua bille en tête, de sa petite voix chevrotante :

— Alors le Pierrot de Pouligeac, il n'est pas si tarte que ça, hein ?

Elle vit que Tatiana n'avait pas compris. Elle aspira de façon inquiétante, puis se reprit :

— Alors ce mariage, c'est pour quand ?

Tatiana se figea. Elle finit par bafouiller :

— Mariage ?...

Elle regarda le visage grisâtre de la centenaire et crut percevoir un léger râle. La grosse veine bleue qui bosselait sa tempe battait comme si elle menait un ultime combat. Impossible de nier.

— Je... je sais pas, murmura-t-elle.

— Bah, vous avez bien le temps ! Je suis contente, tu sais ? lui dit-elle en lui prenant la main.

Tatiana tressaillit au contact de la peau rêche de cette main squelettique. Elle s'efforça de faire bonne figure. Après tout, l'important était de ne pas contredire la vieille. Ne prendre aucun risque.

— Moi contente aussi.

— Tu aimes bien Pouligeac, maintenant ?

La jeune Russe acquiesça.

— Le Pierrot c'est un gentil garçon, tu seras heureuse avec lui.

— Avec... Pierrot ?

Juliette fit un grand oui de la tête.

— Grâce à toi, je vais mourir heureuse.

— Vous... non mourir, réussit à dire Tatiana pour la forme.

— Mais si ! Bien sûr que je vais mourir, j'ai plus de cent ans ! Allons, il ne faudrait pas pousser de trop quand même ! J'ai fait mon temps.

Elle perçut que Tatiana n'avait pas tout compris.

— Cent ans, Tatiana ! Alors bientôt... elle fit un geste du bras pour signifier un départ.

Tatiana baissa la tête.

— Mais non, il ne faut pas être triste, Tatiana ! Est-ce que je suis triste, moi ? Non ! Alors !...

Elle marqua un temps.

— Je voulais te voir parce qu'il y a une chose dont je veux être sûre.

— Vous sûre ?

— Oui. Je veux être sûre de quelque chose. Certaine. Tu comprends ?

Tatiana hocha la tête.

Juliette se contenait :

— Bon !

Ces efforts constants pour que Tatiana la comprenne avaient sérieusement tendance à l'énerver.

— Je sais que le Pierrot et toi vous... elle croisa les doigts en les appuyant sur sa poitrine.

Tatiana baissa à nouveau la tête, confuse. On aurait dit une petite fille prise en faute. Un instant Juliette se demanda si la jeune femme n'était pas complètement stupide, puis mit son attitude sur le compte du manque de vocabulaire et de la différence de culture. « C'est un peuple qui a eu bien du malheur » se dit-elle. « Normal qu'ils soient tous un peu bizarres. »

Elle ajouta :

— C'est très bien. Vous heureux. Et moi aussi heureuse. Compris ?

Tatiana opina.

— Bien ! reprit Juliette après une expiration appuyée et légèrement sifflante. Alors, maintenant il faut que tu me promettes quelque chose.

Elle adapta son langage :

— Moi très vieille, cent ans, moi mourir maintenant, ce soir ou demain, *da* ?

— *Da*, répondit Tatiana, tétanisée.

— Toi me jurer, promettre quelque chose. Promettre, tu comprends, jurer ?

Juliette tendit la main en faisant mine de cracher à terre, puis en faisant le signe de croix.

Tatiana avait compris.

— Jurer.

— Oui, jurer sur la tête de ta mère, de ton fils, et de la Grande Russie, et ça devant une vieille femme qui va mourir. *Da ?* C'est le genre de promesse qu'on a intérêt à tenir !

Elle se reprit :

— Toi jurer devant moi et si toi mentir, toi aller en enfer, parce que moi très vieille, moi mourir. Compris ?

À chaque fois que le ton de la centenaire montait, Tatiana s'attendait à la voir terrassée par une crise d'apoplexie. Elle osait à peine bouger. Et encore moins la contrarier. Elle acquiesça de nouveau, doucement.

— Bien ! Juliette se détendit un peu. Bon. Tu vas me jurer que, après ton mariage avec Pierrot, vous deux rester à Pouligeac.

— Moi et Pierre, mariage ?

— Non, ça je le sais déjà. Je veux que tu jures.

Elle étendit son bras après avoir posé sa main sur son cœur, mimant le geste du serment :

— Jurer ! Qu'après, toi avec ta famille, si tu veux tu peux les amener ici bien sûr, c'est normal. Et puis peu m'importe, d'ailleurs... ce n'est pas ça l'important. L'important, reprit-elle d'un ton sentencieux, c'est que tu jures que toi toujours avec Pierrot à Pouligeac. Vivre à Pouligeac avec Pierrot.

Tatiana venait de comprendre.

— Moi...

Juliette affaissa davantage sa tête, sa respiration se fit un peu rauque, plus lente. Tatiana blêmit.

— Tu es croyante, Tatiana ? Tu crois en Dieu ?

— Oui.

— Alors jure-le devant Dieu.

Juliette toussa brutalement. Tatiana se figea, s'attendant à la voir s'écrouler avant la fin de la quinte.

— Jure ! dit Juliette gémissante, à bout de forces. Dis : « Je jure... » Allez !

Tatiana, les larmes aux yeux, répéta doucement avec son accent à couper au couteau :

— *Jei joureux...*

— Que nous resterons vivre...

— *Queux nu raisterans vivreux...*

— À Pouligeac.

— *À Pouïligeaqueux.*

— Eh bien voilà, ponctua Juliette, retrouvant son aisance habituelle. Ce n'était pas plus difficile que ça. Tu es une bonne petite, Tatiana ! Tu seras heureuse et puis tu ne manqueras de rien, ici. Après quelques années, on finit même par bien aimer Pouligeac. On s'y attache un peu quand même, *vaï* !

Juliette subodora que Tatiana n'avait pas tout compris, mais peu lui importait maintenant.

La jeune femme était repartie le plus vite possible. Presque en courant. Enfin libérée de l'étau. Elle fit une courte prière pour qu'une telle entrevue ne se reproduise jamais et rentra dans le mas de la Taupe boire une bonne rasade de gnôle en attendant le retour du Pierrot.

Dès qu'elle fut sortie, Juliette se débarrassa de son plaid, se leva sans trop de difficulté et téléphona à Ginette :

— C'est toi ?

— Et qui veux-tu que ça soit ? répondit la Ripoline.

— C'est bon. C'est réglé pour la Moustielle. Ils vont vivre à Pouligeac.

— Et comment peux-tu en être sûre ?

— Elle l'a juré.

— Elle l'a juré ? Sa voix trahissait un certain scepticisme.

— Devant Dieu.

— Ah ! Alors...

Elles avaient beau être athées toutes les deux, il y avait tout de même des choses sacrées sur cette bonne vieille terre.

8

Vendredi 10 mars 2006. Saint-Vivien.

Juliette tira le feuillet du calendrier avec le soupir de rigueur.

Cent un ans et six mois dans quatre jours.

Quatre jours... Allait-elle tenir jusque-là ?

Depuis la veille, elle se sentait fatiguée, un peu moins « vivante », comme elle se le disait narquoisement. Peut-être était-ce le sentiment d'avoir accompli sa mission : Pouligeac était sauvé ! Cette lassitude, ce manque d'énergie, cette lourdeur dans les mouvements étaient-ils le signe du repos bien mérité du vainqueur, ou bien, simplement, comme elle le croyait volontiers, les prémices évidents que cette fois elle ne finirait vraiment pas la journée ?

Après tout, c'était un bon jour pour mourir. Elle n'allait pas se mettre martel en tête pour quatre petits jours de plus, tout ça pour finir sur un chiffre rond !

La neige commençait à fondre. On pataugeait dans les deux ruelles de Pouligeac et la placette aux pieds de son mas n'était plus qu'une mare de boue. Le temps était grisâtre. Froid et humide. Un temps à rester couchée et, tant qu'à faire, à ne plus se réveiller. L'important c'était que « le goudron » soit dégagé et que les Pompes funèbres puissent passer. Si elle tenait jusqu'à 11 heures, il faudrait dire à Aurélie de bien astiquer sa plaque. Car même si elle devait changer la date du décès, ce qui causerait forcément quelques dommages, au moins qu'elle soit le plus présentable possible ! Aurélie rechignait souvent à bien « faire » la plaque, elle trouvait inutile de faire reluire ce gros truc destiné à finir dehors.

— Mais qui la fera, ma plaque, quand je serai plus là pour le réclamer, hein ?

— Bah... je passerai de temps en temps, la rassura cette dernière.

« Feignasse, va !... » gourmandait Juliette, façon d'exprimer, à la Pouligeacoise, sa gratitude et son émotion.

Aurélie !...

Juliette se mit à rire en repensant à la veille. À **11 : 34** « *clap !* », elle s'était réveillée pour faire pipi, ce qui lui arrivait rarement. Elle en avait profité pour aller jeter un coup d'œil par la fenêtre du cabinet de toilette, juste pour voir si le Pierrot et sa fiancée russe étaient déjà allés se coucher à cette heure, ou bien si la lumière de la cuisine était encore allumée, ce qui révélerait qu'ils étaient sans doute en pleine conversation sur l'avenir. Rien ! Mais au moment de repartir se coucher, elle avait aperçu Aurélie sortir de chez elle et traverser la ruelle pour se rendre chez l'Ernest. Manifestement, il l'attendait, car elle n'eut pas besoin de taper à la porte avant qu'elle ne s'ouvrît.

C'était la première fois. Sûr.

Fatiguée, elle renonça à attendre pour savoir si la lumière allait s'éteindre chez l'Ernest aussi.

Mais, quand même, quelle cachottière ! Tiens, de ça aussi, on en causerait le lendemain !

Avaient-ils enfin vécu leur première nuit d'amour... ?

Elle voulait savoir : pourquoi ce soir ? Qu'est-ce qui avait bien pu la décider enfin, notre Gonflette ? Après presque vingt années à se dire à peine bonjour, à juste se lancer quelques sympathiques pics acerbes de temps à autre, de loin en loin, alors qu'on habite en face l'un de l'autre dans un hameau déserté de tous, qu'on se connaît depuis l'enfance et qu'on sait très bien qu'on a tous les deux envie de tellement plus. Pourquoi cette nuit ? Que s'était-il passé ? Juliette, haussant les épaules, ricana : Aurélie, à presque soixante-trois ans, venait de faire le mur pour rejoindre son amoureux ! Incroyable ! Bah, observa Juliette, elle ne risquait pas grand-chose, la Vivette était sourde comme un pot !

Quoi qu'il en soit Pouligeac venait de gagner une nouvelle bataille contre la solitude.

Sacrée Aurélie !...

Elle se surprit à l'envier. Une bouffée euphorique remonta en elle, le souvenir de nuits anciennes, ressurgi du fond de sa vie. Une réminiscence de cette fièvre, de cette exaltation merveilleuse qu'elle ressentait si forte lorsque, le hameau endormi, elle traversait elle aussi la ruelle pour aller le rejoindre.

Martin.

Son Martin.

« Quel con ! », grogna-t-elle en retournant se coucher.

Elle avait eu si peu de nuits d'amour avec lui.

Au sortir de cette première étreinte inattendue et si intense, le jour de la naissance de la mère du Pierrot, Juliette avait acquis la certitude qu'elle vivrait le reste de sa vie avec Martin. Mais aujourd'hui, si elle mettait bout à bout les moments passés avec lui, sur ses cent et une longues années d'existence, ces moments de bonheur ne représentaient qu'un instant. Fugace. Même pas un pour cent de cette longue vie, même pas un pour mille, même pas…

Elle soupira : « Quel con ! »

Et pourtant lui aussi, il habitait en face.

Elle avait bon dos de se moquer d'Aurélie.

La première fois que Juliette avait aperçu cet homme tout nouvellement arrivé, il l'avait tant impressionnée qu'elle en était restée clouée sur place.

On était encore dans les lendemains de la Grande Guerre. Tant d'hommes avaient disparu dans les tranchées, il en fallait de nouveaux ; alors on accueillait chaleureusement tout nouvel arrivant. Et heureusement, à cette époque, même à Pouligeac, il s'en présentait un de temps en temps. Martin avait débarqué un beau matin chez le père Vidal, le père du Ripolin, qui tenait déjà la grosse épicerie du village. En ce temps-là, elle n'était pas la seule, il y avait trois échoppes où l'on pouvait boire et acheter un peu de tout, sans grand choix ni quantité. Ça variait selon l'endroit et les activités du patron. Vin, alcool, fromage, charcuterie, lait, miel, charbon, légumes, fruits, viande, tabac, meubles ou accessoires divers… Pas de ruines encore, chaque maison était habitée. Quelques mas isolés constituaient même une sorte de « banlieue » où survivaient quelques vieux. L'école comprenait trois classes regroupées dans une seule grande salle au-delà du mas des Branslegger, que l'on pouvait rejoindre soit par la rue droite, soit par la rue gauche, selon son lieu d'habitation. Du bruit et du mouvement animaient le Pouligeac d'alors. Il y avait bal tous les samedis. Les veuves y dansaient entre elles devant leurs orphelins rigolards qui chahutaient et se poursuivaient en se lançant des châtaignes sèches.

C'est le souvenir que Juliette en gardait.

On était en 1922. Elle avait dix-huit ans.

Juliette était déjà petite et maigrelette. Avec l'âge, elle n'avait cessé de rétrécir. C'est dire qu'aujourd'hui il n'en restait pas grand-chose. Comme elle aimait à se moquer : « Si ça continue comme ça, on ne pourra plus me voir qu'au microscope ! On m'enterrera dans une boîte d'allumettes... »

Jeune fille, Juliette n'avait été ni laide, ni jolie, mais elle se décrivait comme « intéressante ». Droite, fine et rapide, curieuse, bavarde et surtout mystérieuse. Elle savait à peu près tout des autres, notamment de ses amies du village, mais elles ne pouvaient en dire autant de sa personne.

« Mon charme à moi, c'est mon mystère », avait-elle décrété. C'est une particularité qu'elle appréciait et qu'elle avait su entretenir tout au long de sa vie.

Ce matin du 12 septembre 1922, elle se trouvait dans l'épicerie lorsque l'homme s'était présenté. Un premier regard échangé leur avait suffi pour que tous deux sachent que quelque chose surviendrait. Ce qui ne survint que trois ans plus tard. Entre-temps, ils se croisaient sur la placette, dans l'épicerie ou dans une des deux ruelles, se saluaient juste d'un signe de tête qui se voulait indifférent, mais ce bref échange contenait toujours une même promesse.

Martin était du Nord. D'où ? Personne ne le savait exactement. Il était revenu physiquement indemne du front, quoique l'on puisse lire dans ses yeux les vestiges de blessures profondes laissées par les assauts sanglants de la Somme. Il était costaud, plus encore que le Pierrot, jugeait Juliette aujourd'hui, bien plus imposant. Elle le trouvait très beau. Il émanait de lui une sorte de tranquillité, de force et de sagesse qui imposaient le respect de tous, sans pour autant inspirer la crainte. Elle ignorait presque tout de lui, sauf quelques informations glanées ici ou là, incertaines. Apparemment, il n'était plus jamais retourné chez lui après la guerre, certains disaient qu'il avait travaillé sur les docks à Marseille, puis dans les mines de la Grand-Combe, croyait-on, avant de s'employer ici ou là dans les villages cévenols. Ce qui était sûr, c'est qu'il était bon ouvrier, dur à la tâche, apprécié de tous. Il ne parlait jamais de lui. Juliette, qui aimait tant entretenir le mystère, était tombée là sur un maître. Elle supputait qu'il avait une vingtaine d'années de plus qu'elle et qu'il ne s'était jamais marié. Du moins pour ce que la rumeur en chuchotait...

Martin partait travailler à l'aube et ne rentrait qu'à la nuit tombée. Il logeait dans une pièce derrière l'épicerie que la mère Vidal lui avait aménagée en échange de multiples services. Le petit Ripolin l'aimait beaucoup et adorait se pendre à ses biceps en poussant des cris aigus. Personne n'était sûr ni de son histoire ni de combien de temps il demeurerait. Juliette passait ses journées à le guetter. Dès que cela lui était possible, elle s'arrangeait pour se trouver sur son chemin, juste pour le croiser et se griser de cet échange de regards si intense. Son aptitude d'aujourd'hui à tout surveiller de ses fenêtres devait dater de cette période, un tel entraînement laisse des traces. Sa mère, toujours romanesque, la disait rêveuse : « À quoi penses-tu, ma fille, pendant ces heures entières à regarder par la fenêtre ? Peut-être devrais-tu écrire des poésies... » Juliette répondait avec un sourire prometteur : « Je pense à la vie qui m'attend, maman. » – « Ah !... », concluait sa mère avec ravissement avant de se replonger dans ses inlassables lectures. Ce n'était pas un mensonge, Juliette pensait à lui toute la journée et pour elle, il incarnait l'avenir. Une journée sans le voir, ne serait-ce qu'un instant, même de loin, l'accablait d'une impression de vide. C'était une journée inutile.

Aucun autre homme n'existait pour elle. Les veillées qu'elle avait tant aimées étaient devenues longues et ternes, les conversations avec ses amies ennuyeuses, les potins du comté stupides, ses parents encombrants, ses projets d'études sans intérêt, plus rien désormais ne valait plus que ce magique échange de regards.

Malheureusement, de temps en temps, il repartait. À Marseille ou à Nîmes, des fois juste à Alès, ou ailleurs... Qui sait ? Malgré ses tentatives d'investigation, elle n'avait jamais pu préciser ni la destination ni le but de ses voyages. Durant ces semaines d'absence, elle se morfondait en guettant, faute de mieux, les étoiles filantes afin de faire le vœu de le voir bientôt revenir. Même en plein hiver. Elle priait aussi. Sans trop y croire, juste au cas où. Et puis, finalement, un jour, il revenait. Un soir, elle le voyait arriver avec son baluchon, taper à la porte des Vidal et elle entendait les cris de joie du petit Ripolin qui scandait des « Martin !!!! » de sa petite voix perchée. Elle retrouvait immédiatement la joie de vivre, souriait à son père, embrassait sa mère, et se promettait, cette fois, sûr ! de lui parler dès le lendemain.

Mais jamais elle n'osait.

Martin n'était pas « d'ici ». Autrement dit c'était un étranger. Personne ne savait trop qui il était, mais tous se rendaient compte qu'il ne possédait rien. On le respectait, mais de là à lui donner sa fille, et donc son mas, ses terres !...

Les gens aimaient bien s'entretenir avec lui de travail, de chasse, de pêche, de mécanique ou de bricolage. Un homme pas sauvage, même plutôt sympathique. Les Pouligeacois plaisantaient avec lui, l'estimaient. Mais il n'était pas l'un des leurs. De plus, pensait la jeune Juliette, il était si vieux ! Sans doute presque quarante ans. Il avait dû en vivre des choses durant toutes ces années sans elle !... Elle l'imaginait grand aventurier ayant parcouru les mers et les terres hostiles, ou bien ancien bagnard échappé de Cayenne après une condamnation pour un meurtre passionnel poignant, ou alors prince trahi par les siens attendant sa revanche... Qui sait ? Mais ce dont elle ne doutait jamais, c'est qu'il était l'homme de sa vie.

Pourtant les mois et les années passaient et l'homme de sa vie continuait à rester pour elle un étranger inaccessible. Un simple regard.

En 1924, Juliette perdit sa mère. Un pilier essentiel de son existence avait disparu, ce qui ne fit qu'exacerber son envie de se réfugier dans les bras de Martin et de fuir avec lui ce maudit « cul-de-sac ».

Elle échafauda nombre de scénarios pour « déclencher » la rencontre. Trébucher dans la ruelle au moment où elle le croiserait, mais encore fallait-il qu'il n'y ait personne d'autre... Improbable, il n'y avait que deux ruelles à Pouligeac et bien trop d'habitants alors. Lui adresser une lettre d'amour anonyme parsemée de signes significatifs... Non, stupide. Déposer sous sa porte un message lui donnant rendez-vous... Mais s'il n'y répondait pas ? Ou pire : s'il ne savait pas lire ? Taper à sa porte un soir pour le prier de venir au plus vite pour une raison urgente quelconque... Mais laquelle ? Sans ameuter les Vidal ? Ou alors, plus simplement, l'aborder dans la rue, lui dire bonjour et entamer une conversation… Avec le risque de paraître aguicheuse aux yeux des Pouligeacois ? Impossible. Restait à attendre la nuit, se cacher, gratter à sa porte et lui dire qu'elle l'aimait…

Et s'il se moquait d'elle ?

Cette crainte mettait fin à toute velléité.

Finalement, le matin de la naissance de la Paulette, au bout de trois années de ces regards ineffables, chastes et romantiques, elle passait tranquillement dans la ruelle en revenant de la Cabucelle, le mas où habitait sa cousine Louisette, lorsqu'une main solide l'attrapa d'un geste leste et précis pour l'entraîner sous le porche de l'escalier de pierre menant à la cave du mas des Rourgue, aujourd'hui en ruine.

Il l'avait d'abord serrée dans ses bras comme un père qui retrouve enfin son enfant, puis il l'avait embrassée avec force, avec fièvre, sur les joues, sur la bouche, sur les cheveux, sur les bras, les mains. Il avait dégagé ses seins de son corsage, les avait embrassés, léchés, caressés, l'avait couchée délicatement sur le perron et lentement, avec une délicatesse insoupçonnable chez ce colosse d'apparence rustre, il lui avait soulevé les jupes et s'était couché sur elle.

Elle lévitait littéralement.

Lorsqu'il avait fallu se redresser, remettre les pieds sur terre, se réajuster, il lui avait juste souri.

Ils ne s'étaient toujours pas dit un mot.

Depuis, chaque jour, elle attendait qu'il lui fasse le petit geste qu'elle seule reconnaissait et qui donnait le feu vert pour que, passé minuit, le samedi soir, parfois le dimanche, elle puisse taper à sa porte.

Les autres jours, il travaillait trop, se couchait tôt pour se lever à l'aube.

Elle y allait toujours le cœur battant, peu importe la fatigue ou le sommeil, le risque, le froid ou la pluie, elle y serait même allée en rampant.

Il lui arrivait encore de disparaître. Puis il revenait, sans jamais répondre à ses questions. Lorsqu'ils étaient ensemble, ils échangeaient quelques phrases toujours gentilles, douces, tendres ou enjouées mais lorsqu'elle tentait d'en savoir plus, il plissait les yeux dans un sourire désarmant et murmurait « Chutttttt… » en la prenant dans ses bras. De toutes les manières, Martin était le roi de l'esquive. La réponse à « Quand ? », c'était « Bientôt… », à « Combien ? » : « Quelques… », à « C'est sûr ? » : « Peut-être… » ponctuée le plus souvent d'un baiser délicieux. Impossible de se fâcher, impossible d'insister. Il faisait fondre questions et reproches.

Finalement, bon gré, mal gré, Martin vécut huit années à Pouligeac. Un beau matin d'octobre 1930, il repartit à nouveau.

Juliette passa les quarante années suivantes à l'attendre.

Il ne revint jamais.

« Quel con ! » se répéta-t-elle.

Elle n'avait plus jamais rien su de lui. Ni de sa vie, ni de sa mort.

Mais, bien qu'elle n'ait jamais mis personne dans la confidence, de toute son existence elle n'avait aimé que lui. Il demeurait le héros de son jardin secret. Jamais plus un homme ne l'avait touchée et peu lui importait. Elle vivait avec le souvenir de son Martin et ce souvenir-là était bien vivant.

Elle l'aimait toujours.

Martin.

Juliette frissonna délicieusement. Il émanait de lui une puissance qui lui donnait parfois le vertige. Cette force intérieure, sous-jacente, mal dissimulée et pourtant inoffensive, la grisait encore.

À 7 heures, elle était sortie du sommeil après avoir fait un doux rêve érotique dans les bras de Martin.

« À mon âge ! »

Des années que cela ne lui était plus arrivé.

La nuit avait été si belle. Merveilleuse.

C'était peut-être pour ça, finalement, que ce matin-là elle s'était réveillée en se disant que c'était un bon jour pour mourir.

09 : 15

Lorsque le Pierrot passa « en coup de vent », Juliette se sentait déjà mieux. Il partait faire les petites courses à Petrosac en compagnie de Tatiana qui l'attendait dans la voiture.

— Oui, oui… j'ai vu, dit-elle d'un air ravi. Elle s'est toute pomponnée…

— Vous voyez, je la promène ! répondit-il avec malice.

— Peuchère, pour le moment elle n'a pas vu grand-chose du pays, cette petite ! Mais bon, elle aura bien le temps de se rattraper… conclut Juliette.

— Mais elle part demain, vous savez ?

— Bien sûr que je le sais, je ne suis pas gâteuse, quand même ! N'oublie pas que si elle est là, c'est grâce à moi ! Et c'est quand qu'elle revient ?

Il fit un geste vague pour signifier qu'il ne le savait pas.

À **10 : 06** l'Elvis apporta le courrier avec beaucoup de prospectus. Elle se mit à les lire en attendant Aurélie. La journée reprit son cours habituel avec ses matinées sur-occupées.

11 : 12

Aurélie arriva toute guillerette et trouva Juliette en pleine forme. Celle-ci grimaça en levant les yeux en l'air, ce qui, dans son catalogue de mimiques habituelles, signifiait : « Ma pauvre, si tu savais comme je me sens mal... »

Sa forme était pourtant suffisante pour qu'elle lui contât la visite de Pierrot, sans omettre la moindre parole.

— Moi, madame Juliette, je suis sûre qu'elle va attendre l'été pour revenir. Ce sera les vacances, si elle vient en famille, ce sera mieux pour le petit.

— *Pardine !* Dis, tu vérifieras qu'elle vienne fleurir ma tombe pour montrer sa gratitude, hein ? Quand même, elle me doit bien ça. Sans moi, elle serait restée au milieu de sa toundra...

— *Vaï* que ça se trouve, cet été, madame Juliette, vous serez encore là !

— Non, ma pauvre Aurélie, répondit Juliette d'un air grave. J'arrive à la fin et cette fois c'est vrai : il y a des signes qui ne trompent pas.

Aurélie, nullement impressionnée par ce discours récurrent, continuait d'astiquer l'évier sans s'émouvoir.

— Ah bon, et pourquoi ? demanda-t-elle pour la forme.

Juliette eut un long soupir, ostensiblement douloureux, puis se remit à parler d'une voix affaiblie.

— Tu sais que je dors toujours comme un loir. Eh bien cette nuit, j'ai été réveillée par une envie pressante. Et lorsque j'ai eu fait mon affaire, eh bien tout d'un coup, mon cœur s'est mis à battre la chamade. J'ai cru que j'allais m'évanouir.

— Ah, bon ? fit Aurélie en se retournant vers elle.

— Parole ! Je me suis dit que ça y était, c'était bon. Cette fois, je n'y survivrais pas.

Aurélie fronça les sourcils.

— Vous croyez que c'est quelque chose que vous avez mangé ?

Juliette ne put réprimer un petit sourire grivois :

— Non. C'est quelque chose que j'ai vu.

— Vu ?

Juliette acquiesça :

— Figure-toi qu'à minuit, tu sais celle appelée aussi « l'heure du crime », j'ai vu une forme rondouillette qui se glissait dans la ruelle, et qui, tel un voleur de grand chemin, s'en allait attaquer l'Ernest.

— Oh ! Madame Juliette ! fit Aurélie d'un ton faussement choqué. Alors, vous m'avez vue ?

— J'ai failli appeler la maréchaussée !

Aurélie se figea :

— Dites, vous n'allez pas le dire à ma mère, quand même ?

— *Macarel !* Tu es folle ? D'ailleurs personne ne dit rien à ta mère. Non, moi qui œuvre depuis des mois maintenant pour le repeuplement de Pouligeac, je trouve ça très très bien.

— Ce n'est pas ce que vous croyez. On a juste fait un Scrabble.

— Bah… fit Juliette en haussant ses épaules, un Scrabble, c'est déjà un début !

Aurélie lui avait fait un récit détaillé de leur visite à la Taupe. Dès qu'elle fut repartie, Juliette saisit son téléphone.

— C'est moi.

Le Pétou était surpris.

— Juliette ?

— Ben oui, Juliette !

— Eh ben ! Je crois bien que c'est la première fois que tu m'appelles depuis que j'ai le téléphone : avril 1967.

— Tu habites à côté. Il faut vraiment un froid humide à tuer les centenaires pour que je dépense une communication au lieu d'ouvrir ma fenêtre.

— Et c'est quoi que tu veux me dire ?

— Tu l'as fait ?

— Fait quoi ?

— Allons, Robert ! Avec la Taupe...

— Et en quoi ça te regarde ?

— Ça ne me regarde pas du tout. Mais aujourd'hui je ne me sens pas bien et je ne veux pas quitter cette vie avec une curiosité pareille sur la conscience. Alors dis-le-moi et je l'emporterai dans la tombe. Personne ne saura.

Silence.

— Alors, tu l'as fait ?

— Qu'est-ce que tu veux savoir, au juste ?

— Oh, je ne veux pas de détails, dis, je ne suis pas vicieuse ! Je veux juste savoir si ça s'est passé.

Il y eut un grand silence. Elle pouvait l'entendre réfléchir. Au bout d'un long moment, il dit simplement :

— On a beaucoup ri.

Une bouffée de joie envahit Juliette.

— Bougre de *saloupardas*, lui répondit-elle d'une voix émue. Je ne te savais pas si généreux !

Juliette en voulait un peu à la Taupe de ne pas lui avoir téléphoné pour tout lui raconter. Mais, après tout, pourquoi l'aurait-elle fait ? Elles n'avaient jamais vraiment été ni amies, ni complices. Lorsqu'on est jeunes, quinze ans de différence, c'est beaucoup. Et puis à l'époque, c'est qu'il y en avait du monde au village ! On avait le choix des fréquentations. Et puis ensuite... chacun s'était peu à peu renfermé chez soi avec sa télévision. La vérité, c'est qu'à Pouligeac on s'était toujours moqué de Léonie Prouhèze. Avec sa sœur, elles avaient vécu en insupportables bigotes, aussi laides que rébarbatives. Personne ne les fréquentait. Le hameau avait toujours été protestant ou communiste. Ou les deux. Alors on tolérait bien les athées et les agnostiques de tous poils, mais les catholiques ! N'exagérons pas, tout de même. Au village, les deux sœurs Prouhèze faisaient figure d'extraterrestres, d'autant plus que, face à l'ostracisme dont elles faisaient l'objet, elles n'avaient pas trouvé mieux que de dispenser de la « Sainte Vierge » tous les quatre mots...

Ainsi Léonie avait réussi. Incroyable...

Décidément, Dieu avait dû faire le ménage et retrouvé dans le recoin poussiéreux d'un vieux tiroir oublié de Lui le hameau de Pouligeac. On était assailli de miracles, ces derniers temps : elle qui n'en finissait pas de vivre, l'arrivée des Boches avec leur Internet, le Pierrot à qui on trouve une Moustielle et qui plus est se l'amourache, la Gonflette qui « scrabble » avec l'Ernest et finalement la Taupe qui batifole avec le Pétou !

Sodome et Gomorrhe, rigola-t-elle.

« Bientôt, quand les bals reprendront, ils viendront danser sur ma tombe. »

Cet après-midi-là, nul n'avait revu ni le Pierrot, ni sa Moustielle, et les commentaires devaient aller bon train sur la dernière journée des fiancés qui n'avaient pas encore mis le nez dehors.

Le lendemain, le soleil brilla de nouveau. Ça faisait des semaines qu'il n'avait fait une température si clémente. Juliette ouvrit les fenêtres de son balcon. Elle ne voulait pas louper le départ de Tatiana afin de lui rappeler par un dernier signe de la main et un regard appuyé son serment de revenir là et d'y rester.

Le programme du Pierrot était chargé. Il devait emmener Tatiana déjeuner en ville avant de lui faire ses adieux à la gare d'Alès. Puis ramener à la Taupe quelques affaires tout spécialement préparées par la jeune Russe et terminer par la grosse liste des courses.

Il ne rentrerait pas avant la nuit.

Juliette eut la surprise de voir la placette se remplir peu à peu de tous les habitants du village. À l'exception de la Vivette. Ils venaient dire au revoir à la Moustielle. Ils n'étaient pas nombreux, bien sûr, mais pour Pouligeac, ça faisait foule. Chacun avait fait acheter ou confectionné un petit cadeau pour elle. Juliette s'était abstenue, jugeant en avoir assez fait comme ça. Même la Taupe, du fond de son mouroir, avait commandé au Pierrot un petit guide de la région. Martine Branslegger avait spécialement peint une petite aquarelle représentant Pouligeac. Peu à peu le sac de Tatiana se remplissait de pelardons, de bouteilles de clinton, de miel de pays, de biscuits à la châtaigne, et même d'oignons doux... Si on y ajoutait l'horrible cendrier acheté à Petrosac par le Pierrot, finalement, la fiancée russe repartait avec un cabas plein à ras bord. Certes ce n'étaient pas avec les produits de luxe escomptés, dont la vente lui aurait procuré quelques substantiels revenus pour l'entretien de sa famille, mais ces quelques présents prenaient à ses yeux une grande valeur. Elle repartait le cœur gros. Ce voyage imprévu au cœur même de cette France si éloignée de ce qu'elle avait imaginé lui offrait une expérience merveilleuse. Elle repartait la valise pleine d'émotions, avec le sentiment d'avoir partagé quelque chose d'extraordinaire : un mode de vie en voie de disparition. Bientôt le monde aurait tourné la page sur tous les Pouligeac et Pouligeacois de la planète, qu'ils soient russes, chinois ou français, se dit-elle, en se promettant de ne plus jamais adresser de regards stupidement hautains aux rustres paysans qui survivaient courageusement dans les oasis de verdure laissées par les énormes complexes industriels qui bordaient le joli port fluvial de Samara. Les moments de tendresse et de rire avec ce Pierrot seraient inoubliables. C'était un homme formidable. Un vrai. Malgré son air bourru et sa façon de ne rien laisser paraître, tout le contraire des Russes avec leur flamme romantique exacerbée, lui, il l'aimait. Elle en était sûre. Finalement, peut-être que sa mère se plairait ici, elle qui vivait dans la terreur du lendemain sans le sou, qui n'aimait que la nature et la cuisine, qui se lamentait sans cesse sur le coût du chauffage, de l'eau, et des soins, qui pleurait sur sa retraite appauvrie et vivait ainsi dans la nostalgie stupide de son URSS perdue. Quant à Kolya, il pourrait grandir loin des fumées des usines…

Elle se promit d'y penser. Et de revenir.

Une fois la Clio partie, les villageois traînèrent en discutant sur la place, comme si personne ne pouvait se résigner à retourner s'enfermer tout seul chez soi.

Finalement, l'heure de *Vidéo-Gag* approchait et chacun rentra chez lui.

Le lendemain matin (cent un ans et six mois dans TROIS jours... hé ! hé !), Juliette se leva d'excellente humeur. Elle attendait le Pierrot avec impatience, non seulement pour qu'il lui rapporte sa grosse liste, mais surtout il lui tardait d'entendre le récit des adieux déchirants.

— Ah... fit-elle en soupirant, c'est ça le véritable amour ! On souffre, on pleure, on crève du manque de l'autre. Que c'est beau !

Il faut dire que Juliette n'avait guère connu autre chose. La littérature romanesque à l'eau de rose, dont elle était friande, n'améliorait en rien sa vision mélodramatique des relations amoureuses.

9 : 10

Le Pierrot arriva en retard, après avoir livré tous les autres. Il avait la mine défaite, ce qui confirma Juliette dans son diagnostic amoureux.

Il posa les sacs en plastique sur la table et se laissa tomber lourdement sur la chaise.

— Alors ces adieux ?

— Bah, elle a pris son train.

— Et alors ? Qu'est-ce qu'elle a dit ?

— Elle a dit qu'elle allait revenir.

— J'en étais sûre !

— Il paraît qu'elle l'a juré à quelqu'un, ajouta-t-il avec un clin d'œil.

Juliette fit comme si de rien n'était.

— Alors ?

— Alors quoi ?

— Alors !... Juliette fit de grands gestes des bras pour exprimer toutes les questions qui restaient sans réponse.

— Elle reviendra à l'automne, après la saison touristique.

— Tiens, ils ont ça, eux aussi ?

On ne pouvait pas vraiment parler de saison touristique pour Pouligeac, mais à Petrosac les mois d'été attiraient tout de même quelques campeurs et l'ouverture temporaire d'une pizzeria.

— Ben oui. Ça a l'air joli, Samara, c'est au bord du fleuve Volga.

— Et alors ?

— Alors on verra. Mais sans doute que je vais l'attendre un peu.

Juliette souffla, soulagée :

— C'est bien mon garçon. Tu as bien raison.

Elle respirait. Une fois l'automne arrivé, même si la Moustielle ne montrait pas son museau pointu, le Pierrot n'abandonnerait pas Pouligeac aux portes de l'hiver.

— Franz m'a dit qu'il m'apprendrait, pour l'Internet. Comme ça on pourra rester en contact.

— C'est qui Franz ?

— Le Boche.

— Ah... tant mieux.

Ainsi avait-elle gagné sur les deux fronts. Le Pierrot ne partirait plus de sitôt et la chambre du père demeurerait le centre des opérations.

— Eh bien, en voilà de bonnes nouvelles ! s'exclama-t-elle en applaudissant des deux mains comme une fillette.

Le Pierrot resta un moment pensif.

— Il y a quand même une mauvaise nouvelle. La Taupe a eu une attaque hier. Elle n'est pas morte, mais c'est tout comme.

Juliette accusa le coup.

— Tu l'as vue ?

— Oui. Quand je suis entré dans sa chambre, elle ne m'a même pas remarqué. Elle était assise sur un fauteuil roulant à fixer le crucifix au-dessus de la porte. À mon avis, ça faisait longtemps qu'elle était là, toute seule. Toute paralysée, avec sa petite tête tordue en avant, et ses yeux qui ne quittaient pas le Christ là-haut. Elle n'avait pas ses lunettes, elle ne devait même pas le voir. Mais pourtant quel regard ! On aurait dit qu'elle le suppliait.

— Elle ne t'a rien dit du tout ?

— À moi, non. Elle ne m'a même pas vu. Mais elle ne quittait pas le crucifix des yeux en répétant sans cesse : « *Je suis là... je suis là... je suis là...* »

Un silence plana.

Juliette soupira en se levant pour regarder ce qu'il y avait dans les sacs plastique sur la table.

— Elle va s'en remettre, *vaï*.

— Vous croyez ?

— Léonie, elle est encore plus solide que moi. Cette fois encore, elle s'en remettra. Au pire, elle nous reviendra grenouille de bénitier comme avant. Mais elle s'en remettra.

Elle constata que Pierrot n'était pas convaincu.

— Tu as vu la volonté qu'elle a ? Quand elle veut quelque chose, la Léonie, même les plus impossibles ! elle y arrive.

Le Pierrot opina d'un air entendu. Touché.

— C'est vrai qu'elle nous surprend toujours.

— Tu verras. Elle nous surprendra encore.

Cent un ans et six mois. Pile !

Juliette, satisfaite, arracha le feuillet du calendrier. On était encore loin du record de Jeanne Calmant, mais au moins elle avait franchi la barre des six mois. C'est un peu bête de partir un ou deux jours avant un anniversaire, ça fait un peu inachevé, pensa-t-elle, comme si on n'avait pas fini son travail. C'est quand même mieux de s'en aller sur un chiffre rond.

Sa gymnastique faciale terminée, elle découvrit ce premier matin printanier de la fenêtre de son cabinet de toilette.

Il gelait mais brillait ce joli soleil qui purifie l'atmosphère, rend la lumière belle et l'air vivifiant.

Malgré les radiateurs et le fioul, dans toutes les maisons une cheminée fumait. Une fine épaisseur de neige glacée se maintenait sur les toits, ce qui ajoutait au bucolique du paysage.

Une vraie carte postale de la France profonde, se dit Juliette. Elle pensa aux Boches :

— Ce sont les Parisiens qui doivent être contents !

Elle s'épanouit d'aise.

La vie avait enfin repris son rythme habituel.

Comme avant.

Avant la mort de la Paulette, avant l'arrivée des Boches, de la « folie de partir » du Pierrot, de l'enlèvement de la Moustielle et du départ de la Taupe.

Presque comme avant.

La veille, le Pierrot et le Boche étaient venus lire les « mails ». Tatiana avait écrit un message dès son retour à Samara. Bon signe ! Le Pierrot était resté seul dans la chambre du père. Et lorsqu'il était ressorti, pour répondre au regard interrogatif de Juliette, il avait simplement prononcé ces mots : « Elle est gentille. »

Pour un Pouligeacois, une véritable déclaration d'amour !

Tout allait bien, donc.

Chacun pouvait de nouveau s'installer devant sa télé en attendant que le temps passe, que les murs s'écroulent et que les herbes envahissent Pouligeac jusqu'à finir par le submerger.

Comme avant.

Finalement, tout bien senti, cette tranquillité retrouvée ne la satisfaisait pas tant que ça. « Bah, que m'importe, pour moi, de toute façon, les jeux sont faits ! Et au moins, avant de partir, je me serai bien amusée. »

« *Clap !* » **8 : 12**

— Je traînasse, je traînasse, maugréa-t-elle, alors que j'ai tellement de choses à faire !

Elle se remit à ses occupations quotidiennes, consistant principalement à ranger chaque chose à sa place, dans le souci constant de laisser un décor présentable pour « après ».

23 mars 2006 (cent un ans, six mois, neuf jours).

Ce jeudi était un grand jour.

La Taupe revenait au village.

Ils étaient neuf à son enterrement : la Ginette et son Ripolin, la Gonflette et sa terrible Vivette de mère, l'Ernest, le Pétou, les Boches et le Pierrot. Dix avec le Mourniflet, le médecin de Petrosac ayant toujours eu à cœur d'accompagner ses plus fidèles clients jusqu'à leur dernière demeure.

De son balcon, Juliette les avait observés à l'aller, puis au retour. Elle s'attendait à la visite du Pétou.

Il arriva peu après, en effet, et s'affala sur une chaise.

— Et voilà ! On est plus que dix !

Sa bouche tremblait.

— Quasiment neuf, répondit Juliette.

Elle laissa passer un temps, abîmée dans ses réflexions.

— Tu as vu ? On est un de plus que la dernière fois où quelqu'un est mort. Et à l'automne on sera encore un de plus. Et peut-être même davantage. On a réussi à inverser le comptage !

— Parce que tu comptes les Boches ?

— Oui, maintenant je les compte.

— Bah, fit-il d'un ton désabusé, tu verras, ils ne resteront pas. Et tu crois vraiment que les Russes vont débarquer ? La Moustielle avec sa petite famille ? Tu galèjes, Juliette...

— J'ai décidé de mourir optimiste.

Le Pétou haussa les épaules.

Il restait là, de nouveau silencieux, gardant la tête inclinée sur ses gros godillots usés, la penchant d'un côté puis de l'autre, comme s'il n'en finissait pas de les détailler.

Juliette sortit la bouteille de gnôle. Le Pétou esquissa un geste de refus.

— Tu veux que je te dise ? dit-il d'une voix sourde. Ça m'emmerde qu'elle soit morte. Ça m'emmerde même beaucoup.

Juliette rangea la bouteille dans le buffet.

— Dis, je te rappelle que tu as attendu quatre-vingt-sept ans pour la remarquer, la Taupe, alors tu ne vas pas nous jouer les veufs éplorés maintenant ?

— Juliette, des fois, je me demande si tu as un cœur.

— Mais qu'est-ce que tu crois ? Moi aussi ça « m'emmerde », comme tu dis, mal élevé ! qu'elle soit morte, Léonie. D'abord, c'était une brave fille et puis en plus elle nous a bien fait rire avec ses costumes de carnaval et ses délires érotiques... Dis, tu te souviens de la première fois où elle a reçu son colis de La Redoute ? Elle est arrivée sur la placette, on ne savait plus où se mettre. Elle a pris son pain avec de ces manières !... J'ai cru que le

Rabinasse[1] allait décamper en nous laissant sa boulangerie ambulante.

— D'ailleurs c'est un peu à cause d'elle s'il n'est plus venu, ajouta le Pétou. J'en aurais fait autant !

Son visage buriné et strié de rides se plissa davantage :

— Elle avait l'air d'un épouvantail avec ses froufrous et ses grosses lunettes ! *Vaï* que son jardin ne craignait rien des corbeaux !

Juliette gloussa :

— Et les colis ? Tu te souviens ? À chaque fois qu'on en voyait un dépasser de la moto de l'Électrocuté, on la guettait le lendemain pour voir un peu à quoi elle allait ressembler.

— C'est qu'on était rarement déçu !

— Et son maquillage ? Elle répéta : Son maquillage !...

Le Pétou se mit à chantonner :

— *Un cavalier qui descend de la nuit*...

Il sifflota un moment la musique de Zorro et puis, brusquement, tel un gamin, il s'étouffa dans un sanglot.

— Imbécile, *vaï*, lui dit Juliette en reniflant, arrête que tu me vas me faire pleurer...

Elle ressortit la bouteille de porto du buffet et la posa d'autorité sur la table.

— Allez, Robert, on va boire un verre. Je sais qu'il est assez redoutable ce porto, c'est mon père qui l'avait ramené de Nîmes. Mais il nous fera quand même du bien, *vaï*. Et puis même s'il nous tue, vu notre âge, c'est pas bien grave.

---

1. Tige sèche de clématite.

Épilogue

« Dieu est grand ! » proclame-t-on dans quantité de langues.

À Pouligeac, la Providence a emprunté la voie de la prosaïque administration des Postes et Télécommunications.

« Clap ! »

De son lit douillet, Juliette entendit distinctement le bruit métallique de l'horloge du salon.

« Plus je vieillis, mieux j'entends, se dit-elle, décidément, c'est le monde à l'envers… »

Après l'habituel constat matinal de son état au réveil : « Qu'est-ce qui marche encore, où j'ai mal, etc. », elle put vérifier une fois de plus qu'elle se réveillait de nouveau « plutôt en bonne forme ».

Elle constata par les vitres de la fenêtre de sa chambre, dont elle avait renoncé à fermer les volets, par crainte d'avoir à les rouvrir – ce qui imposait toujours un trop grand effort –, que le soleil était pâle, que le vent commençait à souffler et qu'un petit air frisquet refroidissait la chambre.

L'été s'achevait.

Ces derniers mois avaient été fertiles en événements…

Elle récapitula.

Au début, le Pierrot et Tatiana étaient restés en contact par l'Internet, laborieusement, le *gaminas* n'étant décidément pas un féru d'informatique. Il avait renoncé au *chat*, mais répondait aux mails, d'abord une ou deux fois par semaine, puis de moins en moins.

Mais surtout, il y avait eu le départ de l'Elvis. L'Électrocuté avait démissionné de son emploi de facteur pour se consacrer à la musique électronique à Montpellier. Il ne voulait pas rater sa vocation, avait-il expliqué. « Bon débarras ! » avait commenté Juliette. Il avait été aussitôt remplacé par une jeune femme qui venait de s'installer à Petrosac. Elle était presque quadragénaire, gracieuse et polie et avait gagné très vite la sympathie de tous. Comme elle était toute petite et fine, le Pétou l'avait surnommé la Pécole[1]. Chaque matin, très ponctuelle, **9 : 30**, elle garait sur la placette sa discrète petite Peugeot en adressant toujours de grands bonjours à Juliette qu'elle devinait derrière ses vitres. Elle prenait le temps de converser avec chacun, et notamment avec le Pierrot. Finalement, sans que personne ne s'en aperçoive trop, sauf Juliette bien sûr, ces deux-là étaient devenus complices. Alors lorsque, fin août, Tatiana avait envoyé un mail annonçant que, finalement, elle renonçait à revenir, personne ne fut vraiment déçu. Pas même le Pierrot. Il faut dire que depuis le début de l'été, on le voyait souvent descendre à Petrosac. Même si personne n'avait besoin de rien, même si l'épicerie était fermée. La factrice, elle, revenait parfois le soir, et puis, le 24 juillet, elle n'était pas repartie de la nuit. À l'aube, Juliette avait entendu la Peugeot quitter Pouligeac.

1. Crotte de chèvre, mot très affectueux pour désigner un petit enfant (définition de Jean-Pierre Chabrol).

Dès septembre, ils s'étaient mis en ménage.

Juliette était comblée.

« Elle a encore l'âge de nous faire un petit... »

Ludmila...

La factrice était de Bessèges, mais son prénom était quand même russe. « Il était écrit que le Pierrot finirait avec une Russe ! » s'exclamait Juliette. Après tout, on ne s'était pas tant trompé que ça !

Les PTT, n'étant pas de reste, avaient fini par installer l'ADSL chez le Boche qui avait repris tout son matériel. La salle des opérations avec ses petites loupiotes colorées était redevenue l'obscure chambre mortuaire du père. Juliette ne s'en contraria pas. Tout était rentré dans l'ordre. Comme il faut. Elle pouvait abandonner sa maison au couple malchanceux qui l'avait achetée en viager du temps de sa jeunesse, et qui, aujourd'hui, avait largement atteint l'âge de la retraite.

Souvent, le Pétou venait les fins d'après-midi, juste après *Des Chiffres et des Lettres*, continuer à se faire *tcharrer*[1] par Juliette, malgré les hautes marches de la maison de plus en plus difficiles à monter, et lui de plus en plus essoufflé par l'effort.

Aurélie et l'Ernest prolongeaient leurs secrets rendez-vous nocturnes. Un soir de juin Juliette avait même surpris la Gonflette rentrant chez elle à l'aube : « Tu parles d'un Scrabble... à s'entraîner comme ça, ils vont bientôt faire les championnats ! »

Ça l'avait mise en gaieté, mais cette fois elle s'était bien gardée de taquiner Aurélie.

Ces derniers temps, Ginette et Juliette, bien que déjà voisines, s'étaient encore rapprochées. Elles

1. Engueuler.

s'appelaient tous les matins, après la chicorée. « Comment ça va ? » et de s'envoyer quelques « vannasses » autant acerbes qu'amicales. Le Ripolin se faisait de plus en plus « gaga » et Juliette reconnaissait que Ginette avait bien du mérite à ne pas encore l'avoir étouffé sous un traversin. « Mon Ripolin, je me l'aime quand même, *vaï*... » avait fini par lui avouer Ginette. Alors, le samedi soir, vers les 7 heures, Juliette avait toujours une pensée compatissante pour elle, s'attendant à tout instant à ce que le vieil épicier entonnât la *Paimpolaise*.

Martine et Franz Branslegger avaient coutume de visiter Juliette une à deux fois par semaine. « Par charité », grognait Juliette toujours de mauvaise foi. Certains soirs, ils aimaient à l'entendre raconter les histoires anciennes de Pouligeac, que l'Estaboufite ponctuait encore de ses fameux « ça alors ! ». Le couple avait définitivement oublié la crainte de « fatiguer la vieille dame », ayant constaté que, tout compte fait, elle avait une « sacrée santé, la centenaire ! ». Souvent (cela dépendait du film à la télé) le Pétou se joignait à eux. Ainsi que l'Ernest et, toujours un quart d'heure après, l'Aurélie. Et même parfois Ginette, quand elle parvenait à se libérer de son Ripolin grâce aux fameux somnifères de cheval. Le plus souvent, cela finissait vers les 10 heures en affrontement politique entre les deux vieux Pouligeacois, et chacun se régalait du spectacle.

Non, décidément, plus rien n'était comme avant.

« Nous voilà revenus aux temps des veillées. J'avais raison. Bientôt, à Pouligeac, on refera le pain. »

Elle releva le lourd édredon confectionné jadis par sa grand-mère.

— Allez ! Debout vieille bête !

Elle sortit de son lit en grimaçant, maudissant ses articulations centenaires qui avaient bien quelques raisons d'être un peu rouillées et, de son pas menu, se transporta jusqu'à son calendrier :

21 septembre 2006

Elle arracha le feuillet du jour.

— Cent deux ans ! Pile ! *Couquïn dé sort*, ça c'est un bon jour pour mourir !...

Brasilia, le 31 janvier 2007.

Remerciements

Ce livre est le fruit d'un synopsis de trois pages écrit avec mon coscénariste et complice de toujours, François-Emmanuel Porché.

Je ne le remercierai jamais assez de nos longues séances d'écriture, de nos multiples projets insensés qui nous ont enthousiasmés durant plus d'une vingtaine d'années.

Merci à lui de nos *brain-storming*, de nos engueulades, de nos fous rires et surtout de cette amitié.

Je remercie pour tout Noëlle Vincensini, ma mère, lectrice et correctrice attentionnée, mais avant tout indéfectible soutien, véritable pilier.

Merci à Claire Davanture sur qui on peut toujours compter et qui a fait le relais entre la France et le Brésil où je réside.

Et pour toutes ces expressions qu'il avait remises en lumière, merci à feu mon père, ce bougre de Cévenol.

9155

Composition
NORD COMPO

Achevé d'imprimer en Espagne
par ROSÈS
le 10 janvier 2010.

Dépôt légal janvier 2010. EAN 9782290019399

ÉDITIONS J'AI LU
87, quai Panhard-et-Levassor, 75013 Paris

Diffusion France et étranger : Flammarion